目次

風の行方（下）

吉見の秋

竹刀《しない》を担いで吉見は帰って来た。川井村を出たのは早朝だったから、半袖《はんそで》シャツでは寒いようだったが、東京はじっとりと生ぬるい夕方だった。東京駅で浩介さんと別れ、渋谷へ出てそこからバスに乗った。バスを降り竹刀を担いで歩きながら、クラスの誰《だれ》かに会わないかなあ、と思った。この姿を見せてやりたいと思ったのだ。

玄関に入って「ただいまァ」と大声でいうと、

「ああ、吉《よ》ッちゃん、帰ったのォ……」

という声が聞えて、チカちゃんが短パンを上げながらトイレから出て来た。

「おかえりイ……わァ、竹刀なんか担いでカッコいい……」

チカちゃんは目を大きく開いて叫ぶようにいった。チカちゃんに見せようと思ってわざと竹刀を担いだまま立っていたのだ。吉見は居間に入り、

「ああ、ハラ減ったァ」

といった。そういうと家へ帰ったんだという実感がきた。

「ハラ減った？　そうか、じゃすぐメシにするか」

チカちゃんはすぐに調子を合せる。

「今日は吉ッちゃんが帰って来たから、腕によりかけてご馳走《ちそう》作るよ。水ギョーザにトリのカラ揚。タコのマリネ……それに五目ずしはもう作ってあるんだ……」

「わーい、すげえ……」

大声でいいながら階段を上って自分の部屋に入った。部屋はきれいに片づいている。竹刀をどこへ置こうかと考える。机の上にガーベラが活《い》けてある。チカちゃんの「おかえりなさい」のキモチなんだな、と思うと嬉《うれ》しい。シャツを着替えて下へ行くと、チカちゃんは油鍋《あぶらなべ》をガスにかけて、長い箸《はし》を不器用に使いながらいう。

「カラ揚ってイガイとむつかしいんだよネ。うっかりすると焦げちゃうし、早く上げると中まで火が通ってないし」

「ぼく手伝うよ」

「いいよ。キミは冷蔵庫にジュースとアイスクリームがあるから好きな方を飲むかなめるかしてなさい」

チカちゃんの調子は上ってる。吉見はアイスクリームとジュースと両方出してきた。ジュースを半分飲んでアイスクリームをなめていると、

「吉ッちゃん、帰った？」

という声がして、おばあちゃんがテラスから入って来た。

「おや、もうアイスクリームなんか食べてるの。ただいまもいいにこないで」

吉見は慌てて、

「ただいま」

といった。「ただいま」といっているのにおばあちゃんは不愉快そうな顔をして立っている。吉見はもう一度、

「おばあちゃん、ただいま」

といった。

「今、帰ったばっかよねえ……」

チカちゃんがキッチンからいった。

「今？　でももう、着替えがすんでるじゃないの」

おばあちゃんはそういうと持っていたお鉢をテーブルに置いた。

「吉見が好きな炊きこみご飯を炊いたのよ。でも、おいしそうなもの、いろいろあるようね」

ジロジロと調理台の上を見た。

「おや、五目ずしが作ってあるわ」

「初めてだからおいしいかどうかわからないけど、本見て作ったんです」

「それはそれは」

とおばあちゃんはいった。とてもイヤミないい方だった。

「そんなら炊きこみご飯なんか作らなきゃよかったわね。一言いってくれれば、作らなかったのに……」

「でも、おばあちゃんの炊きこみご飯の方がおいしいにきまってるわ……ね？　吉ッちゃん……」

とチカちゃんがいったので、吉見は、

「ぼく、炊きこみご飯食べるよ」

といった。

「どっちでも、好きな方をお食べ」

おばあちゃんは投げやりにいってからガス台の方を見て、

「あらあら、火を弱めなきゃ……そんな火力じゃクロ焦げになっちまうわ」

チカちゃんは慌ててガスの火を小さくした。おばあちゃんは、

「とにかく、入れたものを上げちゃいなさいよ。焦げる、焦げる！　早く……」

と近づいて行って、「どれ」といってチカちゃんの持っていた長い箸を取り上げ、さっさっと油鍋の中のものを金網に上げた。

「手早くしなくちゃ、お醬油《しょうゆ》がついているものは焦げ易《やす》いのよ」

おばあちゃんはいった。

「火を弱めて、これを二度揚げすればいいわ。あなたの虎《とら》の巻《まき》にはどう書いてあるか知らないけど」

「虎の巻ってなに？」

と吉見は訊《き》いた。虎の巻というのは兵法や忍術なんかの秘伝の本のことだ。忍術の漫

画に出てたから知っているけれど、わざといってみた。この際何かいわなければ、と思ったからだ。けれどもチカちゃんは平気な顔で、

「えーと、わたしの虎の巻は……」

と料理の本をめくっていた。

トリのカラ揚は出来上った。その出来映にチカちゃんがすっかり感心した。それでおばあちゃんの機嫌はよくなった。そしておばあちゃんも一緒に食べることになって、おばあちゃんは母家からしめ鯖《さば》だの鯛《たい》のあら煮だのを運んできた。おばあちゃんはおばあちゃんで吉見のためにご馳走を作っていたのだ。テーブルの上は料理の皿でいっぱいになったので、ワゴンをくっつけてそこにも並べなければならなかった。

そこへパパが帰って来た。いつもよりうんと早いのでチカちゃんは、

「わーァ、なんて早いのォ……」

ととても嬉しそうだった。パパは吉見に、

「よう、帰って来たか」

といい、テーブルの上を見て、

「わァ、和洋中華とりどり。大衆食堂のショウケースだな、こりゃ」

といった。おばあちゃんは、

「どうせ向うじゃろくなもの食べてなかったんだろうからねえ」

といって満足そうだった。パパは冷蔵庫から缶ビールを取り出して飲み始めた。それ

を見て吉見はしみじみと「ああ、うちへ帰ったんだ」という気持になった。吉見が川井村にいた間も、パパは毎日こうして夜になると冷蔵庫からビールを出して飲んでいたんだなあ、と思った。ふとパパが懐かしいような可哀《かわい》そうなような気がした。何が可哀そうなのかはわからないけれども。

「おじいちゃんはどうしてた？」

パパはカラ揚を手でつまみながら訊いた。

「元気だよ。ここにいた時とちっとも変らないよ」

「相変らず文句ばっかりいってるの？」

とおばあちゃんがいった。そしておばあちゃんはトリのカラ揚を一口食べて、「まああの出来ね」といった。チカちゃんはおいしい、おいしいといいながら食べていた。チカちゃんは「痩《や》せの大食い」だといって、いつも吉見の倍食べる。

「ああ、おいしい……ああ、おいしい」

とチカちゃんは何度もいった。

「おばあちゃんの料理って、ほんとにおいしい……どうしてこんなにおいしく出来るのかしら」

「料理はカンよ。それに手早さよ。砂糖大匙《おおさじ》一杯、塩小匙二分の一、なんて量って作るものじゃないのよ」

おばあちゃんは機嫌よくいい、

「向うじゃどんなもの食べてたの。吉ッちゃん」

「どんなものって、いつも同じだよ。山菜とか川魚。時々カレーとかシチュー」

「カレー?　誰が作るの?」

「おトシさんだよ」

「まあ、今は作るといってもインスタントがあるからねえ」

とおばあちゃんはいった。

「おトシさんてどういう人?」

チカちゃんが訊いたので吉見は、

「飯炊きばあさんっておじいちゃんはいってるけど……でも料理はあんましうまくないんだ」

と答えた。

「あたしのとどう?」

「そうだなあ、チカちゃんの方がマシだ」

パパとチカちゃんは笑ったが、おばあちゃんは笑わなかった。

「おじいちゃんの作る味噌汁《みそしる》はおいしいよ。味噌そのものがうまいんだっておトシさんはいうけど、おトシさんが作ると何だかうまくないの」

「おじいちゃんは味噌汁なんか作るの?」

怒ったようにおばあちゃんはいった。

「変れば変るものねえ。うちにいた時はお茶ひとつ淹《い》れたことのない人が……」

吉見はそんな話よりも小川正一や浩介さんや剣道の話をしたい。

「吉見は剣道を始めたんだってな」

とパパがいってくれたので「うん！」といってはり切った。

「毎日、三十回素振りをやったんだ。帰る前に面打ちと小手打ちを教わったの。剣道はね、運動神経がない方がいいんだって。ドンくさい奴《やつ》が上達するっておじいちゃんはいってたよ。ぼくはドンくさいから楽しみだって」

「おじいちゃんもおだてるのがうまいわねえ」

とおばあちゃんはいったが、チカちゃんは、

「剣道のおかげかな。吉ッちゃん、どことなく前とちがうわ」

といってくれた。

「正しい姿勢、正しい呼吸、正しい意識。それが剣道の基本だよ」

吉見がいうとチカちゃんは、

「ふーん、そうなの……むつかしいことをいうようになったねえ、吉ッちゃん……」

と感心した。もっと感心させようと、

「剣道は勝ち負けじゃないんだよ。心を強くする鍛練なんだよ。平常心を培う道なんだ」

というとチカちゃんはますます感心した。おばあちゃんはへんな笑い方をして、

「すっかりおじいちゃんに洗脳されたわねえ。でも吉ッちゃん、平常心ってどういうこ

とかわかってるの？」

「わかってるよ。どんな時でも変らずにいることだよ」

「えらいねえ、こうしてちゃんと憶《おぼ》えたんだ、たいしたものよ」

チカちゃんは感心するのをやめない。おばあちゃんはそんなチカちゃんをやっつけようとするように、

「剣道なんかやって、学校でますます孤立しなきゃいいけどねえ」

といった。


俯《うつむ》いて歩くんじゃないぞ。まっすぐ前を見て、両手を正しくふってさっさと歩く。相手が来たら肩を下げ、肛門《こうもん》をしめて目を見る。すると寸田《すんでん》から力が出る。そうなれば絶対負けない。絶対だ……。

おじいちゃんはいった。

学校へ行く時、おじいちゃんのいったことを思い出しながら行きなさい。誰が何といおうと実行するんだぞ。余計なことを考えてはいかん。正しい呼吸、正しい姿勢、正しい意識だ。いいか。弱い者虐《いじ》めをする奴ほど弱い奴はいないんだ。この弱虫めと、そう思って目を見るんだ……。

二学期が始まった日、吉見はおじいちゃんにいわれた通り顔を上げて教室へ入った。緑川がいたので肛門をしめてじっと目を見たが、緑川は加納くんが持ってきたカブト虫

に夢中になって吉見のことなんか見向きもしなかった。吉見は自分の席に坐《すわ》って、肛門をしめたまま、ジロジロとみんなを見廻《みまわ》した。井上和子と目が合った。吉見はいった。

「夏休みに岩手県へ行ったんだ。川井村」

和子は無表情のまま、「そう」といっただけなので、吉見はケションとなった。

「川井村って知ってる？」

引っこみがつかないのでそういってみたが、和子は大きなぶ厚い唇をキュッと結んだまま何もいわない。吉見が諦《あきら》めかけた時、だしぬけに和子はいった。

「岩手県の地図を見てたらあった……」

吉見はびっくりして和子を見、

「あったろ……そりゃあるさ」

といった。和子は川井村の名前を憶えていたのだ、と思った。和子が岩手から転校して来て間もなくの頃だ。川井村って知ってる？　おじいちゃんがいるんだ、といったことがあった。その時、和子はまるで何も聞えないみたいに、機嫌の悪い猫みたいに机を見詰めていただけだ。だけどその後で、いつ見たのかわからないけれど、和子は岩手県の地図で川井村を捜したのだ。

そう思うと和子に対して吉見は少し気分がよくなった。それで、

「井上さんのいた所は小岩井牛乳の小岩井の方だよね」

といってみた。和子はこの前と同じように、

「その奥の方」

といった。吉見はもう少し話をしたかったが、いうことが見つからなかったので、

「川井村のしそジュースはおいしいよ」

といった。和子は何も答えなかった。

その時、青柳先生が入って来て、日直が「起立」といった。青柳先生は改まった気持の時、顔じゅうにニコニコ笑いをひろげる。今日は二学期の始まりの日だから、その笑い顔だった。

青柳先生は教壇から教室中を見渡して、元気のいい声で、

「みんな、元気だった？」

といった。

「ハーイ」とみんなは勢よく大きな声で答えた。

「元気イッパイ！　結構！」

青柳先生はニコニコ顔をますますニコニコさせた。

「夏休みは楽しかった？」

「ハーイ……」

「楽しかったァ」

と口々に答える。吉見もおじいちゃんにいわれたように大きな声で「ハーイ」といった。

「じゃあね、君たちにとって夏休みは何だったか、それを聞かせてちょうだい。誰か……永瀬くん、どう？」

永瀬は坐ったまま、

「夏休みは……楽しかった」

といった。

「楽しかった？　それだけ？　どういうふうに楽しかったのか、さあ立って、話しなさい」

永瀬はしぶしぶ立って、

「まず……」

といって考えている。

「まず？」

青柳先生が催促するようにいうと、永瀬はまた、

「まず……」

といったまま後は何もいわないので皆が笑った。

「まず？……何をしたの？」

と青柳先生がいった。永瀬は、

「ニンテンドー64やってた」

青柳先生の顔のニコニコは半分くらいに減った。

「ニンテンドー64？　それなに？」

「ゲーム」

「ゲームって？」

「テレビゲーム」

　永瀬はいった。

「マリオ……」

「ふーん、それが楽しかったの？　でも毎日やってたわけじゃないでしょ？」

「毎日やってた……」

「毎日！　朝も夜も」

「ハイ」

「それが楽しかったの？」

　永瀬は俯いて「うん」と頷《うなず》いた。

「永瀬くんは毎日、朝も晩もテレビゲームやって、それが楽しかったんだって！　よく飽きないわね。先生はそのことに感心します」

　青柳先生がいうと、皆は待っていたようにワーッと笑った。吉見も少し笑った。

「じゃあ、次の人……加納くん……」

　加納くんが高く手を上げたのだ。加納くんは立った。

「ぼくは栃木の伯父さんの所へ行って、イトコとカブト虫を獲《と》りに行きました。カブト虫はクヌギやコナラの木にいます。伯父さんの家の裏山にはクヌギが沢山あるのです。砂糖と水、酒、酢なんかを入れてどろどろに煮た人工樹液を作って、昼のうちに木の幹に塗っておくとカブト虫が寄ってくるというので、イトコと二人で作って塗ったけど、実際にはそれほど効果はなかったです。今日ぼくが持って来た二匹は、クヌギの木の根元の土の中にかくれていたのが一匹と、幹に止っていたのが一匹です。全部で七匹獲れたんだけど、あとの五匹は帰る時、山に放して来ました。珍しいからといって、面白半分に獲ってはいけないと思ったんで。どんな虫にも命というものがあるから。でもこの二匹を持って来たのは、メスとオスを大事に飼育して、カブト虫の生態を研究したらためになると思ったからです」

先生は窓の所の虫籠《むしかご》を見に行って、

「さすがねえ、加納くんは」

と褒めた。

「今の加納くんの報告はとても立派ね。話し方も立派だけど、考え方がとてもいいですね。全部で七匹獲ったのを五匹は放してやった……デパートなんかでカブト虫を高い値段で売ってるっていうけど、そういう人たちに聞かせてあげたい話だわね……」

女の子の何人かが尊敬の気持を籠《こ》めて後ろの席の加納くんをふり返っていた。加納くんは背中をスッと伸ばして涼しい顔で前を見ている。吉見はおじいちゃんの所で剣道を習った話をしようと思っていたが、手を上げきれないでいるうちに、桜田町子が、

「ハーイ、先生！」

といって立ち上った。

「あたしはハワイへ行きました」

「えぇェーッ、ハワイィ……」とか「スゴイ」とかいう声が上った。

「ハワイ諸島でもオアフ島は日本人がいっぱいいるから、マウイ島へ行きました。マウイ島は人が少くてお花が……ブーゲンビリアとかハイビスカスとかいっぱい咲いてて、ヤシの実がなってるのとか、バナナがなってるのなんかも見て、とってもよかったです。毎日、写生をしたり泳いだりして楽しみました」

桜田さんがしゃべっているうちに教室の中がヘンにシーンとしてきた。話が終ってもまだシーンとしていた。


吉見が学校から帰ってくると、チカちゃんはいった。

「どうだった？」

どうだったというのは、虐める奴どもはどうしていたか、という意味だ。吉見は、

「べつに……どうもなかった……」

といって母家の濡《ぬ》れ縁《えん》に出ていた九官鳥の籠を掃除にかかったら、おばあちゃんが顔を出して、

「お帰り……どうだった？」

とチカちゃんと同じことをいったので、吉見は少しムッとして、「べつに……」といった。おとなたちはみんな、吉見が学校で虐められることを心配しているのだ。それが吉見はムッとくる。ほっといてくれ、といいたい。自分のことは自分で始末をつける。おじいちゃんはいった。とどのつまりは、自分にふりかかったことは自分が強くなって、自分で自分を支えねばならんということだ。

ボラという魚は生後六センチくらいの時はオボコとかスバシリと呼ぶが、それから二十センチくらいに大きくなると、イナといい、三十センチにまで成長するとボラという。それからもうこれ以上は大きくなるまいと思われるほどの大ボラをトドと呼ぶ。「トドのつまり」とは「結局」、とか「つまるところ」という意味だが、そこから出ているんだよ、とおじいちゃんは教えてくれた。おじいちゃんの話は全体にあんまり面白くないが、時々、こういうことがはさまるので、ひとつトクした、という気分になるのがいい。

おばあちゃんは奥からとうもろこしを持って来た。

「ママがお仕事で北海道へ行ったのよ。それで向うから送ってくれたの。ほんとによく気がつく人よ、美保さんは」

とおばあちゃんはいった。吉見はとうもろこしを齧《かじ》った。とうもろこしは嫌いだったが今日は、甘くておいしいと思った。

「甘いなあ……うまいよ！」

というとおばあちゃんはニコニコして、吉見の口もとを見ていたが、

「おじいちゃんの所にいる人、おトシさんての？　どんな人？」といった。

「いい人だよ」と吉見はいった。

「明るくて……世話好きだよ。時々、おじいちゃんはうるさがってるけど」

「うるさがってる？　我儘勝手《わがままかって》だからねえ」

おばあちゃんはいったが、暫《しばら》くしてまた思い出したようにいった。

「どんなことをうるさがってるの？　おじいちゃんは？」

吉見が二本目のとうもろこしを齧るのを見ながら、おばあちゃんは催促した。

「ねえ、どんなことをうるさがってるのよ？」

おじいちゃんがおトシさんのどんなことをうるさがっていたか、改めて質問されると吉見は思い出せない。おトシさんが時々盛岡へ帰るとおじいちゃんは「風通しがよくなったな」といって喜んでいた。けれどもおトシさんに腰を揉《も》んでもらった時は「有難いなあ、おかげで寿命が延びるよ」と感謝していた。だがそんなことをおばあちゃんにいうのは面倒なので、吉見は「忘れた」といった。するとおばあちゃんは、

「忘れただなんて、そんな返事ってあるの」

と怒った。怒ったからこれで話はおしまいかと思ったら、お寺には部屋は幾つあるのとか、おじいちゃんが財布を握っているのか、おトシさんに委《まか》せているのとか、いろい

ろ訊く。

「そんなこと、ぼくは知らないよ」

吉見はうんざりしていった。

「吉見はおじいちゃんと一緒に寝てたの？」

とどんどん質問する。

「ぼくは浩介さんと一緒だよ」

「おじいちゃんは？」

「一緒じゃないよ」

「おじいちゃんはどこで寝てたの？」

「よく知らないよ。どこで寝てたのか」

「知らないの？　ボンヤリしてるんだねえ」

おばあちゃんはさも軽蔑《けいべつ》したようにいい、それからおじいちゃんはうちのことを心配していたかと訊いた。「べつに」と吉見がいうと、吉見の答は「べつに」とか「どうかなあ」が多すぎるといってまた怒った。

おばあちゃんは、おじいちゃんが浩介さんのことを「ゲゲゲの鬼太郎」と呼んだというとひどく憤慨したが、浩介さんがおトシさんを「ヌリカベ」といったというと面白そうに大笑いした。おじいちゃんは浩介さんがどんなまずいおかずでもうまいうまいといってお代りをするのが唯一の取柄だ、わしはうまいまずいは口に出さんがお代りまでは出来ん、と感心していた、というとおばあちゃんは「おトシさんの料理、そんなにおいしくないの？」といってクスクス笑った。

おばあちゃんの所から吉見はママに電話をかけた。チカちゃんのいる所でママに電話をかけるのは何か悪いような気がするのだ。だが電話は留守番電話になっていた。

「ママは精いっぱい働いてるのよ。ママを見てるとつくづくえらいなあと思うわ」

おばあちゃんは慰めるようにいった。それから、

「おばあちゃんはお料理も出来るし、ヌカ漬は天下一品だっていわれるし、針仕事だって編物だって、布団の綿の入れ替だって出来る。信子さんに出来ないことはないって褒められたものだったけれど……」

と投げやりにいった。

「今はそんなことが出来たってしようがないんだものねえ……」


漠然とだが気がつくと、みんなは吉見を目の仇《かたき》にしていたことを忘れているようだった。忘れているといっても「無視《シカト》」ではない。シカトすることを忘れているようだった。

初めのうち吉見は二学期が始まって席替があったりして、いろいろと落ちつかないためだと思っていた。忙しいとイジメにも気が入らないんだ、と思っていた。もしかしたら吉見が肛門をしめて丹田《たんでん》に気を入れ、目をまっすぐ前に向けていることの効果が出たのかと思ったが、吉見がそうしていることにもみんなは気がついていないらしかった。

ある日、吉見は桜田町子が一人で校門を出て帰って行くのを見て、おやっ？　と思った。町子が一人でいる姿を見るのは初めてといってもよかった。町子の右側にはいつも高田清美、左側には原悦子がより添っていて、侍女のようだった。そして後ろに二人か三人の女の子が従うようについていた。なのにその日、町子は一人で川沿いを歩いていたのだ。

そのうちまたある日、吉見は後ろの席で高田清美と原悦子が話しているのを聞いた。

「悦ちゃん、行く？　行かない？」

「行かないわ。お母さんが行くことないっていうんだもの」

「なら、あたしも行かない」

その時吉見は、町子にカンケイあることじゃないか？　と直感的に思った。その直感にはよく考えてみると根拠はなかったが、ぼんやりとだが吉見はイジメの風が町子に向って吹き始めたような気がしていた。

だが町子はその風の気配に気がついていない。町子はハワイの花の押花を先生に提出した。それは教室の後ろの壁に貼《は》られている。町子はハワイで撮った写真を持って来た。花や海や夕焼のほかに赤い水着姿のやホテルのテラスみたいなところでジュースを飲んでいるところや、外人の男の子と並んでピースサインをしているところなんかもあった。

――いいなァ、幸せそうだなァ……。

と吉見は思い、それから桜田さんは美人だなァ、と思った。

永瀬と緑川はそれを見て、

「ヘッ！」

「ヘッ！」

といい合っていた。加納くんはじーっと見て、何もいわなかった。

いろいろと考えをめぐらしてみると、もしかしたら町子がハワイへ行ったことが問題なのかもしれない。

「見せびらかして」

と誰かがいっている声が聞えた時、吉見はそう思った。吉見は、「いいじゃないか。珍しい経験なんだから」といいたかったが、いえなかった。

この二、三日、吉見はなぜか気持が晴れない。なんでこんななんだろうと考えるが、これというハッキリした理由は思い当らない。パパから遅くなるという電話が入ったのでチカちゃんが、

「じゃあ、ゴハンにする？……」

といったが、たいして食欲がなかった。

「うんと食べてよ。腕にヨリをかけたんだから」

そういってチカちゃんは湯気の上っている深皿をテーブルに置いた。真赤なドロドロの中に黄色いピーマンやらトマトや茄子《なす》なんかがゴタゴタと入っていて、少し焦げくさかった。ドロドロの中にはチーズやエビも入っている。

チカちゃんは、「どう？　おいしい？　おいしいでしょ？」と何べんもいった。「おいしいでしょ？」なんて押しつけがましいいい方をするもんじゃない、そういう時は「おいしいかしら？」と心配そうにいうものだ、とおばあちゃんはいっていた。だがそんなことはどうでもいい。吉見はただ、チカちゃんには「腕にヨリをかけて」もらわない方がいいと思うだけだ。

吉見はドロドロの中からエビを引っぱり出して食べた。想像していたよりはまずくなかったが、食欲がなかった。チカちゃんは吉見が食べる様子を見て、

「どしたのさ？　吉ッちゃん、またクラスのガチャ蝿《ばえ》が何かした？」

と訊いた。「ガチャ蝿」というのはチカちゃんのおじいさんがよくいっていた言葉で、講談なんかで武者修行の若武者を悪者の子分どもが取り囲んで喧嘩《けんか》を吹っかけたりする時、

「チョコザイな、ガチャ蝿めが……」

と若武者が叫んで散々やっつける。ガチャガチャとうるさい蝿みたいな手先のことだとチカちゃんは教えてくれた。そう聞くと永瀬なんかはいつもガチャガチャしててガチャ蝿という感じだなあ、と吉見は感心した。チカちゃんは、

「吉ッちゃんも、『チョコザイな、このガチャ蝿めが……』といえるようになればいいんだけどなあ」

といった。だが今日、吉見の気持が晴れないのは、そんなことじゃなかった。

「どしてなんだろうなあ……」

心に思ったことがふと口に出た。

「何が？」とチカちゃんがいったので、いいたくないと思いながらつづけた。

「ぼく、これから桜田さんが虐められるような気がしてるんだよ……」

「桜田さん？　あのピアノの上手な可愛《かわい》い子でしょ。派手なことの好きなお母さんのいる……。みんなから好かれてるんじゃないの？」

虐められてきたぼくには、気配がわかるんだ。ナマズが地震を予知するみたいに。吉見は思った。さっきから気が沈むのはそのためだ……。

桜田町子は去年のお誕生会には吉見を呼んでくれた。なのに今年は呼んでくれなかった。大庭くんのお母さん、いなくなったってほんと？　なんてわざわざ訊きに来たりしたこともある。ハワイの土産を加納くんたちにあげてたのに、吉見には何もくれなかった……。

吉見は考えた。そんな町子がどうなろうとぼくにはカンケイない――。

そう思っているのにいつの間にか気がつくとまた考えている。ハワイの話が悪かったんだ。

「ヤな性質」

「カネモチぶって」

と女の子がいっている声を吉見は聞いた。

「ハワイ、ハワイってうるせえんだよ」

と緑川がいっているのも聞いた。

だが町子はそんなクラスの空気を何も感じていない。これ、ハワイで買ったの、といって嬉しそうにミッキー模様のリボンを見せていた。よせばいいのに、よせばいいのに、と吉見は思うがどうすることも出来ない。

そのうち吉見は、町子のピアノの発表会があったが、招かれた女の子は一人も行かなかったということを知った。行ったのは加納くんと永瀬だけだった。永瀬は招かれていなかったが、加納くんに引っぱられてついて行ったのだ。

「お土産があると聞いて行ったのよ」

と悦子と清美がクスクス笑っていた。大勢来ると思って用意しておいた土産は、女の子向きの蟬《せみ》の羽のように透《す》けているハンカチだったが、誰も行かないので永瀬はそれを貰《もら》ったのだ。加納くんには特別のお土産が用意してあったのよ、と悦子はいっていた。加納くんのお土産ってどんなものだったのか、吉見は知りたい。だが質問するわけにはいかなかった。

町子は悦子たちに、「どうして来てくれなかったの?」と訊いていた。町子はまだ何も気がついていない。悦子は「どうしても」と口の中で答えていた。そして清美と手をつないで向うへ行ってしまった。

町子は一人ぼっちの時が多くなった。町子が近づいて行くと女の子たちはスーッと離れて行ってしまう。町子は「どこへ行くの？」といってついて行く。町子はハキハキして勉強もよく出来るのに、どうしてか自分の立場がどうなっているかがわからないようだった。

吉見は町子に話しかけて、一人ぼっちの淋《さび》しさを紛らせてやりたかった。だが町子の方で相手にしないことはわかっている。

――加納くん、何とかしてやれよ。

といいたかった。だが加納くんは何も気がつかないふりをしている。なぜだ、と吉見は加納くんに問いただしたかった。だが吉見はいえなかった。

町子はピアノの発表会に「子供のくせにロングドレスを着た」のだと悦子が清美にいっていた。悦子は行かなかったのにどうしてかいろんなことを知っている。町子はベートーヴェンの悲愴《ひそう》ソナタを弾いた。「子供のくせにおとなのピアニストのように、頸《くび》を大げさに振ったりして」弾いたのだそうだ。

吉見はそのピアノを聞きたかった、と思った。ロングドレスは何色だったのだろう？きれいだっただろうなあ、と思った。だがそんなことも女の子たちの悪口のもとになっているのだ。

ある日、町子が帰り支度をしながら、悦子と清美に、

「ねえ、帰りにうちに寄らない？」

といった。すると二人とも返事をしないで、鞄《かばん》を抱えて階段を駆け降りて行った。は

じめ、町子は二人がふざけていると思ったようだった。

「悦ちゃーん、キヨミィ……」

と呼びながら追っかけて行ったが、二人はふり返りもせず、靴を履くと一目散に昇降口を出て行ってしまったので、町子は階段の途中で立ち止った。やっと町子はわかったのだ。

吉見は思わず「桜田さん」と呼んでいた。何をいうつもりだったのか、呼んでしまってからしまった！　と思ったが、見ると町子の大きな目にみるみる涙が盛り上っていた。愛くるしく反《そ》り返った睫《まつげ》が細かく慄《ふる》えたと思うと、ふくらみ切った涙がぽろりと下瞼《したまぶた》の縁からこぼれ落ちた。

「どしたの、桜田さん」

と吉見はいった。その声を聞くと町子はぱっと両手を顔に当てた。肩が揺れたと思うと、「クゥー」というような声が聞えた。泣声だった。

「どしたの？」

吉見はまたいった。訊かなくてもわかっているが、そういうしかなかったのだ。それから吉見は「帰ろうよ」といった。町子は手を顔に当てたまま階段の中途に坐りこんで、本格的に泣き出した。

その時上からタッタッタッと忙しそうな足音がして、加納くんが降りて来た。

「あ、加納くん、桜田さんが……」

と吉見はいって、足もとの町子を指さした。加納くんは立ち止り、町子を見下ろして、「どしたの？」

といい、それから吉見を見た。

「わかんないんだけど」

説明をするのが厄介なので、吉見はそういった。加納くんが町子に向って、「どしたんだよ」というと、町子はまた肩を慄わせて泣いた。

「なんにもいわないんじゃ面倒見きれないよ」

加納くんはイライラしたようにいった。

「ぼく、塾へ行くのに四時十分のバスに乗らないと間に合わないんだよ」


吉見の予感は当っていた。今は桜田町子がイジメの的になっている。町子は昨日も今日もシカトされていた。チカちゃんにそういうとチカちゃんは、「ふーん」といって暫く考えていてから、

「イジメのウイルスってあるのかもね」

といった。

「風邪《かぜ》やハシカみたいに次々にうつっていくのかもしんないね。でもハシカは一度かかったら二度はかからないっていうから吉ッちゃんはもう大丈夫だね」

チカちゃんはノンキでいいなあ、と吉見は思う。だが自分のハシカはすんだから大丈

夫といって喜んでいていいのか。

「桜田さんだって吉ッちゃんをシカトしてたんでしょ。いいじゃない、なにも吉ッちゃんが心配することないわ。そういうのを因果応報っていうのよ」

そういってチカちゃんは、「因果はめぐるおだまきのォ」と妙な声で節をつけた。それも「チョコザイなガチャ蠅め」を教えたおじいさんから教わったらしい。

チカちゃんが「因果応報」の説明をしている間、吉見はぼんやりと町子のことを考えていた。あの日、結局、町子は泣きやんで吉見を残して家へ帰って行った。「大丈夫？」と声をかけたが、向うを向いたままコックリしただけで、うなだれて洟《はな》をすすりすすり帰って行った。

――けれども、町子はコックリしたんだ……。

吉見は何度もそのことを思う。以前なら無視してさっさと行ってしまうところなのに、向う向いたままだけど、コックリして吉見に答えたのだ。それを思うと吉見はほのぼのとした気持になる。

加納くんと町子は好き合っていて、クラスで「公認」の間柄だ。町子のお誕生会にもピアノの発表会にも加納くんは呼ばれて特別のお土産を貰っている。なのに加納くんは町子が泣いてるのに、四時十分のバスに乗らなくちゃ塾に遅れるといってさっさと行ってしまったのだ。

町子はそのことをどう思っただろう？

加納くんは急に町子に冷たくなった。なぜだ？　町子がイヤになったのだろうか？　イヤになったとしたらなぜなんだろう？　それともクラスの空気に染ったのだろうか？　吉見が井上和子を庇《かば》って、それから虐められるようになったことを考えて、町子の味方をして自分も虐められるようになっては困ると思ったのだろうか？

よし！　と吉見は思った。そんならこれからぼくが町子を庇ってやる。丹田と寸田に気を籠めてやってやる……。

そう思うと町子が虐められるようになったことが、なんだか喜ばしいことのような気がした。

幸せとは

隣家との境の柿《かき》の木に、去年は少かったが今年はたわわに実が生《な》って、日に日に色づき始めている。それを見ていると信子はいつだったかの秋、丈太郎と謙一が竹竿《たけざお》で実を落すのに夢中になっていた日曜日の午下《ひるさが》りを思い出す。

その柿の木は三人の子供のために、丈太郎が教え子の家から貰《もら》って来て植えた若木だった。

「桃栗《ももくり》三年柿八年というが……」

丈太郎はそういいながらスコップで土を掘っていた。あれから八年どころか三十年も経《た》った。秋がくると丈太郎は柿の木を見上げていったものだ。

「わしがこの世からいなくなった後も、この柿はこうして実って無心に光っているんだなあ……」

「でも柿の木だっていつかは枯れるでしょうからね、柿は枯れて、あたしも死んで、お父さんだけが生き残るってこともありますよ。そうなったら……どうします？　悲惨ね」

あの頃《ころ》信子は何かにつけて丈太郎に対して残酷な気持が起った。丈太郎のいうことすること、彼がそこにいるということだけで癇《かん》にさわり、何か一言いわずにはいられなかった。

「勝沼照代《かつぬまてるよ》さんのご主人、停年になってから毎日、何もしないでテレビの前に坐ってお酒飲んでるんですって。どてら着て炬燵《こたつ》で背中丸くしてるのを見ると薪《まき》ざっぽで殴りつけたくなるんですって」

丈太郎へのアテツケにそんな話を持ち出したこともあった。

「男はやっぱり仕事してなくちゃ値打ちないって。照代さんのご主人って、若い頃はやり手の商社マンだったのよ。五十くらいで頭がツル禿《はげ》になったんだけど、そのツル禿がやり手らしくて貫禄があってなかなかのものだったんだって。それが退職して家にいるようになってから、喜劇に出てくる女好きのモト村長って感じになったっていうの。同じ禿アタマが、ですよ……」

それも丈太郎へのアテツケのつもりだった。信子は毎日が面白くなく、家事が忙しいのに心は退屈で、つまらないつまらないと思い通していた。仕事と家庭を両立させたいといって朝早くから夜遅くまでキリキリと働いている美保。美保があんなに潑剌《はつらつ》と働けるのも謙一というものわかりのいい夫がいるからだと思うと、ますます丈太郎が憎らしかった。

しかも丈太郎は信子のそんな気持がわからず、自分の力で十分幸せを与えてやったと思っていることが許せなかった。毎朝、首を絞められた鵞鳥《がちょう》みたいな声でウガイをすることも、いつか後退して薄くなった頭がポヤポヤと冬の薄《すすき》の原のようになっていることも、それでいてえらそうに「女子と小人《しょうじん》は養い難しとはまさに至言だな」などと嘯《うそぶ》いていることも、何もかもが理屈ぬきにうとましかった。

信子がうとましいのは、あるいは丈太郎その人ではなく、信子が生きて来た時代だったかもしれない。だが信子にとってその時代は丈太郎そのものだった。時代と丈太郎は重なっている。何の楽しいこともなかった時代。何の楽しみも与えてくれなかった夫。

品行の正しい、信念を持って真面目《まじめ》に働く夫を持ち、それに従い尽すことが妻の幸福だと決められていた時代。だから信子は幸福だと信じて疑わなかった丈太郎。

信子が別れたいといい出した時、彼は鳩《はと》が豆鉄砲を喰ったような顔になっていった。

「お別れ？　何だそれは？……藪《やぶ》から棒に何だい？」

自由になりたいのだと信子はいった。自由にやってるじゃないか、と丈太郎はいい返した。妻に自由があったと丈太郎が思い込んでいたことに信子は驚き、絶望を新たにした。

「自由になるためにこの家を出るというのか、お前は」

丈太郎はいった。

「出て何をするんだ……何がやりたいんだ、いってみろ」

丈太郎は怒るよりもむしろ心配そうに、信子を観察するように見ていった。

「お前、正気か？」

一人の生活にはいろんな可能性が満ちている、その可能性を求めてこの家を出るのだと信子はいった。

「可能性？　フフン」

丈太郎は鼻先で笑った。

「高校生のいうような言葉を使うな。いったい年は幾つだ」

そんないい合いに日を送っていた頃から一年半近い月日が経ったが、あの時の丈太郎のさも軽蔑《けいべつ》に堪えんというような自信たっぷりの態度を思い出すと、今も信子の腹の底にくすぶっていた熾《おき》が息を吹きかけられたように熱を帯びて赤らんでくる。

丈太郎の軽蔑に対してでも信子は充実感いっぱいの日々を持ちたい。持たねばならぬと思う。信子と離れた丈太郎に改めて妻の有難さを感じさせ、それまでの夫としての自分を反省し悔悟させてやりたいと思う。

だが反省どころか彼はトシとかいう厚化粧の女と楽しくやっているのだ。

——いい年をしていったい年は幾つ？

と信子は思う。かつて丈太郎が信子に向っていったその言葉を今こそ投げ返してやりたい。

「信子さん、あれから一年半になろうってのにまだ丈太郎さんに腹を立ててるのは、未練があるからじゃないの？」

春江はいった。だが未練なんかじゃない。今の暮しには芯棒《しんぼう》がない。それが信子の中に空洞を作っているのだった。

信子は美保に協力を乞《こ》われて、近いうちに妙と一緒に春江のマンションへ行くことになっている。美保から渡された質問メモの中に「あなたにとっての幸福は何でしょう」という項目があって、それについて考えておかなければならないのだが、考えようとするといらぬ想念が湧《わ》き上ってきてまとまらない。

今日のような秋晴れの日曜日、絵の具箱を肩に掛け、スケッチブックを持った丈太郎が三人の子供を従えて写生に出かけて行った姿を信子は思い出す。夫と子供たちがいなくなると心そこほっとして茶の間に坐り、ほうじ茶を淹《い》れた湯呑《ゆのみ》を両手に包んで、束《つか》の間《ま》の平安に浸ったものだ。夫も子供もいない。自分ひとりきりの時間の何と貴重だったことか。朝起きてから眠るまで、いつも誰かのために何かしていた。ひとつすむと次のひとつが待っていた。家事の奴隷だと不服に思う暇もなかった。幸福について考える人はよくよくの暇人だと思っていた。

育ち盛りの三人の子供が並んでいる食卓の騒ぎ、家計を考えながらの献立。買物。おかずの不足やら喧嘩《けんか》やら丈太郎の叱責《しっせき》の大声や……あの頃はゆっくりご飯を食べたことなんかなかった。ゆっくり風呂《ふろ》に入ったこともなかった。新聞などろくに読みもしなかった。

やっと電気洗濯機を購入した時の嬉《うれ》しさ。洗濯機ひとつで信子の心は明るくなった。

「お父さん、有難うございます」

と丈太郎に礼をいった。洗濯機を「買ってもらった」お礼を。

このことは是非とも美保に伝えたい。今どき洗濯機を買ったお礼を夫にいう妻がいるだろうか！　テレビを買った時、信子は子供たちにいった。

「お父さんにお礼をおっしゃい」

「お父さん、ありがとう」

「お父さん、ありがとう」

謙一と康二、そして珠子のそれぞれの声が蘇《よみがえ》ってくる。信子は目の中が熱くなる。丈太郎は「うん」と頷《うなず》いて重々しく、

「大切にあつかうんだよ」

「ハーイ」と子供たちは答え、家の中はパーッと明るくなった。そしてその次にきたのが電気冷蔵庫だ。もうこれ以上何も望むものはない、という気持になっていた。有難い時代になったと感謝していた。

あれは間違いなく幸せ感だった。何といういじらしい幸せ。だがそんなものは幸せでも何でもない時代がすぐにやってきた。いつか家中に電気製品が揃《そろ》ったが、信子は相変らず家事の奴隷だった。「家事の奴隷だ」と思うようになっていた……。

その時、信子のそんな想念を破るように電話が鳴った。

「もしもし！　信子さん！」

いきなり妙の声だった。

「横山が死んじゃったのよう……」

常日頃つつましやかで、感情を剝《む》き出しにするようなことのない妙が、十代の学生時分に戻ったように、「死んじゃったのよう」と叫んだことに信子はびっくりした。

「いったい、どうしたの」

という声にかぶせて、

「お願い、すぐに来て！　早くよう……」

と叫ぶ。時計を見ると十時半を過ぎていた。信子は慌てて支度をして家を出た。横山家のある代々木《よよぎ》まではタクシーで二十分あれば行ける。門の脇《わき》のくぐりは押すとすぐ開いた。植込みの間の石畳を小走りに行くと、靴音を聞いたのか、待ちかねていたように玄関のドアーが開いてざんばら髪の妙が出て来た。

「信子さん！」

と叫んでよろよろと倒れかかってきた。

「しっかりして、お妙さん。どうしたっての」

「横山が死んじゃったのよう……」

「どうして……そんな急に……」

「突然なのよ……突然……」

信子は気がついてとにかく家の中へ、と妙を促した。玄関のフロアに降りて来ている階段を上って寝室に入った。十畳ほどの洋室にベッドが二つ並んでいて、カーテンの下っている窓とは反対の壁の前のうす暗がりのベッドに横山が仰向きになっていた。軽く口を開けて目を閉じ、顔は赧味《あかみ》が消えてまっ白だった。のどの所までかぶせたタオルケットの隙《すき》から裸の肩が見えた。

「お医者さんは？」

「それが……どうしたらいいかわからなくて……」

「まだなの？　主治医の先生は？」

「主治医ってべつにいないの。健康な人だったし、会社で健康診断してたし……」

「主治医でなくても近くに医院があるでしょう？」

「ええ……でも、もうダメなの。死んじゃってるの」

妙は両手で顔を蔽《おお》った。

「しっかりしてよ、お妙さん。もうダメなのなんていってる場合じゃないでしょ」

「信子さん……聞いて……わたし……」

手の中から妙の声が洩《も》れてきた。

「わたしたち……日曜日だもので、あの、ナニしてたの……」

「ナニって何？」

「ナニって……あの……わからない？　ナニよ……」

「ナニ？」

その時、後ろで声がした。

「つまりセックスしてたってわけね……」

ふり返ると春江だった。

「遅れてごめんなさい」

春江は近づきながらいった。

「要するに腹上死ってこと？」

妙の夫はこのところ、夜の営みは翌日にこたえるようになったといって、それを日曜日の朝に決めた。今朝も呼ばれて夫のベッドに入ったが、その時の横山には何の変った様子もなかった。横山は仕事ばかりでなく、何ごとにも情熱を籠《こ》める男である。

「何でもとことん堪能《たんのう》したいという人だから、だから日曜日の朝にすることになったの。わたしはそんなに頑張ってくれなくてもいいっていったんだけど、あの人は自分の満足よりもわたしを燃えさせてとことん満足させたいという気持が強くて……」

妙はそういって涙を拭《ふ》く。春江は腹立たしげに、

「そんなこと、どうだっていいわよ。それより横山さんがおかしくなった時、どうしてすぐに救急車を呼ばなかったのよ」

「だって、ふと動きが止ったと思ったら、すぐ痙攣《けいれん》してぐたっとなったんだもの。わたしはあの大きな身体《からだ》の下敷きになって夢中でやっとのことで這《は》い出たのよ」

「で、息はすぐに止ったの？」

「口から泡吹いて痙攣してるのよ、怖かったわ……」

「で、息はいつ止ったのよ？」

春江はいらいらして大声になった。

「その時はまだ息があったわ。大きく息をして、それがだんだん小さくなっていって、あ、消えるのかと思うとまたふーっと大きくなる。またほんだん小さくなって、そして思い出したようにふーっと……」

春江は遮った。

「その時、なぜ救急車を呼ばなかったのよ！」

「わたしだって裸なのよ。何か着ようとしたんだけど、逆上してるものだからどこに何があるかわからないの。やっと身支度して行ってみたら、息が絶えてたのよ。それであなたたちに電話したの」

春江は苛立《いらだ》って渋面になっている。

「とにかくご主人に浴衣でも何でも着せて、近くのお医者さんを呼ばなくちゃ。死んだ人は救急車は運んでくれないからね」

「やっぱりお医者さん、呼ばなきゃダメ？」

「当り前でしょッ。死亡診断書がなかったら埋葬出来ないのよ！」

パジャマは着せにくいというので、信子が探し出して来た浴衣を着せることになったが、硬直が始まりかけていて袖《そで》を通そうとすると抵抗があった。

「まだこんなにあたたかいのに……」

と妙は涙を拭く。医者を探しに行こうとして信子は気がついた。

「パンツ穿《は》かせなくてもいいの？」

信子がいうなり春江は殆《ほとん》ど激昂《げっこう》して怒鳴った。

「そんなものいいわよ！　今更、穿いても穿かなくても……」

妙はわーっと泣き伏した。

信子が呼んだ医師が来るのと一緒に横山の息子の實《みのる》が妻と三人の子供を連れてやって来たので、信子と春江は妙の家を出た。門を出る時、ワインレッドのジャガーがすれ違いに止った。娘夫婦らしかった。

妙が横山と知り合った頃、彼は自分の持ちマンションの五階に住み、息子一家は四階にいたが、妙との結婚を機に横山は代々木に家を買って移った。息子たちと同じマンションに後から入って行ったのでは妙の居心地が悪かろうという横山の配慮からだった。それほど横山は妙を大切に想《おも》ってくれているのだと当時妙は惚気《のろけ》ていたが、そのために息子たちの反感を買うことになってしまった。

「これからが大変よ」

道々、春江はいった。

「初めの頃は息子さんたちはお父さんの結婚に反対じゃなかったのよ。おヨメさんだって舅《しゅうと》の面倒見なくてすむから喜んでいたんだわ。だけどマンションを出て家を買ったでしょ。その名義をお妙さんにしたでしょ。それがいけなかったのよ……」

春江は溜息《ためいき》をついていった。

「お妙さんの幸せも一場の春の夢だったわね」

「三年にも満たなかったわねえ」

信子も溜息を洩らした。

「あんまり幸せすぎるとこういうことになるのかも」

前夜、颱風《たいふう》の余波が通り過ぎたためか、空は高く青く澄み渡って眩《まぶ》しいばかりの日曜日である。

「こんないいお天気なのにねえ。お妙さんは……」

信子は呟《つぶや》いてカーテンを下ろしたままのあの薄暗い部屋に籠《こも》っていた悲歎《ひたん》を思い出す。

「信子さん、お腹《なか》どう？　ちょっとそのへんでおそばでも食べていかない？」

そういえば二人とも昼食をとっていない。通りすがりのそば屋に入った。テーブルに着くと春江はすぐタバコを取り出して吸い始めながら、急に砕けて、

「でもさ、こんないいお天気の日にいい年してよ……新婚夫婦じゃあるまいし。普通なら散歩にでも行こうか、っていうところじゃないの」

といって煙を吐き、苦笑する信子にいい重ねた。

「あたしねえ、あれはきっとお妙さんのせいだと思うのよ。あのタイプ、優しげにヒワヒワしてる女ってイガイとそうなのよ。あたしなんかパアパアしてるから誤解されるけど、あんなこともう、面倒くさいばっかりよ」

信子はじじむさい丈太郎を思い出して顔をしかめながら、「わたしだってそうよ」という。

「でもこの後どうなるのかしら。息子さんたちがどう出るか。それが問題ね」

春江は痛ましそうで、興味シンシンという目になった。

それから数日の間、信子と春江は忙しかった。通夜の手伝いや葬儀が終っても、一人ぼっちになった妙を慰めるために、春江か信子のどちらかが必ず日に一度は顔を出した。百五十坪ばかりの土地に建っている四十坪の二階家は一人になった妙には広過ぎる。昼の間だけ来ていた家政婦も、主人がいなくなった今は贅沢《ぜいたく》だから断らなければならないといって妙は涙ぐんだ。

この家は妙の名義になっているから、住居に不自由はない。しかしそれに伴う税金や今後の生活のことを思うと家を処分するよりしようがないのだった。妙に与えられたのはこの家だけで、横山名義の株や預貯金のたぐいはすべて息子と娘のものになる。

「でもお妙さんの名義の貯金はあるんでしょう?」

春江がいうと妙は弱々しい声でいった。

「それがねえ……ないの」

「ないってあなた……」

「ないの。だって横山名義の預金を使っていればよかったんだもの」

「呆《あき》れた……」

春江は胸を上げ下げするほどの溜息をつき、

「どうして自分名義のものを作っとかなかったのよう。バカねえ……」

遠慮もなく詰《なじ》った。

妙にはデパートに勤めている息子がいる。息子の妻はテレビ局のディレクターで、四つの孫は妙が育てていた。二LDKのアパートに四人で暮していたのだ。ディレクターの嫁は息子よりも収入は多いが、時間が不規則である。妙は孫を育てながら家事一切を引き受けて、そしてそこに「置いてもらっている」のだった。

三年前の春の日を信子は思い出す。その日信子は生れて初めての温泉旅行を春江と妙の三人でした。行先は熱海だった。新幹線の中で春江と二人で妙が来るのをじりじりしながら待っていると、発車間際になってプラットフォームを妙が駈《か》け上って来た。化粧気もなく簡単なブラウスにカーディガンを着ただけで、もちのいいように強くかけたパーマの前髪が走ったために逆立っていた。

「来るのやめようかと思ったけれど、やっぱり来たの」

妙はいった。

「わたしがいないとヨメが困るのよ。今日はお隣の奥さんに頼んできたけれど……だから二晩泊るのは無理だから一晩だけで帰るわ」

ダメよ。二晩の約束なんだから帰さない、息子夫婦に遠慮気兼なんかするのはやめなさいよ、といった春江に、妙は弱々しく答えた。

「だってわたしにはお金がないもの」

だがその旅は妙を変えた。妙が横山不動産社長夫人になっていく運命の布石が熱海の一夜に打たれていたのだ。

今となっては妙にとって一番よい道とは、息子夫婦と孫の四人でこの家で暮すことだった。しかしこの家の相続税を払うには家を処分するしかないのである。家を処分して税金を払い、残った金で小さなマンションの一部屋に独り住居《ずまい》をするのが妙の望みである。再び息子夫婦と孫の生活の面倒を見る立場には妙は立ちたくないのだった。

「立ちたくないといってもお妙さん、よく考えなさいよ。何といっても最後は肉親よ。一人で頑張ったって、いつかは弱って、いやでも世話にならなくちゃならないのよ」

春江はじれったそうにいった。

「お妙さん、しっかり考えなさいよ。不動産が右から左へ売れた時代は終ったのよ。よしんば売れたとしてもあなたの心づもりの半分の値段だと思った方がいいわ。マンションを買って一人暮しするより、残ったお金を握って息子さんの所へ行くのが一番よ」

妙は肩を落していう。

「横山との結婚は運命の神さまの何かの間違いか、いたずらだったんだわ……。わたしがあんな幸福に恵まれるなんておかしかったのよ。ふり出しに戻った……そういうこと……」

それを聞くと信子は何もいえない。息子と一緒になるといったって、当の息子の方ではお母さん、来なさいよ、とはいわないのだ。妙の家からの帰り途《みち》、春江はいった。

「息子さんは家を売って税金払った後、いくら残るか考えてるところなのかも」

「息子さんはそうでなくても、おヨメさんがねえ……」

と信子は応じた。

「お妙さんも息子さんたちと適当に仲よくしてればよかったのよ。あの人はおとなしそうで強情なところがあるでしょ。お金持になって、見返してやった、って気持だったんだもの。殆どつき合わなかったのよ。でもそうするんなら万一のこと考えて自分の財産を作っとかなくちゃ……」

「そうねえ。でも三年足らずじゃ無理でしょう」

「あたしならやるわ。ダンスやフランス料理にうつつ抜かしてる暇に自分名義の不動産を作ってもらっとくわ」

「でもそんなことお妙さんの口からなかなかいい出せないわ」

「出せるわよ。出さなくてどうするの。結局はねえ、年とったら財産が頼りよ。それしかないのよ」

夫の死という波がくると、砂のお城のように溶けて崩れる幸せ——。夫に尽し夫だけを信じ頼って、夫によって与えられる幸せの何という脆《もろ》さ。だが妙も信子も、春江でさえそう生きるしかない時代に生れ育ったのだ。そして自分の力に頼るのではなく、子供にも頼れず、夫か財産かに頼る老後を迎えているのだった。

かつて老人にとっての幸せは、家庭の——夫婦が力を合せて産み育ててきた家族の、敬愛の中に安心して死を迎えることだった。信子は思い出す。信子の祖父と祖母を。あの頃、老人はどこの家でも大切にされていた。老人が家庭の柱だった。季節の食物や到来物はまず仏壇に供え、その次は祖父や祖母の所へ持っていくのが普通だった。おじいちゃんやおばあちゃんは「偉い人」なのだった。なぜ偉いか？　その家を作るために一所懸命働いて、家族のためにさまざまな苦労に耐えた人だからだった。わからないことや困ったことがあると、家族は祖父や祖母に相談した。老人の意見に従うかどうかは別として、それは礼儀と尊敬の印だった。

老人はあるがままに安心してそこにいればよかったのだ。頑固爺《じじ》ィ、意地悪ばあさんと蔭口《かげぐち》を叩《たた》かれつつ、頑固者、意地悪婆《ばば》ァとして存在していればよかった。そうすることを容認されていた。病気になったらどうするか、ボケがきた時は……などと心配する必要はなかった。堂々と病気になり、ボケていられた。迷惑をかけることに遠慮気兼などいらなかった……。

秋の同窓会で誰かが看護つきの老人ホームの話をした。別の人はポックリ寺へお詣《まい》りして、貰ってきたお札をみんなに見せていた。若い人たちに迷惑をかけたくないと誰もがいった。その気持の中には「申しわけない」というよりも、「厄介者になりたくない」という気持が強い。

自分たちがお前たちにいったいどんな迷惑をかけたか。敗戦後の苦しい暮しを力をふり絞って守ってきた。育ててもらった恩を忘れたのかと詰ったら、産んでくれと頼んだわけじゃない。自分がスキで産んだんじゃないかといい返されたという話が出た。

「そういわれればそうにはちがいないわ。ほかに楽しいことが何もないからセックスして、できてしまったから産んだんだものね」

と春江がいい、皆は苦笑するしかなかった。

敗戦後の何年間かはそんなふうに生れた子供は少くなかった。コントロールの方法など何もない時代だった。生活は苦しかった。子供を一人産むということは、食べる口が一つ増えるという大問題だった。秘密の妊娠中絶は高額だった。公定の料金で中絶してもらえる人は何かの重い病気を抱えている人だったから、いっそそんな病気になりたいとさえ思った……。

山を越えて西伊豆に向うバスで、有名な上り下りのガタガタ道があった。乗客は座席で飛び上り飛び上りしながら三時間も揺られた。勝沼照代は用もないのにそのバスで一日に二往復した。そこで流産した人の話を聞いたからだ。何とかして堕《お》りないかと、必死だったわ、と照代はいった。でも流産ってなかなかしないものよねえ。子宮壁にしっかり齧《かじ》りついてるの。憎らしいやらいじらしいやら……。

照代が流産しようと苦労して果せなかった時の女の子は、アメリカに留学して今は三人目のアメリカ人と同棲《どうせい》している。

「親のことなんか忘れてしまったみたい。だけどあの時のことを思うと文句がいえないのよ。本人は何も知らないことだけど……」

と照代はいった。苦労が当り前の時代だった。戦いに敗れた国の苦労と社会の苦労と個々の生活の苦労が三重になって蔽っていた。そこから脱け出るために息つく間もなく働きに働いた。

だがそんな苦労は後の世代には「カンケイない」ことだった。彼らには彼らの苦労があるのだ、と彼らはいう。学歴社会、物価高、うさぎ小屋住い、汚染と自然破壊。

なにがそんなもの、と年寄りたちは思う。お前たちは何を辛抱したか、何に犠牲を払ったか。我々の耐えてきた苦労といったら……といいかけてやめる。いっても理解されない。理解しようという気持がそもそもないのだ。彼らは老人に敬意を払うことを知らない。同情すらもしない。邪魔をしないように小さくなって、諦《あきら》めているのを当り前のことに思っている——。同世代が集っていい始めると際限なく苦情が出てくるのは、ふだん十分にいえないためである。

「苦労くらべをしたってしようがないわ。解《わか》れという方が無理なんだと思うけど。でもいいたいわねえ。あんたたちが思ってる苦労とあたしたちのしてきた苦労は違うってこと」

「そんなことは考えない方がいいのよ。わかり合いたいなんて思うのはやめた方がいいわ。期待を捨てるのよ。孤独に徹するのよ。つまり強く生きるのよ」

春江がいうと、皆はざわめいた。

「でも、どうしてこんな世の中になったんでしょう……。やっとこれから楽しく暮そうという頃になって、孤独に徹しなきゃならないなんて……」

「結局は金が頼り、よ。それしかないわ。一心に年金を蓄《た》めることよ。孫のお年玉なんか一万も二万もやることない。二千円くらいでいいのよ」

「でも孫への愛情というよりも、ヨメにケチだと思われたくないわ。春江さんは財産があるから千円のお年玉でもいいのよ。あたしたちの場合はお年玉の額で一目置かれたり、バカにされたり……違ってくるんだもの」

「お年玉でおばあちゃんの値打ちが決る……なんてことなの！」

我々は若い頃、舅姑《しゅうとめ》にどうしたら気に入られるかということばかり考えていた。だが今はどうしたら嫁によく思ってもらえるかということを考えなければならない。「亭主丈夫で留守がいい」という言葉があったけれど、「ばあちゃん金持って遠くがいい」

——それが現状よ、と誰かがいった。

「老後の幸福」について、美保から頼まれていた取材に協力するために、妙と信子が春江のマンションに集ることになっていた。横山の急死前の約束である。それぞれが一品か二品、手料理を持ち寄って、昼頃から午後いっぱいをゆっくり話そうと決めていた。

横山の死で延び延びになっていたが、春江がいい出して、妙を慰めるためにもそろそろ実現した方がいいということになった。信子は持ち寄りの料理を野菜主体の和風のものに決めた。どうせ春江は豪華な欧風肉料理を作るだろうと考えてのことである。料理を入れるには今はタッパーウエアーという密封性の重宝なものがあるが、それではどうも殺風景だ。とっておきの金蒔絵《きんまきえ》の重箱に詰めることにした。それを紙袋なんぞではなく縮緬《ちりめん》の風呂敷《ふろしき》で包む。

数多くもない着物の中で一番気に入っている藍大島《あいおおしま》に、春江がローケツ染に凝っていた頃、作ってくれた染帯を締めた。どの帯が合うかと迷うのも心楽しい。自分でセットした髪も具合よくまとまって、うきうきいそいそした気持になる。たったこれだけのことで「幸せみたいな」気分になるなんて、と思う。

前の晩、テレビの深夜映画を見て、翌朝九時近くまで朝寝した時なども、これも独り暮しのおかげ、と「幸せみたいな」気分になる。「幸せみたいな」気分は日常の中に時々顔を出すが、それはあくまで「みたいな」であって「幸せ」ではないような気がする。春江にいうと、

「信子さん、それが幸せなのよ。それも幸せだと思うことよ」

ときっというだろう。春江は前向きだ。切り捨て上手だ。

「よく考えてみたらたいていのことはどうでもいいことなのよ。そう思うのが老後の暮しをうまくやるコツよ」

と春江はいった。

「あたしは娘のことも孫のことも期待しないし心配もしない。彼らは彼らの人生を築けばいいのよ。育ててやった、なんて思わなければいいのよ。産んだから育てた——それでいいのよ。庭に花の種を蒔《ま》いて、丹精して花を咲かせたのと同じように考えるの。花に向ってお前を咲かせてやったのはあたしよ、とはいわないでしょ」

「そんなふうに考えるなんて、寂しくない？」

信子がいうと春江は笑っていった。

「自分の暮しだけ大事にしてればいいのよ。所詮《しょせん》、人生って寂しいものよ……」

今日の座談会はどういうことになるだろうと思いながら、春江の部屋のチャイムを押した。待ちうけていたように扉が開いて、春江が顔を出すなりいった。

「お妙さんは来ないのよ。家を処分しようとしたら、抵当に入ってたんだって。ガックリきてるのよう……」

春江は靴脱ぎの所に立ったまま、一方的にしゃべった。

「さっきお妙さんから電話がかかってきて、半分泣いてるのよ。だからいったの、泣いてる暇があったらここへ来なさいって。信子さんと三人でない知恵でも絞ったら気が晴れるわ、っていったんだけど、ダメねえ。あの人って……。持ち寄りの料理が作れなかったからなんてつまらないことというの。作れないなら作れないでいいじゃないの。何もお茶会をやろうってわけじゃないんだから……」

ま、とにかく上ってよ、と漸《ようや》く春江は信子にスリッパを勧めた。奥へ行くともう美保が来ていて、テープレコーダーを廻《まわ》している。

「もうテープをとらせていただいているんです。春江さんの演説があまりに素晴しいものので」

と美保は笑った。

「そうなのよ。お妙さんが迂闊《うかつ》だものだからつい、一席ぶっちゃったのよ。自分の人生を人委《ひとまか》せにしていてはダメってこと。お妙さんたら泣き泣きこういうの。やっぱりわたしは掃除洗濯に孫のおやつや食事の支度をして、寝る前にアカギレ止めのクリームを手にすり込んで寝るような運命だったのよ、って。横山との結婚は運命の神さまの手違いか、いたずらだった。ふり出しに戻ったのよって……」

信子は「素直ねえ……」としかいえない。と、春江はすぐさま「素直なんて何の長所でもないのよ、今の時代は」と撥《は》ね返し、話はそのまま今日のテーマである「老後の幸福」へと入っていった。信子は「幸福」なんていったいどういうものなのか、いくら考えてもわからない、といった。健康で物質的にも経済的にも何の心配もない生活が出来ることを幸福だと思えば、今のわたしは幸福だということになる。しかし毎日を「生き生きと楽しく」過すことが幸福だとすれば、わたしの幸せは気が抜けている。

「でも総括的には今のお年寄りは幸せじゃありません？　それぞれ時代に順応して、好きなことをしていらっしゃいますわ。カラオケ、ゲートボールからゴルフ、旅行、それも海外旅行、食べ歩き。それに成人向きのいろんな講座が方々にあって、勉強したければ何だって出来ますでしょう。万葉集《まんようしゅう》からフランス語まで……。昔のお年寄りは何も出来ませんでした。大黒柱だったかもしれないけれど、大黒柱が外へ出て楽しんではいけなかった。家の中で目を光らせて、家族を指導するのが役目だったでしょう。指導っていえば聞えはいいけれど、要するに文句をいっては煙たがられていたんですから。それが生甲斐《いきがい》になってたみたいですものねえ……やっぱり今はとってもいい時代だといえませんかしら……」

と美保はいった。

昔に較《くら》べると現代が「いい時代」であることに信子は異論がない。「いい時代」だからこそ、夫が働いて蓄《たくわ》えた金の大半を信子のものに出来たのだ。夫の年金の半分も信子のものだ。夫への信子の要求はすべて通った。それを非難する者は誰もいない。これが二十年前なら信子は「鬼女房」といわれているところだ。美保のいう通り、それぞれの好みに応じて、しようと思えば何だって出来るのだ。

だけど……と信子はひそかに思う。あれをしたいこれをしたいと思い思いしていたことは何だったのか？

それが出来るようになった今なのに、あれほどしたかったことが消えてしまった。買いたいものがいっぱいあった筈《はず》なのに、何を買いたかったか思い出せない。音楽は？　絵は？　小説は？　と春江はたたみかける。だが信子は何にも馴染《なじ》めない。古典講座を聞いていると眠くなってくる。料理は好きだし得意だが、食べてくれる人がいなければ作ってもつまらない。

春江は音楽を聞き、絵を見、歌舞伎《かぶき》と能に興味を持ち、古典に親しむことから今はクリエイティブな楽しみに移ったという。今、春江が面白がっているのは陶芸である。都内の陶芸教室では飽き足らず、山梨県に窯場のある陶芸家の所で月のうち半分は土をこねて過しているといった。

「信子さんもいらっしゃいよ。一緒にやりましょう。ろくろ廻してると何もかも忘れるわよ」

と春江はいった。信子は「そうねえ」というだけだ。信子は、自分にはものを創《つく》り出す才能はないと思っている。

「なにもプロになるわけじゃなし、才能なんていらないのよ。楽しめばいいのよ」

春江はいった。だが信子は何を創ればいいのかわからない。春江が焼いたという皿に女郎花《おみなえし》の絵が描かれている。信子は思う。

――ちゃんと女郎花に見えるからたいしたものだわ。わたしが描いたら、とても女郎花になんか見えやしないわ……。

だが春江はいうだろう。そんなこと考えないのよ。女郎花に見えなくてもいいのよ、自分で女郎花だと思っていれば。

あなたってどうしてそうなのよ、と春江はいう。信子もそう思う。わたしってどうしてこうなんだろう……。

春江と信子のやりとりを美保は微笑して聞いていたが、黙り込んでしまった信子を見て助け舟を出すようにいった。

「でもよく考えてみれば、何か楽しいことをしていなければ幸せじゃない、ということはありませんわね？　幸せなんて、それぞれの形があるんですから」

「そりゃあそう――」

春江はあっさりいった後で信子を見ていった。

「信子さんの幸せは何？」

「そう正面からあなたの幸せはなに？　なんて詰め寄られると困ってしまうんだけど……」

信子はこめかみに指を当てて暫《しばら》く考えていたが、やがて顔を上げていった。

「わからないわ……」

「わからないってことないでしょ。やっと手に入れた自由じゃないの」

と春江は追及する。漸く信子はいった。

「あえていえば……」

「あえていえば？」

「買物なんかする時……以前なら買いたいと思ってもすぐに家計簿がちらついたものよ。あ、おいしそうなやなぎ鰈《がれい》、と思っても、主人が好きじゃないし、自分だけのことだから高いものは買うのをやめようとか、雨が降ってきてタクシーに乗りたいと思っても勿《もっ》体《たい》ないと思ってバスの行列に濡《ぬ》れながら並んだりしてたものだけど……。この前ね、一枚二千円のやなぎ鰈を買ったのよ。その時、しみじみ思ったの。ああ、わたしの天下だわって……」

「呆れた……」

と春江がいう。美保は笑いながらとりなすようにいった。

「それも幸せのひとつですわねえ。象徴的なお話ですわ」

「もっと上等なことがいえればいいんだけど」

信子はいった。

「わたし、この二、三日、わたしなりにいろいろ考えたのよ。そして思ったの。要するに幸せとは目的に向って一心に進んでいることなんだって……」

「勿論《もちろん》よ。いくらお金があったって、目的のない人生ほどつまらないものはないわ」

と春江。

「そうよ。それで、わたしの目的は何だろうと思ったの、そうしたらふと、主人が家を出る時にいったことを思い出したのよ。『わしは東京にいてももう何の役にも立たん。山奥の村へ行けばこんな校長の古手でも役に立つことがあるだろう。何かの形で人の役に立って死ぬのが幸福な一生だ』……」

するとと春江は投げやりにいい返した。

「年とったらもう、役に立つことなんか何もないのよ。人の役に立つなんて、そんなのイリュージョン。社会も若い人たちも我々に役に立ってほしいと思ってなんかいないわよ。そんなことより、人の迷惑負担にならないようにすること。大事なのはそれだけよ」

春江が「これからの老人の心構え」についてしゃべっているのを聞きながら、美保はだんだん上の空になっていった。三日にあげず深夜に電話をよこしていた楠田が、この一週間ばかり何もいってこない。昨日、出版パーティで会った西村香が「その後、いかが？」といって笑いかけたあの笑顔がへんに美保の気持を乱していた。

楠田が並外れた女好きであることを美保は十分承知していた。楠田は誰の前でも平気で自分の女好きを口にする。

「オレのことを女蕩《おんなたら》しとか浮気者なんていわないでほしいな。オレはいうならば狩人だ。獲物を見たら危険が迫っていても追わずにはいられない悲しき性《さが》の猟人だ。兎《うさぎ》だって鹿だって、熊《くま》だって、猪《いのしし》でもいいよ、それぞれに趣というものがあるんだから」

などといっていた。情事を描かせれば彼は他の追随を許さないといわれている。情痴小説の第一人者としてもう二十年も多作に耐え、力量にゆるぎがないのは、才能もさることながら何といっても実践力のたまものだと自分でいって憚《はばか》らない。

楠田とこうなるまでは何というイヤな男だろうと軽蔑していた美保である。だがいつか、そんな楠田を流行作家になっても格好をつけたり威張ったりすることのない、珍しく正直な無邪気な男だと思うようになっていた。

「君は手強《てごわ》い牝鹿《めじか》だったね」

と楠田はよくいった。「手強い牝鹿」という表現が美保は気に入った。

「最高のエモノ」

といって身体のふくらみに添って手をすべらせた。

「いっそ剝製《はくせい》にしようか、どうだ――」

そんな口舌にいい気になるあたしじゃないわ、と頭の片隅でいいながら、美保の身体はその言葉に反応した。

「ぼくは本当に思ったことしか口にしないよ。相手を喜ばせるためにおいしいことをいったりしないよ」

「ほんとかしら？」

美保はてんから信じていないという顔を作りながら、信じた。「正直な人。それだけが唯一の取柄という人。信じないけれど信じる私」と美保は日記に書いた。

だが以前、西村香はいった。

「楠田ちゃんの厄介なところは正直なところよ」

「どうして？」

「正直で人を傷つける。ご馳走《ちそう》になってるのに、まずいとはっきりいう人……」

美保は何も気がつかなかったが、もしかしたらあの頃、香は彼の正直さに苦しんでいたのかもしれない。

昨日、パーティで香を見かけた美保は気がつかないふりをしていた。だが香はかまわず近づいて来ていった。

「その後、いかが？」

何が「いかが」なのかと仕方なく美保はいった。香は笑顔を作っていた。ニコニコ笑いというより、ニヤニヤ笑いだった。いつまでもその顔のままで、美保の顔から目を離さずにいった。

「先生は今、グアム島ね？」

楠田がグアム島へ何の目的で行ったのか、香に訊《き》きたいのを美保は我慢した。我慢した分、美保の胸の底の澱《よど》みは消えない。香がなぜそれを知っているのかも訊きたかった。

楠田はグアム島へ行くことを美保にいわなかった。なぜだろう？

身体が土嚢《どのう》になったような気持だった。そこには嫉妬《しっと》や猜疑心《さいぎしん》や屈辱や失望や怒りが詰っている。ここへ来る前、美保は旅行案内所に立ち寄って、グアム島の観光案内を貰ってきた。電車の中でグアム島のタモンビーチには、パレスホテル、パシフィック、オークラ、ヒルトン、日航などの日本資本のホテルが沢山あることを知った。楠田はその中のどのホテルに泊っているのだろうか？　東京からグアムまで飛行機で僅《わず》か二時間半だ。行こうと思えば気軽に行ける……。美保は思う。

――いっそいきなり行ってやろうか？

「だからあたしはそう心に決めたのよ」

春江がしゃべる声に美保は、はっと覚醒《かくせい》し、「なるほど」というように頷いた。だが何を「そう心に決めた」のかわからない。

「まず第一。他人にどう思われるか、よく思われたいという思いを切り捨てること。第二。愛されたいという思いを切ること……肉親の情とか義理とか捨てるのよ。そして自分が素晴しいと思えるもの、価値あると思うものだけを大切にする……つまりエゴイズムに徹するのよ」

美保はまた頷き、メモをとるふりをする。テープレコーダーが廻っている。その安心から美保は時々ウツロになり、時々、ウツロから醒《さ》めた。

――先生が女と一緒であることは間違いないわ。でも何者だろう？　その女は……。

クラブのホステスはもう飽きたよ、とこの前楠田はいっていた。女子学生もこの頃はホステスよりもすれていて、へんにシャアシャアしてるのが興醒《きようざめ》だ。人妻は野暮だし、かといってロリコンは面倒くさいしなあ……。いい女っていないものだねえ。やっとこの頃、それがわかるようになったよ……。

わかるようになったのは、美保という知的な女の魅力を知ったからだと楠田はいおうとしている……美保はそう勝手に解釈し、だから機嫌よく、

「あら、女はブスも美人もヤセもデブも、それぞれに趣があるっていってたのはどこのどなた？」

といって笑っていられたのだ。楠田の気持は猫の目のように変る。それも承知している筈だった。彼のような男の恋人になるからには弁《わきま》えが必要だった。知的な女はヤキモ

チを妬《や》かない。男に自由を許す。自分も自由でいる――そんな女でいるつもりだった。

なのに……。

笑い声に気がついて目を上げると、春江がいっていた。

「つまりお妙さんって、サゲマンなのよ……」


その夜は春江の所に泊って行くという信子を残して美保はマンションを出た。今日の取材はおかまいなしによくしゃべる春江のおかげで、無駄は多いがまあうまくいった方だろう。玄関先まで美保を送り出しながら、春江と信子が代るがわるいった言葉が耳に残っていた。

「いいわねえ、美保さんの生き方ってほんとにスマートねえ。やっぱり女は頭がよくなくちゃダメね」

「わたしたちの世代って、あんまり勉強すると嫁の貰い手がないっていわれたものよ」

「ああ羨《うらや》ましい。もう一度生れ直したいわねえ」

「生れ直しても同じことだわ。わたしなんか、頭がよくないから」

と信子は投げやりにいっていた。

――でも頭のいい女でも落し穴に落ちるんです……。

そういいたかったと美保は思う。美保は自分の理性を信じていた。快適な恋愛は理性によって作られるのだと考えていた。ある時は男同士のようになり、ある時は女になる。

変幻自在にコントロールする。決して男に凭《もた》れない。男と女があくまで対等であってこそ快適な恋愛関係といえるのだ。美保はそう考えていた。

だが美保は気がついた。「快適な恋愛」なんかなかったのだ。恋は苦しいものなのだ。今、それがわかった。謙一と恋愛をしていたあの頃、美保は謙一のために苦しんだ記憶がない。あの頃はそれを恋愛だと思っていた。

「あたしたちは対等よね？　あたしは謙一が好きだけど、だからといって隷属はしないわ」

といったことを憶《おぼ》えている。謙一は真面目で純な青年だった。

「結婚したいな。結婚しない？」

「そうね……あたしが必要？」

美保はそういった。謙一は「うん」といい、不器用にキスした。

「あなたを選んだことはあたしが聡明《そうめい》な女だという証拠かもね」

結婚して間もない頃、美保はそんなことをいった。

「うん、そうだよ」

謙一はそう答えて、また不器用なキスをした。お互いにのめり込まないこと。それが上手な恋愛のし方よ、などと美保は友達に教えたりしていた……。

「快適な恋愛」とは溺《おぼ》れないことなのだ。美保は謙一に溺れなかった。溺れさせるほどの魅力が彼にはなかったのか？

だが楠田に美保を溺れさせるどんな魅力があるのか。美保にはわからない。わからぬままに美保はいつかのめり込んでしまった自分を思った。いったいそれは何の力なのか？　わかることは魔モノのように彼は美保を囚《とら》えたということだけだった。

いったい楠田はどういう気なんだろう――。数日間美保は思い暮した。

どういう気か？……と呟くが答は美保にはわかっている。楠田は美保に飽きたのだ。そういう男だ、彼は。そういう男であることを最初から承知していたんじゃないか、あたしは。

オレがいやだと思う女はしつこい女だ、と楠田はいっていた。まだ美保とこんな関係になる前だった。葉山の、遠く水平線がぼやけていくのが見えるあの広縁で、酒の客たちを前にしていいたい放題をいっていた。オレはべつに惚《ほ》れてもらわなくてもいいんだよ。ヤラせてくれればいいんだよ……。

あの頃、楠田に対して抱いていた軽蔑をもう一度、胸に蘇らせたかった。あの人みたいに女をバカにしている男はいない。女の敵だ。いい気になっている。女を愛して苦しんだことがないのを自慢しているドンファン――。

だがそのくだらぬ男、「女の敵」に美保は囚われてしまっていた。いくら罵《ののし》ってもこの囚われから抜け出ることが出来なかった。罵れば罵るほど彼は深く喰い込んでくる。電話をかけたい。だがかけられない。以前はらくな気持でかけていた電話がかけられなくなっていた。向うからかけてくるべきだという負けん気が美保を縛っているのか、楠田の心変りした声を聞くのが怖いのか。ただジリジリしながら堪えていた。

土曜日の夜、吉見が泊りに来て、スパゲティを食べながら川井村の話や剣道の話をしている時、ふと電話が鳴った。この頃は電話が鳴る度に電流のように期待の緊張が走るようになっている。だが久しぶりに会う吉見のおしゃべりに心が紛れて、珍しく楠田のことを忘れていた。何げなく取った受話器からいきなり、

「オレだよ」

楠田の声が聞えてきて、美保は、

「ま、先生……」

といったまま、後の言葉がつづかない。楠田から電話がかかったら、こういってやろう、ああいってやろうと、まるで舞台稽古《げいこ》のように用意していた言葉は何も思い出せない。

「ご無沙汰《ぶさた》しております」

他人行儀にいったが、壁の飾り鏡に映っている美保の目は灯《ひ》を点《とも》されたように笑っていた。

「グアムへ行ってたんだ。由良卓二《ゆらたくじ》と」

由良卓二は楠田の古い友人で、楠田の小説の挿絵はたいてい由良が描いている。楠田家の「広縁の常連」でもある。

「――いつお帰りになったの？」

「今だよ。由良の奴《やつ》が向うで熱なんか出しやがって、帰るに帰れないのさ。やっと治ったと思ったら、今度は由良の女が熱出してさ。ひどい目に遭ったよ」

由良卓二の「女」が熱を出した？

美保は思った。由良が「女」を連れていったということは、楠田も誰かを連れていたということだ。だがそれを追及するのはヤボというものだから、美保は、

「それはそれは……。お疲れさまでした」

といった。そういう声がこわばっていた。だが楠田は何も感じないように、

「今夜、出てこない？」

といった。

「今夜？　だって今お帰りになったばかりなんでしょう？」

「そうだよ。だからさ……決ってるだろ」

「でも今夜はちょっと……」

美保はいった。

「今、吉見が来てて、今夜は泊るんです」

「吉《よ》ッちゃんか。帰せばいいじゃないか。次の土曜日に泊ればいい」

「そんなこと、出来ません」

「出来ませんてことはないだろ。子供だもの、遠慮はいらないよ。いつだって会えるんだろ」

「それじゃ先生だって、なにも今夜でなくても」

「ぼくはやっと帰って来たんだよ。今夜じゃないとダメだ」

「ま、勝手なことを」

美保は苦笑した。心が晴れた苦笑だった。

「子供みたいなこといわないで下さい」

「オレはどうしても今夜、君とやりたいんだよ」

「おかしいわね。まるでグアムで不自由してたみたいに」

「不自由してたんだよ」

「そんなウソ。白々し過ぎます」

「いや、そりゃね、いるにはいたさ。由良の女の友達ってやつが来てさ、それが酷《ひど》い女でねえ……」

「そんなのそちらのご勝手よ。先生は何の連絡もなしに行っちゃったんだから……」

吉見がキッチンに立っていき、フライパンに残っていたスパゲティを皿に盛ってテーブルに戻ってきた。顔を斜にして一心に食べている。コップの水を飲み、レタスを頬張《ほおば》った。美保は鏡の中のそんな吉見を見ながら、一所懸命食べてる、と思う。美保がしゃべっている言葉なんか、耳に入っていないだろう。入っていても何もわからないだろう。

美保はいった。

「お互い、自由にやりましょ。先生だって自由に振舞うんだから、あたしだって自由にやりたいわ。いいでしょ？」

言葉の強さを和らげるために笑い声をつけ加えた。楠田はいった。

「そうか……じゃあしようがないな……」

そして電話は切れた。


「それでさ、ぼく、桜田さんの味方することにしたの」

コーヒーゼリーを掬《すく》いながら吉見がいっていた。

「おじいちゃんがね、虐《いじ》める奴も悪いが、ほかの連中――『その他大勢』っておじいちゃんはいったんだけど、そいつらが一番情けない奴らだっていうの。虐められてる奴の味方になってなぜ慰めたり励ましたりしないんだって。そういうのをキョウダのトモガラっていうんだって、わかる？　キョウダって。キョウダのキョウはね」

「立心偏《りっしんべん》に去るでしょ。怖《おそ》れるとか怯《おび》えるとかいう意味。ダは……」

「立心偏に、えーと、雨を書いてその下に」

「需って字よ」

「うん、知ってるよ」

吉見は立って行って電話の傍のメモ用紙に書いて見せた。

「そうそう、よく書けたわね。難しい字を」

美保はさっきから上の空だった。

「意味だって難しいわ」

「でも、『こわがり』とかいうより、『怯懦《きょうだ》のトモガラ』なんていうと、強くなったような気がするんだよね」

「そうね。難しい言葉って力強いわね」

そういいつつ美保は楠田の最後の言葉を思い出す。

――そうか……じゃあしようがないな……。

そしてカチャと受話器が下りた音が耳の底に残っていた。

――お互い、自由にやりましょ。先生だって自由に振舞うんだから、あたしだって自由にやりたいわ……。

そういってしまった、その台詞《せりふ》を反芻《はんすう》して後悔した。あんなにあっさり楠田が諦めるとは思わなかったのだ。楠田はムッとしたのだろうか？　腹を立て反発した？

いや、それくらいのことでムッとするような楠田ではない。もしかしたら……美保はふと閃《ひらめ》いた想念にギョッとなった。もしかしたら彼は、ムッとしたのではなく「しめた！」と思ったのかもしれない。楠田の微妙な変化を美保は感じる。あるいは楠田自身、まだそれに気がついていないかもしれない変化を。そしてそれがわかるということは、いつか美保は楠田に深入りしてしまったということだった。

美保は電話が鳴るのを待った。今までの彼なら必ず、後追いをしてくる筈だった。だが電話はかかってこなかった。吉見がとめどもなくしゃべるのが煩《うる》さかった。楠田はもう飽きたのか？　新しい女が出来たのか？

だがそれでも美保に電話をかけてきたということは、まだ美保を尊重して礼儀を尽していることかもしれない。せめてそう思って自分をなだめるしかなかった。

「吉ッちゃん、もうそろそろ寝たら？」

と美保はいった。吉見は不服そうに時計を見た。まだ十時じゃないか、といいたげだった。いつもなら翌日は日曜日だから十一時過ぎてもトランプをしたりおしゃべりをしたりしている。

「ママね、なんだか疲れちゃったの」

吉見は美保の顔を見て、

「そんな顔してる」

といった。夕食の支度をしていた時は、今日は夜食のおにぎりを作っておいて、夜通しトランプしようか、と美保はいっていたのだ。

「どしたの、急に疲れたの？」

と吉見は聞いた。

「久しぶりでワインを飲んだせいかな」

美保はいって、頸《くび》を揉《も》んだ。

「じゃあ、早く後片づけしてベッドで話そうよ。ぼく手伝うよ」

片づけはママがするから、その間に吉見はお風呂に入りなさいといった。吉見は風呂に入る前に、いつもするようにベッドの横に長椅子《ながいす》を引っぱってきて、自分の寝床を作る。美保は苛々《いらいら》してそれを見ていた。早く一人になりたかった。楠田に電話をしたかった。寝床を作った吉見はテレビの前に立って、見ながらのろのろとセーターを脱ぐ。美保はたまりかねていった。

「何をしてるの。さっさとするのよ、さっさと」

吉見ははいといって素直に浴室へ行った。湯を流す音が聞えたので、美保は急いで楠田の電話番号を廻した。楠田の妻の声がいつもの不愛想な調子で、「はい、楠田です」と出てきた。

「夜分にお邪魔します。中根ですけど先生は」

いい終らぬうちに面倒くさそうな太い声がいった。

「楠田はグアムに行ってまだ帰らないの」

「あら、そうですか。お帰りはいつでしょう」

「わかるもんですか……。もしかしたら日本へは帰ってるのかもしれないけど」

暢気《のんき》な口調に美保は笑い、ではまた、といって電話を切った。いても立ってもいられなかった。もう二度と楠田は戻らないような気がした。糸の切れた凧《たこ》のように楠田はどこかへ行ってしまった。追うにも姿がない——。

風呂から出て来た吉見が、冷蔵庫から取り出したウーロン茶を飲みながら、さっき消したテレビを又つけた。

「こんな時間に、子供が何を見るのよ！」

我知らずつっけんどんにいっていた。

「ママは疲れてるんだから早く寝てちょうだいよ！　さっきからそういってるのがわからないの！」

その見幕に吉見は呆気《あっけ》にとられたように母を見ていた。やがて顔が歪《ゆが》み、ジワジワと目尻《めじり》が濡れていった。

悲しい吉見

チカちゃんは文化祭のバザーに「手造りの品」を出すといってはり切っている。おばあちゃんは「そんなもの……」といい、それより人に喜ばれる日用品がいいのよ、といった。

おばあちゃんは押入の奥の方から、色んな物を取り出してきた。押入なんて布団が入っているだけかと思っていたら、色々な紙箱や木箱やらお椀《わん》やらコップやら菓子器やらタオルやら、紅茶や缶詰なんかが次から次へと出てきて、吉見は、

「ワーイ魔法の押入だァ……」

と叫んだ。結婚式やらお葬式やら快気祝い、お歳暮、お中元。時代が変ってもこういうことだけは変らないわねえ、とおばあちゃんは満足そうにいい、

「でもおじいちゃんがいなくなってからはさっぱりよ」

ちょっと寂しそうに笑ったのが珍しかった。おじいちゃんのことになると、いつも目が尖《とが》って悪くいうのだが。

チカちゃんはリースを作っていた。貝だの星だの色んな形の小さなマカロニを買ってきて、それに金色のラッカーをスプレーして、それからダンボールをドーナツ型にくり

抜いたものを緑色に塗った。その上に金色のマカロニとリボンを貼《は》りつけたら出来上りだ。

「可愛《かわい》いでしょ」

とチカちゃんは嬉《うれ》しそうだった。吉見は「うん」といった。「うん」よりほかにいいようがなかった。チカちゃんは、

「うん、だけ？」

といった。吉見は仕方なく、

「いいよ、可愛いよ」

といった。パパは「どう？」といわれて、笑っていた。おばあちゃんは、

「あんなもの、売れ残ったらどうするの。羞《はず》かしいじゃないの」

と蔭《かげ》でいっている。吉見はそれを学校へ持って行くのが羞かしい。

吉見たち児童は習字と絵のほかに、粘土の胸像を展示することになっている。胸像はうちの人や友達、好きな人や尊敬している人がいい、と青柳先生はいった。吉見は誰《だれ》を作ろうかと考えた。すぐ頭に浮かんだのはおじいちゃんだった。ママのことも考えたが、ママの顔は整っているので却《かえ》って難しい。おじいちゃんの顔は特徴があるから作り易《やす》いような気がした。

おじいちゃんの顔は作り易いと思ったが、おじいちゃんが目の前にいないと、皺《しわ》がどこにあったかが思い出せなかった。小さいが怖くて頑固な目の感じをどうすれば出せる

のか、いざとなるとまったくお手上げだった。写真を見ながら無理やり作っているとチカちゃんが見て、母方のじいさんに似てるといった。じいさんは八十過ぎて浦安《うらやす》で蜆《しじみ》売りをしているそうだ。

吉見はチカちゃんを製作することにした。チカちゃんの顔は簡単だった。玉子型にして目を大きく、鼻はチンマリと小さく、下唇をぼってりと厚く、そして頸《くび》を長くすればよかった。作り上げるとチカちゃんは、

「これがチカちゃん？　あたしってこんなァ？」

と失望したようだったが、パパは「なかなか感じが出てるよ」と褒めてくれた。おばあちゃんは、

「ふーん」

といっただけだった。おばあちゃんは何だか面白くなさそうだった。

「吉見も気を遣ってるんだねえ」

おばあちゃんはいった。チカちゃんの顔は作り易いからだよ、というと横を向いて、

「そうかい」

といった。

加納くんは青柳先生の胸像をとても上手に作っていた。メガネの感じなんか、どうやってこんなにうまく出来るのかとびっくりするほどだった。先生のマジメな感じを出したつもりなんだけど、と加納くんはいった。吉見はマジメというより、イジワルそうだ、

と思ったが黙っていた。

桜田町子の作品には「あたしのひいおじいちゃま」という題がついていた。町子のひいおじいさんという人は、偉い政治家だったとかで、太い髭《ひげ》を頰《ほ》っぺたにはね上げている。胸に勲章を下げている。勲章を下げさせるために町子の胸像はほかの誰よりも大きかった。町子の家の応接間にはこのひいじいさんのブロンズが置いてあるらしい。原悦子は町子はそれを真似《まね》っこしたのだ、といいふらしていた。勲章なんか見せびらかして、と高田清美がいった。チカちゃんにその話をするとチカちゃんは目を剝《む》いて、

「ヤな奴《やつ》ら！　まったく……」

と吐き出すようにいったので、吉見は胸がスッとした。

パパは珍しく文化祭に来てくれるといった。おばあちゃんも来る。ママは行けたら行くけど、でもこっそりね、といっていた。チカちゃんは食堂の手伝いで、うどんに玉子を落して葱《ねぎ》を入れる役目だった。おばあちゃんは、

「その役だけなら、まあ無難だわ」

といった。

文化祭は楽しく始まった。吉見はおばあちゃんが編み上げてくれた新しいセーターを着て学校へ行った。朝は少し寒かったが、天気はよかった。廊下や教室に菊の鉢がいっぱい飾られて学校中いい匂《にお》いだった。菊の鉢はＰＴＡの会長さんが菊作りが好きで自慢で持って来たのだという話だった。

吉見の「夏休みの思い出」という題の川井村の風景画は、一番いい場所に貼《は》り出されていた。井上和子の習字もたいしたものだった。見廻《みまわ》りに来た校長先生は和子の習字の前に立ち止って、「これはしっかり書けてる」と感心した。和子はフタゴの妹の手を引いて、その習字の前でお父さんから写真を撮ってもらっていた。和子が嬉しそうにしているのが吉見は嬉しかった。ニガテの算数も体育もない、皆もイジメを忘れたような、明るい始まりだった。

だが昼食の後、思いもしない事件が起きた。桜田町子の「ひいおじいさんの胸像」のピーンとはね上げた髭の片一方がなくなっていたのだ。最初にそれを見つけたのは誰なのか、わからない。吉見が知った時はもう騒ぎが大きくなっていた。走って行くと胸像の前で町子が泣きじゃくっていた。六年二組の者だけでなく、他の組や下級生たちもいた。お客さんもいた。加納くんが来て、すぐに青柳先生を呼びに行った。先生は小走りにやって来て、胸像を一目見るなり、

「ヒゲはどこ?」

といった。先生は髭があればくっつけるつもりだったらしい。皆はそのへんを捜したがなかった。

「桜田さん」

先生は町子の方を向いて、

「片方の髭だけじゃおかしいから……ふざけてると思う人もいるかもしれないから、こ

れはひとまず撤去した方がいいんじゃないかしら……そして、ゆっくり捜して、見つかれば補修して出した方が……どう？」

町子は何もいわずに泣いている。先生は心を決めたように皆を見廻して、

「このことについては、今はナンだから明日、みんなと話し合いましょう。いいですね？」

といった。

「では、加納くん、大庭くんと二人でこれを職員室まで持って行って下さい」

「はい、でもぼく一人で大丈夫です」

と加納くんはいった。吉見がまごまごしていると先生は怒ったように、

「さあ大庭くんも」

といった。吉見は胸像を持った加納くんと並んで廊下を歩き、階段を降りて行った。

「可哀《かわい》そうだなあ」

思わず吉見はいっていた。加納くんは、

「誰がやったかぼくにはわかってる。でもいわない」

といった。

文化祭の後片づけをして帰って来てから、ずーっとチカちゃんはプリプリしていた。チカちゃんが一所懸命作って行ったマカロニのリースがバザー係のお母さんたちに

百五十円という値段をつけられ、それでも売れなかった。それでチカちゃんは自分で買ってきたのだ。そのリースをチカちゃんは居間とキッチンの間の壁に怒りながら掛けた。

夜のご飯はおばあちゃんが新川のおばさんからシャブシャブ用の牛肉を貰《もら》ったので、おばあちゃんの所で食べることになった。

「こんな時、ご飯の支度しなくてすむのウレしいわ」

チカちゃんはプリプリするのをやめて、せっせと肉を食べた。おばあちゃんは肉やら野菜やら忙しそうに鍋《なべ》に入れた。おばあちゃんがバザーに出した「持ち寄りの品」はシーツ、コップ、バスタオル、タオルケット、缶詰の詰合せなんか、あっという間に売れた。おばあちゃんは機嫌よく、こういう時は庶民感覚を忘れてはダメよ、といった。

「それにひきかえ、クリスタルグラス一ダースとか、切子細工の果物鉢とか、それは高いものなのはわかるけど、敬遠されてたわ。スリッパだってパリのメーカーのネームが入ってるものなんか出てるのよ。でも売れてないの」

とおばあちゃんは満足そうだった。

「それ、桜田さんの所から出たんだわ」

チカちゃんがいった。

「だから上等の物出して悪口いわれてるの」

「上等の物、出しちゃいけないのかい？」

とパパが訊《き》いた。

「見栄《みえ》っぱりで出してるからよ。カネモチぶって、ってみんないってたわ」

「いちいちうるさいんだなあ」

「桜田さんは反感持たれてるみたい。今日だってシャネルのスーツ着て来たって、悪くいわれるの。おまけにヴァンクリーフのイヤリングしてたって。小学校の文化祭にそんな格好で来るなんて無教養だって。ひいじいさんは偉かったかもしれないけど、町子ちゃんのお母さんは女優のなり損ねなんだって。うどん作りながらそんな話聞いてると面白かったわ」

「時と場所を弁《わきま》えるってのは大切よ」

とおばあちゃんがいった。チカちゃんは調子づいて、

「そうだ、桜田さんが出した手作りの品も凄《すご》かったのよ。フランス刺繍《ししゅう》のクッション——そりゃあすてきなの。それがいくらの値段つけられたと思う?」

チカちゃんはパパとおばあちゃんを順ぐりに見た。

「百五十円よ!」

「それじゃあ、千加のマカロニリースと同じじゃないか」

「そうなのよ! 桜田さんイジワルされてるのよ」

「でもすぐ売れたろう」

「売れたわよ!」

とチカちゃんは口惜《くや》しそうにいった。

吉見は聞いているのが辛《つら》かった。町子のママが憎まれている話なんか聞きたくない。高い物をバザーに出したのがイヤだというが、町子の家は金持だから高い物しかないのかもしれないじゃないか。それしかないから出したのだと思わないで、見せびらかしたくて出したのだなんて、どうしてそう決めるんだろう。どこに証拠があるんだ、と詰め寄りたい気持だった。

シャネルの洋服に何とかのイヤリングをして文化祭に出たのが何がいけないんだ。何を着ようと自由じゃないか。チカちゃんみたいに食堂でうどんに玉子と葱を入れる係だったらシャネルにイヤリングはおかしいかもしれないけれど、町子のママは何の係もしてないんだから、いいじゃないか。

こういうことだってイジメじゃないのか？　吉見は思う。おとなもイジメをやってる。それなのにイジメは子供だけがやるものだと思ってる――。

「おかしいの。あたしがうどんの係してるところへ緑川と永瀬が来たのよ。そしてひょいとあたしの顔見て、ギョッとして、モジモジして、食べないで出て行ったわ」

チカちゃんは面白くてたまらなそうに笑い声を上げている。だけど笑ってる場合じゃないんだ。桜田さんの作った胸像の髭が、片っぽ取れていた。それで吉見の胸はふさがっている。

加納くんと二人で職員室へ胸像を運んだ時、先生はいった。

「これは誰かがいたずらしてわざと取ったんじゃないと先生は思うのよ。何かの拍子に……例えばすごい髭だなァ、なんていってちょっと触ってみた、すると何かの弾みでポロリと取れた、それで驚いてそのままにして逃げた……そういうことじゃないかしら」

先生はそういって、

「どう思う？　加納くん」

と加納くんの顔を見た。

「多分」

と加納くんはいった。

「そうだと思います……」

違う。あれは弾みで取れたというものじゃない。あさらかに捥《も》ぎ取ったような跡だった。先生が吉見の方を向いて、「どう？」といってくれたら、吉見はそういっただろう。だが先生は加納くんの返事に満足したように、

「ご苦労さま。このことであまり騒がないようにしましょうね」

と向うを向いたので、吉見は何もいえなかった。あれは誰かがわざとしたことだ。げんに加納くんはいったじゃないか。

——誰がやったかわかってる。でもいわない……。なぜ？　と吉見が訊くと、

「とにかく、ぼくは静かに勉強したいんだ」

といった。加納くんが「とにかく」という時、吉見はいつも気圧《けお》される。今日も気圧された。

文化祭の次の土曜日、学校が休みなので吉見はいつもより寝坊をした。洗面所で歯を磨いていると、ダイニングでパパがいっていた。

「でも千加、あんまり調子にのって余計なことはいわない方がいいよ」

チカちゃんは台所でソーセージを炒《いた》めているらしい。ジュージューという音の中から大声でいい返していた。

「どうしてさ？　思ったことというための懇談会でしょ」

「そりゃそうだけど……あんまり混乱させるなよ」

「パパ、あたし、ヤクザじゃないよ」

「千加はすぐ興奮するからなあ。誤解され易いから心配するんだよ」

「誤解を怖がってちゃ何も出来ないわ」

「とにかく、くれぐれも穏便にな。後で吉見にしっぺ返しがこないように」

チカちゃんはフライパンごとソーセージを持ってきて、パパの目玉焼の皿にあけた。それから立ったまま一つつまんで食べながら「ダイジョウビ！」といった。

今日は六年生の父母に中学校の入学説明会がある。そのことは吉見も知っていたが、その後ひきつづき、六年二組で「イジメに関する懇談会」が開かれることは今、初めて知った。それをいい出したのは桜田町子のママだそうだとチカちゃんはいった。

文化祭の翌日から町子は学校を休んでいる。胸像事件はやっぱりイジメなんだ。町子は自分はみんなに好かれていると思いこんでいたから、悦子や清美が仲よくしなくなっても自分が虐《いじ》めのマトになっているとは思わなかったのだ。だけど胸像の髭を捥ぎ取られてやっとわかったのだ。その時の町子の気持を思うと吉見は何ともいえず可哀そうになる。

吉見にも経験のあるあの気持。なぜなんだ、自分がどんな悪いことをしたんだ、と自分に向って問いかける。何も悪いことをしていない、と思う。何もしていないのに、なぜこんな目に遭うんだ、とわけのわからなさに腹が立ってならず、だがいくら腹が立ってもどうすることも出来ず、自分が嫌われていることなんか、家の人にもいえず、謝りたいと思っても何をどういって謝ればいいのかわからない。あの気持がわかり過ぎるほどわかる。

今日は夕方から高円寺のママの所へ行く日だ。それまでに算数の勉強をしておこうと思って机に向った。三角柱、四角柱、五角柱、六角柱の頂点の数、辺の数、面の数を表にする。それから六角柱の展開図を書いて立体を作っていく宿題があった。だが画用紙に定規を当てて線を一本引いただけで吉見はウツロになった。

——町子が泣いている。吉見は慰めている……。なんだあんな奴ら、と思えばいいんだよ。みんなはヤキモチやいてるのさ。桜田さんを憎んでるわけじゃないんだよ……。

そんな空想が頭に浮かんでいた。

「がんばれよ、マッチ！」

吉見の空想は広がる。「桜田さん」じゃなく「町ちゃん」でもなく「マッチ」と呼ぶ……。

マッチ――。

それは吉見がずーっと憧《あこが》れていた呼び方だ。時々、加納くんがそう呼んでいる。加納くんが、

「マッチ、行くぞ！」

なんていう時、吉見は羨《うらや》ましくてたまらない。町子は「うん！」と明るい声で応えて走って行った。吉見は羨ましかった。走って行く二人をいつまでも見ていた……。

吉見は町子に向って「マッチ」と呼んでみたい。だから空想の中で「マッチ」と呼ぶ。

「元気出しなよ、マッチ……」

すると町子は「うん」といって大きくこっくりする。吉見のことを町子に何て呼ばせようか？　吉見くん？……吉《よ》ッちゃん？……

ダサイなあ、と思う。加納くんは徹《トオル》という名前だが、家では徹《テツ》と呼ばれているらしい。それで町子も時々「テツ」といっていた。

マッチとテツ。

チクショウ、似合うんでやがんの。テレビドラマみたいだ……。

階段を上ってくる足音がして、チカちゃんが部屋を覗《のぞ》いた。

「何してんの、勉強？　へーえ、スゴイ！」

元気イッパイのかん高い声でいった。

「そんじゃあ、行ってくるよ。学校へ。今日は面白くなりそうだから、楽しみにしててよ」

「チカちゃん、桜田さんの味方するの？」

「チカちゃんはいつだって正義の味方だよ」

チカちゃんは、

「行くはァオトコのォ　ドコンジョオ……」

と歌いながら階段を降りて行った。

吉見は勉強道具をしまって立ち上った。六角柱の展開図なんて書く気にならない。町子はどうしているだろう？　行ってみようか？　町子のママも小学校へ出かけただろうから、町子は一人だろう。チャイムを押したら出てくるかもしれない。そうしたら、何といおうか？

「どうして学校へ来ないの？　心配だから見に来たんだよ……」

空想じゃない。ほんとのことにするんだ。加納くんはもうあてにならない。吉見が唯一の味方だということを知らせて、力づけたい。

そうだ、丹田《たんでん》と寸田《すんでん》のことを話してやろうか。町子に剣道の手ほどきをしてやろうか……。

吉見は庭のおばあちゃんの白菊を一本折った。町子に渡すつもりだった。

桜田町子の家へ向う前に、吉見は元気をつけるためにテラスで剣道の素振りを三十回やった。それから菊を持って家を出た。

町子の家は何度か前を通ったから知っている。時々車が通るほかは滅多に人の姿を見かけない、眠っているような静かな一劃《いっかく》だ。広い舗装道路を何度か曲ると、石を積み上げた塀から満開の山茶花《さざんか》が道までこぼれ落ちているのが町子の家だ。町子が弾いているのだろうか、微《かす》かにピアノの音が聞え、大きな門の前を通り過ぎて塀に沿って曲ると、桜田勝手口と書いた小さなくぐり戸がある。そのチャイムを押した。

「ハイ……」とおとなの女の声がいった。吉見は反射的に逃げ腰になったが、「どちらさまで?」ともう一度声が追って来たので思いきって、「桜田さんいますか?」といった。

「桜田さん?　町子さまのことですか?」

「はい」

吉見は姿のない人に向ってかしこまる。

「あなたのお名前は?」

「六年二組の大庭です」

「ちょっと待ってね」

声は急にぞんざいになって、間もなくピアノがやんだ。胸がドキドキし始めた。直立したまま動けないでいると、いきなりくぐり戸が開いて町子が顔を出した。吉見を見て、

「どしたの?」

といった。どしたの？　と質問されるとは思っていなかったので吉見はドギマギし、

「ちょっと……訊きたいことがあって……」

といった。町子は大きな目でふしぎそうに、咎《とが》めるように、まじまじと吉見を見ていた。る。

「どして学校へ来ないの？」

町子は吉見を見詰めたまま何もいわない。

「どして休んでるのかと思って……病気かと思ったんだけど……もしかして学校がいやになったんじゃないかと思って……」

町子が何かいうかと思って言葉を切ったが、黙っているので仕方なくつづけた。

「あの……ぼくもそうだったから……だから……」

町子の桃色の唇がキュッと結ばれた。大きな目は黒々と光って、見も知らぬ人を見るように吉見を見たままだ。吉見はじっと立って返事を待った。だが、いつまでも黙って立っていられないので、いった。

「それじゃ……さよなら」

「さよなら」

と町子はいった。それだけだった。吉見は歩き出さないわけにはいかなかった。

「月曜から来いよな、学校へ」

そういおうとしてふり返ったが、もう町子の姿はなかった。吉見は菊を渡すのを忘れ

ていた。

吉見が家へ帰るとおばあちゃんが濡《ぬ》れ縁《えん》から、「吉ッちゃん、ママから電話があってね」といった。すぐ「今日はダメなんだ」と思った。案の定おばあちゃんは「今夜は都合が悪いんだって」といった。おばあちゃんは庭に降りて来て、「おや」といった。

「菊を剪《き》ったのは誰？」

と訊いてから「千加さんね」と自分で答えた。菊は帰る途《みち》でドブ川に捨てて来た。

「チカちゃんは学校へ行ったよ、懇談会」

というとおばあちゃんは「じゃ学校へ持って行ったのね」と納得し、それから「一本くらい持って行ったってしようがないのに」といった。

吉見はテラスに腰を下ろして、ぼんやりして菊の葉裏の虫を調べているおばあちゃんに目を向けていた。

――町子は「さよなら」といった……。

そう思った。

「さよなら」

それだけだ。じーっと吉見を見ていた睫《まつげ》の長い、黒いアメ玉みたいに光る目を思い浮かべた。怒ってるかと思えば怒っているように思えるし、いぶかしんでいるだけかと思えばそうも思える。でも喜んでいなかったことだけは確かだ。

へんな人――そう思っているんだ。多分。カワッテル、と。これが前だったらこのことはすぐ悦子や清美に知られて、組中に広がるところだ。だが今は町子と口をきく者はいないから、それだけは助かった……。吉見は思う。ああ、どうしてあんな余計なことをしてしまったんだろう……。

羞かしくてたまらなくなった。それから苦しくなった。この気持を誰かに打ち明ければらくになりそうだった。だが誰にいえばいいんだ？　とりあえず今、家にいるのはおばあちゃんだった。だがおばあちゃんにいったってしようがない。見当外れのことをいわれるだけだ。

ママか？　だがママは今日はダメだといってきた。それにママはこの頃、イライラしてて吉見のことなんかあまり考えられなくなっているみたいだ。

チカちゃんか？　一番熱心に聞いてくれるのはチカちゃんだ。だけど何だか面倒なことになりそうな気がする。

「せっかく慰めに行ってやってるのに、ヤな子ねえ。そんなのほっときなさい……」

それから町子の悪口を考え出していろいろいうだろう。それを聞くのは吉見は辛い。

「何をぼんやりしてるのよ」

とおばあちゃんがいった。

「べつに」と吉見はいった。

「ママがダメだっていってきたんでしょげてるの？」

「べつに」

とまた吉見はいった。ほかにいいようがなかった。

　こんな時に親友がいればなあ、と吉見は思う。友達がほしい。どんなことでも打ち明けて相談し合える親友が。

「友達は大切だよ。人は友達によって良くも悪くもなるんだ。どんなに出世していても友達がいない奴はわしは信用せん」

　とおじいちゃんはいっていた。

「友達の数が多ければいいというもんじゃない。三人でいい。一人でもいい」

　おじいちゃんは「フンケイの交《まじわ》り」という言葉を教えてくれた。「フンケイの交り」とは、友達のためには首をはねられてもかまわないという意味で、フンケイのフンは「刎《ハ》ねる」という字、ケイは「頸《クビ》」だ、わかるか、と説明は熱を帯びてきて、シン王とかチョウ王とかリンショウジョとか将軍レンパとかいろんな人が出てきて、聞いているうちに頭がモウロウとしてきてよく憶《おぼ》えていない。だが、フンケイの友を持つにはまず、信頼され、信頼出来る人になること、それが友情の基礎だということだけはしっかり憶えている。

　以前は加納くんを信頼していたのになあ、と吉見は思う。だが今は信頼出来なくなった。信頼出来なくなったのはぼくが悪いんだろうか？　加納くんが悪いんじゃないのか？

　吉見は考える。今でもぼくには加納くんを信頼したい気持がある、と思う。だが加納くんの方では吉見の信頼なんかいらないんだ。加納くんは友達なんかいらないのかもしれない。いろんなことを感じたり、考えたり、困ったり、苦しかったりするから、ぼくは友達がほしい。加納くんには困ることも苦しいこともないからフンケイの友はいらないんだ。加納くんはいいなあ。アタマのいい奴はいい、と思う。

吉見は浩介さんがいったことを思い出した。

「アインシュタインは小学生の頃、まるっきり勉強が出来なかったんだよ。劣等生だったのさ」

吉見は嬉しくなって、

「ほんと？」

と念を押した。

「ほんとさ」

浩介さんは自分のことを自慢でもするような顔つきになった。

「スポーツの名選手が監督になるとダメなんだ。名選手は出来ない奴の気持がわからないんだ。だからそんなことも出来ねえのか、って怒るばっかりで教えられないのさ。パッとしなかった奴が名監督になる」

「そうかァ……」といって吉見は勇気づけられた。

「だからさ、大きな目で見れば成績がパッとしなかったり、虐められたりするのは悪いことじゃないんだよ」

浩介さんに会いたかった。おじいちゃんは浩介さんのことをボロンチョにいうけれど、吉見は浩介さんが好きだ。フンケイの友だ。浩介さんになら何でもいえる。どんなに羞かしいことでもいえる。浩介さん自身、いつも羞かしいことをしていて、それで平気だもの。

日が暮れるまで吉見はぼんやりして過した。この頃はファミコンをする気がなくなった。ぼーっとして、次から次から空想を広げているのが好きになっている。たいていは町子と仲よくしている空想だが、加納くんが落ちぶれている空想もある。なぜか急に加納くんの成績が落ちていったとか、イジメの順番が加納くんに廻っていったとか、町子に冷たくされているとか……。

気がつくといつか庭は暗くなっていて、おばあちゃんが、「秋の陽《ひ》はつるべ落しってね」といいながら庭から上って来た。

「なによ、あかりもつけないで」

といって居間の電気をつけた。日が暮れると急に寒くなった。何だか寂しい。チカちゃんがいないと家の中はシーンとしてる。

「遅いねえ。何してるんだろう。余計なことをいって長引かせているんでなきゃいいけど」

とおばあちゃんはいった。

「お夕飯の支度はして行ったのかしらねえ」

と台所の電気ガマを覗き、

「お米、仕掛けてない――」

と文句をいいそうになった時、走って来る靴音がして、まだ玄関の戸を開けないうちから、

「ただいまァ……」

とチカちゃんの声が聞えた。

「お帰り。遅かったのねえ。吉見がお腹《なか》を空《す》かせているだろうと思って」

いいかけるのをチカちゃんは無視して、

「いやァ、おどろいた。おーどろいた、おどろいた」

いいながら上ってくると冷蔵庫から缶ジュースを出して、片手を腰に当てた格好で、仰向いてゴクゴクと飲んだ。

「何ですよ、千加さん、そのお行儀は」

おばあちゃんがいいかけたがチカちゃんは平気で、

「桜田対加納のタイトルマッチ。凄《すご》かったァ」

吉見に向っていうと、紙袋から紙包みを取り出した。

「おばあちゃん、食べません？　コロッケ……おいしそうだから買ってきたの。揚げたてのホーカホカ……さ、吉ッちゃん、おあがり。熱いうちに食べさせようと思って走っ

て来たのよ。さあ、おばあちゃん、食べましょ」

「食べましょって、千加さん。ご飯のおかずじゃないの？」

「とりあえず食べるんです。お腹ペコペコだから」

「わたしは結構よ。こんなのはどうせ安油を使ってるんだろうから」

「そんなことないですよ。おいしいのよ。さあ、ひとつ食べてみて」

「わたしはいいわ……」

チカちゃんもしつこいけどおばあちゃんもしつこいと思いながら吉見は食べた。アツアツでおいしかった。おばあちゃんは二ツ目のコロッケを食べている吉見を咎《とが》めるような横目で見ながらいった。

「それでどうだったのよ、懇談会は？」

「それがねえ、白熱の懇談会ですよ。面白かったわァ！」

「だからどんなふうだったのよ？」

「とにかく桜田さんって人、透《とお》る声でぺらぺらとよくしゃべるの。文化祭の胸像の髭が取られていたことから始まって、だいたいその前からうちの町子はイジメに遭っていた、一学期の頃、仲よしだったお友達が町子を避けるようになっている。誰も遊んでくれないし、口も利いてくれない、いったいどういう悪い所があってそんな目に遭ってるのか、悪い所があればいって下さい、町子に改めさせますから……って、だんだん興奮して早口競争みたいにしゃべってしゃべって……」

「青柳先生はどうしてらした？」

「加納くんの作った胸像そっくりになってたわ。ウーともスーともいえないで。町子ちゃんが泣いて学校へ行かなくなったことを青柳先生にいったら、先生は桜田さんの家へ行って町子ちゃん、がんばろうよ、がんばろうよ、っていっただけだったって。吉ッちゃんの時はやって来て、あれはイジメじゃありません、イタズラですっていったでしょ。桜田さんの時はがんばろうよ、なのよ。吉ッちゃんの時はがんばろうよともいってくれなかった。そのことを思い出して、よっぽどいってやろうかと思ったんだけど……」

「まさか、何か口出ししたんじゃないでしょうね」

「出したかったけど、とてもじゃないけど口出すヒマなんかないの。イジメは今や全国的な問題になっているにもかかわらず、この学校では先生も父母もまるで湾岸の火事」

「対岸の火事でしょ」

とおばあちゃんが訂正した。チカちゃんは、

「そう、対岸の火事。けれども火はあたくしどもの裾《すそ》についてきているのでございます、って、さすがよ。女優のなり損ねでも、なかなかの迫力だったわ。『青柳先生、どうぞお考えをおっしゃって』、って懇談会をしきっちゃってるの」

「先生はなんて？」

「私なりに生徒には注意をしてきたつもりですが、といいかけたら、すぐ、『それは存じております』って奪っちゃって、『極めて抽象的におっしゃったようでございますね。

みんな仲よくとか、人を尊重する気持の大切さとか。がんばりなさいとか。でもなぜわけもなく同級生を虐めるのか、その理由を、虐める子供たちに訊いて下さいとお願いしたことについては何もしていただけませんでしたわね』って。考えを聞きたいっていいながら、ひとにしゃべらせないのよ」

「そしたら加納くんのお母さんが、『あの、ちょっと、よろしいでしょうか』って立ち上ったの。これがまたなかなかしゃべる人なの。あの桜田さんのおしゃべりを横取りしたんだからたいしたものよ」

チカちゃんはそこでひと息ついてウーロン茶を飲み、コロッケを頰張《ほおば》った。

「この頃はイジメイジメと騒ぎ過ぎるんじゃないでしょうかってね、加納さんって人、化粧っけなしで、ほんもののインテリって顔してるの。子供のことだからどうしても友達の好き嫌いを表に出す。今まで好きだったのがちょっとしたことで嫌いになったり、喧嘩《けんか》したりする。だけど時が経《た》つとまた仲よくなってる。子供ってそんなもんだってのよ」

「そういわれればそういうものだわねえ」

とおばあちゃんは感心した。

「それを今は何かというとすぐイジメ問題にもっていって、騒いで、ことを大きくする。イジメイジメと騒ぐ前に、自分の子供はなぜ虐められるのかを冷静に見ることが大切じゃないでしょうか、って……」

「なるほどねえ」

とおばあちゃんはまた感心した。

「虐める方も悪いけど、虐められる方にも問題があるんじゃないか、って……そしたら桜田さんが金切声で『どんな問題でしょう！』と叫んだの。加納さんは桜田さんをこういう目でチラッと見て（チカちゃんは意地悪そうな横目をしてみせた）ズバッといった……」

「なんて？」

とおばあちゃん。

「民主主義の世の中なんですから、今は大臣の子も門番の子も同等です。モノをいうのは実力です。家の大きさや親の職業やお金のあるなしは人格とは何の関係もありませんッ！」

「そりゃそうよ、その通りよ。でもそれが何だっての？」

「つまり、町子ちゃんは自分の家が金持だったりすることをひけらかすから嫌われるんだ、ってこと」

「まあ……そこまでいったの！……」

「そしたら桜田さんの顔色がみるみる変って、マ、町子がどんなことをどんなふうにひけらかしてるとおっしゃるんですか……。みんなシーンとなって、青柳先生は完全にかたまっちゃってるの。桜田さんは声を慄《ふる》わせて、町子は無邪気なだけです、それをひけらかしと取る、そんな取り方の方が子供らしくなく、いやらしい。今の子供はヒネてるって」

「それも一理あるわね」

おばあちゃんは感心したようにいった。

「今のお母さんたちはよくそんなにしゃべれるわねえ。我々の頃だと良いも悪いも考えなしで、自分の子供を叱《しか》りつけるだけだわ。それが無難だと思ってね。何でも無難にすませるのが一番だったのよ」

それから懇談はグルグル廻ってもう一度胸像の髭問題に戻り、職員室から胸像を運んで来て全員が見ることになった。一人一人、髭の跡をよく見て、加納くんのお母さんが、

「わざと捥いだと思う人――」

というと沢山の手が上った。チカちゃんも上げた。加納くんのお母さんも手を上げ、

「わたくしは冷静に見ました。感情にとらわれずに手を上げます」

といったそうだ。何かの弾みで落ちたと思う、という方に手を上げたのは六人だった。

「それはことを荒立てるのを好まない穏健派ね」

とおばあちゃんはいった。

町子のママは勝ち誇って、「では適切な処置をお願いします」と青柳先生にいった。先生は「わかりました」といっただけで、なんだかフクレていた、とチカちゃんはいった。ああいう時にフクレ面を見せるなんて、そこが青柳先生のダメなところよ、といっ

ている人がいたそうだ。加納くんのお母さんは、適切な処置というのはどういうことなのかよくわからないけれど、しかしなぜこんなことをされたか、それを考えるのも大切なことだと思う、といったという話を聞いておばあちゃんは「なるほどねえ」と感心し、

「けどまあ、よく次から次へと意見が出てくるものだわねえ」

と今度は感心するよりも呆《あき》れたふうにいった。チカちゃんはもっとおばあちゃんを呆れさせようとするように、加納くんのお母さんのいったことを長々としゃべった。

——これが勲章を下げたひいおじいさまではなく、例えば電車の車掌さんとか八百屋さんをしてたひいおじいさんだったらいたずらしてやろうと思う者もいなかっただろう。町子さんも胸像にはしなかっただろう。町子さんのひけらかしを敏感に感じて反発した子供がいたということ、反発する子だけが悪いのかどうか。問題にするのならそこまで考える必要がある……。

するとママのママは、ひいおじいさんを尊敬しているのが悪いんですか。尊敬の気持をひけらかしとか自慢とかとるのはヒガミ、ソネミ、何でも悪い方にとる姑《しゅうとめ》根性じゃ……といいかけてチカちゃんは「あっ！」という顔になって首を縮めた。後になって吉見は「姑根性」という言葉の意味を知って「そりゃまずいよな」と思ったが、その時おばあちゃんは笑うような怒るような何ともいえない顔になっていた。

懇談会は途中で二十分ほど休憩があって、その間に色んなお母さんがいろいろいったらしい。自分はテニスやパーティに出てばかりいて、こういう時だけ文句をいうのはお

かしい、文句いうなら家庭教育を考えた方がいい、というようなヒソヒソ話だったが、それが町子のママに聞えて、町子のママは泣いたそうだ。

「桜田さんが虐められるのはそれなりの理由がある、町子ちゃんにもよくないところがあるっていうのね」

　おばあちゃんはいった。

「じゃ吉見の場合はどうなの。吉見は虐められる井上さんを庇《かば》った……正しいことをしたのよ。でもそれで虐められるようになった。そのことをなぜ追及しなかったの？　それだけしゃべれる口があるのに……」

「だからそれをいおうと思ったら、もっとキメ細かな教育をしてほしいといい出した人がいて、キメ細かとは何かって問題になったもので……」

「キメ細かということは、今わたしがいったようなことを先生がきちんと見分けるってことでしょ。青柳先生は六年二組はイジメがあると認めたくない、その一心よ。それをいうべきだったわね」

　チカちゃんは素直に、

「そうなんだけどあたしって、喧嘩だといくらでもタンカ切れるんだけど、まとまった意見っていえないの」

　といってコロッケを取った。

「ほんと。これイケる。一口食べてみて下さい。いやだったらあと、あたしが食べるから」

おばあちゃんは仕方なさそうに受け取って一口食べ、「思ったほどまずかないわね」といって二口目を食べた。チカちゃんは「ね？　おいしいでしょ」と満足そうにニコニコし、

「そのうちに青柳先生が興奮して、子供のしつけを学校にばかり押しつけないで下さいって、突然、金切声を上げたの。興奮すると顔が赤くなるものだと思ってたけど、先生は真青なの。六年生にもなってて雑巾《ぞうきん》絞れない、箒《ほうき》の持ち方知らない、塵取《ちりと》りでゴミ取るやり方もわからない……教師はそういうことからすべて指導してるんですって。床に紙屑《かみくず》が落ちてるから拾いなさいっていったら、ぼくが落したんじゃないって拾わないとか、叱ると『わかったよう』といってふてくされる。平気で他人の鞄《かばん》を開けてるので説教するとキョトンとしてる。人の物を勝手に開けるのはいけないということさえ家庭で教えていらっしゃらないんですッ……。熱があっても学校へ行かせて自分はテニスへ行ってる。学校は子供の預り所だと思っているお母さんが多すぎますッっていった時はワナワナ慄えてるの。みんなびっくりしてシーンとして、桜田さんも加納さんも何もいえないの。そりゃ凄かったわ」

「たしかにね」

おばあちゃんは大きく頷《うなず》いて、

「家庭教育はなってないわね。教育をする母親にそんな力も常識もないんだもの。先生

に文句いう前に反省しなくちゃねえ」

ジロリとチカちゃんを見た。

「ほんと、その通り。反省します」

とチカちゃんはいった。

おばあちゃんが母家へ戻ると間もなくパパが帰って来た。チカちゃんは慌てて、

「わーッ、ごめん。ご飯ないのォ。コロッケしか。懇談会が長引いちゃったのよ」

といった。パパは、

「飯はないのか？」

「ごめん。お米しかけて行くの忘れたの。あッ、そうだ、おばあちゃんのところにあるかもしれない。貰ってこようか」

「また何のかのいわれるぞ」

パパがいってるのにチカちゃんはもう庭を走っていて、暫《しばら》くすると大根の煮たのとヤキブタとご飯をお盆に載せて持って来た。

「機嫌よかったかい？」

とパパは心配してる。

「おばあちゃんは一人暮しだからいつもおかずを余してるの。勿体《もったい》ながりだから捨てられないのよ。だからこういう時はご機嫌なの」

パパはうまいなあ、うまいといって大根の煮たのをパクパク食べた。吉見も食べた。

チカちゃんも食べて、「わァ、おいしい。もっと貰ってこようか」といったので、パパは「よせよ!」といった。チカちゃんは懇談会の模様をもう一度パパに話した。

「あたしね、白状するとその時——胸像のヒゲが掬がれたものかどうかを一人一人が見定めに立っていくのを見てるうちに、急におかしくてたまんなくなってきたの。だって胸像の目がね、なぜだか片っ方、アカンベエした目になってるのよ。それでいていかめしくってヒゲがない。でもみんな真剣に顔つき出して見て、頷いたり首かしげたりしてる。それ見てると笑いがこみあげてきて我慢してると慄えてくるの。仕方ないからトイレに立って行って、便所で思いっきり笑っちゃった」

「バカだなあ」

「笑って笑ってもう大丈夫と思って戻って来たら加納さんがマジメくさって『ではわざと掬がれたと思う方……』なんていってるの。するとまたおかしくなってきて……」

「困った奴だなあ」

「さっきおばあちゃんから、どうして意見をいわなかったのっていわれたけど、それどころじゃなかったのよ。じーっと俯《うつむ》いて笑うまいとして一所懸命、悲しいことを考えてたんだもの」

「チカちゃんの悲しいことってどんなこと?」

と吉見は訊いた。

「それがいざとなると何もないのよ。ないわけないいんだけど出てこないの。おまけに桜田さんが泣いて、アイシャドウが流れてさ、雨に濡れたパンダのぬいぐるみみたいになってるんだもの……」

チカちゃんは嫌いじゃないが、町子のママをそんなふうにいうのはいやだった。

あれから町子は学校に来ない。町子のママはあんな学校、行きたくなければ行かなくていい、といっているそうだ。町子のママはもともと有名私立小学校に入れたかったのだが、町子のおじいさんが反対して区立にした。それが今になって問題になって、町子のパパはおじいさんとママの間にはさまって困っているのだと清美がいっているのを吉見は聞いた。どうしてそんな内輪のことがわかるのか不思議だが。

青柳先生は胸像にいたずらした人は、先生の所へ自首して来なさい、といった。先生は犯人を連れて町子の所へ謝りに行くつもりをしているのだ。そのことも清美がいっていた。

その翌日、吉見が学校へ行くと、靴箱の所に井上和子が立っていた。和子は吉見が上履に履き替えるのをじっと見ていた。歩き出そうとすると、小さな声で「大庭くん」と呼んだ。和子は口を動かさないいつものしゃべり方で、

「机の中にヒゲを入れてたよ、水野《みずの》くんが」

といった。吉見がびっくりして顔を見ると、

「あのヒゲ」

と和子はいった。そしてそのまま校庭へ出て行った。

吉見は教室へ入って机の中を覗いた。緑色の粘土のヒゲがさつま芋みたいにゴロンと置いてあった。水野は緑川や永瀬の子分だ。厳密にいうと緑川の子分が永瀬で、永瀬の子分が水野で、だから水野は緑川のマゴ分になるのだそうだ。

どうしようか、と吉見は思った。これを先生の所へ持って行こうか？　そう思ったがすぐ、そうだ、町子に渡しに行こう、という考えが閃《ひらめ》いた。それで町子に会える口実が出来る。吉見はヒゲを机の中に入れたまま、知らんぷりをしていることにした。前なら加納くんに相談しているところだが、今はしない。誰にもしない。それでいい、と思った。

そのうちチャイムが鳴った。ガヤガヤとみんな教室に入って来た。井上和子は自分の椅子《いす》に腰かける時、吉見の方をチラッと見た。

「あった」

吉見は声に出さず、口だけ動かしていった。味方は井上和子か……。よりにもよってなあ、と思い、だがそれでも一人、味方がいることは嬉しかった。

青柳先生は風邪《かぜ》気味だった。

「お早《はよ》うございます」

とみんながいった途端に、ハークションとクシャミをした。それでみんな、わーっと笑った。吉見も笑った。町子の所へ行く理由が出来たと思うと笑い声に力が入った。

「風邪がはやってるのよね」

先生はハンカチで鼻を拭《ふ》きながらそういって、またクシャミをした。

みんなはまた笑った。吉見も笑った。

何の変ったこともなく午前中の授業は終った。吉見の班は給食当番だったので、吉見は当番仲間と一緒に給食室へ行き、おかずの入った蓋《ふた》つきバケツを運んだ。今日は吉見の大好きなカツカレーでデザートもプリンだったから嬉しかった。学校から帰ったら、ヒゲを持って町子の所へ行こう、と思いながらプリンを食べた。まるでホカロンでも入れているみたいに胸がポカポカしていた。そのこと以外、何も考えられなかった。

食事が終ると食器を給食室へ運んだ。当番の仕事を全部すませて教室に戻ってくると、吉見の机のまわりに人だかりがしていた。何人かが吉見の机を覗いていたが、吉見が入って来たのに気がついて、一斉に顔を向けた。

「大庭――」

と永瀬がいった。

「お前、どして隠してるんだよ、ヒゲ」

そういって緑色の粘土の固まりを机の上に置いた。

「大庭くんが犯人だったの？」

と清美がいった。吉見は突っ立ったままだった。何かいいたいが、頭の中が急に熱く、空っぽになって、言葉が何も出てこない。

「なぜ隠したんだよ」

緑川が同じことをいった。やっと吉見は、

「隠してなんかいないよ」

といえた。だがすぐ、

「隠してないのになぜ机に入ってたんだよ」

と追及されて、また言葉に詰った。何も詰ることはない。詰ってると疑われる、きちんと説明しなければ、と思いながら、

「知らないよ、ぼく」

といってしまった。いってから「しまった」と思った。

「知らないわけないだろ」

「げんにここにあったんだもんな」

口々にガヤガヤといった。吉見は泣きたいのを一心に怺《こら》え、

「でも知らないよ、ぼく……知らないうちに入ってたんだもの」

といった。

「『でも知らないよ、ぼく』……」

と誰かが泣き出しそうな声を真似した。

「知らないっておかしいよ。朝来て、机に本を入れる時に気がつかなかったのかァ？そんなことあり得ないよ」

加納くんがいった。加納くんのいう通りだから吉見は困った。仕方なく「気がついてたけど」と小声でいった。いってから「気がつかなかった」を通した方がよかったかも、と思った。加納くんはたたみかけるように、

「気がついているのにそのままにしといたのはなぜだ？　なぜ先生にいわなかったのさ」

そうだよなあ、そうだよ、そうだそうだ、という声が、巣から蜂《はち》が舞い立つようにワーンと吉見を取り巻いた。

いつの間にか加納くんは前の方にいる女子よりも前に出て来ていた。加納くんは裁判官みたいに吉見を見ていった。

「え？　なぜ黙ってた？　なぜ秘密にしてたの？」

「誰かの……イタズラだと思ったから……」

仕方なく吉見はいった。

「イタズラならいわないって、どして？」

「——いってもしようがないから……」

「はっきりさせた方がいいんだよ、こういうことは」

加納くんはいった。

「大庭のいうように誰かがイタズラでこんなことをしたとしたら、ヒゲを掩いだのはそいつだということになるよ。この間からこの問題で懇談会が開かれたり、先生だって犯

人をつかまえてほしいといわれて困ってるんだ。六年二組の大きな問題になっていることなのに、隠してるなんておかしいよ。説明をしなきゃスッキリしないよ。吉見、疑われるぞ、お前……」

「ぼくは……」

吉見は口籠《くちごも》った。

「何だよ？」

と誰かがいった。吉見は、

「ぼく……」

ともう一度いって、加納くんを見た。丹田と寸田を思い出した。正しい姿勢、正しい呼吸。肩を下げて肛門《こうもん》をしめる。吸う息短く吐く息長く。

「何だい？」

と加納くんはえらそうにいった。吉見は一息に、

「イタズラもイジメも……くだらないことだからもう気にしないことに決めたんだ」

といった。よくいえた、と思った。だがすぐに加納くんはいい返した。

「先生にもいわずにか。じゃこのヒゲをどうするつもりだったのさ？」

ぐっと詰った。その時、後ろの方から、

「水野くんがそこへ入れてるのを見た」

という声がした。井上和子だった。みんなが井上を見、それから水野を見た。

「なんだよ！」

と水野は和子に向って、目を剥《む》いた。

「入れてたじゃない、あんたが」

和子はいった。

「わたし、見たんだもの」

「水野、お前がやったのか」

加納くんがいった。水野は茹蛸《ゆでだこ》のようになって、下唇を突き出したまま何もいえない。

「先生に来てもらおう」

加納くんはそういって教室を出て行った。みんな黙りこくって先生が来るのを待った。

机の上の緑色のヒゲは白くくもってヒビが入ってところどころ欠けていた。町子の所へ行く口実は消えてしまった、と吉見は思った。

青柳先生はハンカチで鼻を押えて、足早に教室に入って来た。吉見の机の上のヒゲに向ってつかつかと近づいて来た。

「いったいどういうことなの？」

といってから、クションとクシャミをし、

「これを見つけた人——水野くんだって？」

といって水野を探すようにみんなを見廻した。加納くんは先生の秘書のように先生の後ろに立っていた。

「加納くんからだいたい聞いたけど、もう一度きちんと知りたいわ。説明して下さい」

怒ってる時の証拠の固い口調だった。けれど今日は風邪のせいか、メガネはいつものように光らない。

「水野くん、どうやってこのヒゲを大庭くんの机の中に見つけたの?」

水野は口を尖らせて、じっと俯いている。

「さあ、黙ってないで、いってちょうだい」

「向うから見たら……」

水野はしぶしぶいった。

「緑色の物が見えたもんだから……」

「それで何だろうと思って覗いたらヒゲだった……そういうこと?」

水野はおずおずと頷いた。すると、

「ウソついてる」

という声がした。井上和子だった。

「水野くんが入れてたのをわたし見たもの」

「それ確か? ほかに見た人いる?」

先生はまわりを見廻した。和子を信用していないのだ、と吉見は思う。みんな黙っているので先生はもう一度いった。

「見た人いないの?」

先生はイライラしてきた。

「泣いてちゃわからないわ。ハッキリしなさいよ。水野くん……このヒゲを捥ぎ取ったのは君なの?」

水野は泣きながら「チガウ」というように強く首を横にふった。

「取ったのは君じゃない。でも入れたのは君だ。じゃ、誰? 誰がヒゲを取ったの?」

水野はうなだれて、薄い唇をま横に結んでいる。水野は緑川や永瀬が怖いのだ。吉見が緑川を見ると、まっすぐに立って、こわばって、目だけキョトキョトと先生を見たり和子を見たり水野を見たりしていた。永瀬も並んで立って、同じようにこわばっていた。緑川と永瀬がヒゲを取って、それを子分の水野に命令して吉見の机に入れさせたのだ、と吉見は思う。

昼休みの終りのチャイムが鳴り出した。青柳先生はハナをかんで、

「この問題は後でじっくり調べます。さあ、授業に入りましょう」

といって教壇に上った。みんなぞろぞろと席についた。水野はハナをすすりすすり、横目でチラッと緑川を見た。吉見はそんな水野が何だか可哀そうだった。

緑川と永瀬は青柳先生に連れられて町子の家に謝りに行った。胸像のヒゲを取ったのは永瀬と緑川だと水野は白状したのだ。水野は二人にいわれてヒゲを吉見の机の中に入れただけだから、町子には関係がない。それで謝りに行かなくてもいいということにな

ったらしい。

その夜、水野は緑川と永瀬に呼び出されて「チクった」といわれて散々殴られた。青柳先生は水野のほっぺたが右も左も腫《は》れているのを見て「どうしたの、その顔」といったが、水野は曲り角で自転車とぶつかったといってそれ以上、何もいわなかった。どこで自転車とぶつかったのか、どんなふうにぶつかったのか、先生はなぜ詳しく訊かないのだろうと吉見は思った。ヒゲ事件のことについて先生は、

「このクラスにこんなことがあったなんて、先生の今までの努力はいったい何だったんだろうと思います」

といってメガネを外して拭いた。

「この六年二組に限ってこういう問題はないものと、先生は誇を持っていました。その誇がムザンに踏みにじられた……」

ともいった。そんなことをいってるよりも水野のほっぺたを心配した方がいいのに、と吉見は思った。水野は二人に殴られたことを先生にも親にもいわない。多分いうと、もっと本格的に虐められることになりそうだからだろう。

緑川と永瀬が謝りに行ったので、町子は学校へ来た。清美と悦子は先生から、「桜田さんを慰めてあげてね」といわれたので仕方なさそうに町子のそばにいる。けれども一度はイジメに廻った二人だから、どことなくシックリいってないみたいだ。町子は一人でポツンとしていることの方が多くなっている。加納くんは町子のことを、

「なぜあんな目に遭ったか、それについてあの一家は少しも反省してないよ。反省せずに進歩はない」

といった。もしかしたら加納くんのお母さんがそういっているのかもしれないと吉見は思った。

学校の帰り、一人でとぼとぼ歩いている町子を見て、吉見は後から追いついて行って話しかけた。

「桜田さんの所、犬、何匹いるの？」

「三匹」と町子は答えた。

「いいなあ、三匹もいるの！」

三匹いることは吉見は知っていたが、わざと驚いた声を出した。

「パピヨンとチワワと柴犬《しばいぬ》」

町子は明るい声になった。

「パピヨンは耳が蝶《ちょう》みたいに大きいのよ。それからチワワはロングへアーなの。ロングヘアーのチワワって珍しいのよ。うちのはチャンピオンだから百万円もするの」

吉見は「ふーん、そう」といった。こんなことをいうから町子は嫌われるんだ。だけど町子が元気になった証拠だから吉見は嬉しかった。

煩悶

こんなに日の経《た》つのを長く感じたことはない。仕事一途《いちず》に暮していた頃《ころ》は驚くほどの早さで過ぎていた時間が、堪え難いほどののろさでジリジリと通って行く。卓上カレンダーについている丸印は楠田と電話で話をした印で、赤い二重丸は一夜を共にした日である。何のためにそんな印をつけたりしているのか。若いOLみたいに。それは楠田の欲求が間遠になってからのことだ。

しかし、なるべくしてなっている成行きなのだ、と美保は思う。もう何度、自分に向ってそういい聞かせたことか。楠田を受け容《い》れるということは、いつかはこういう成行きになるということだった。それを百も承知していたのに、と思う。

――欲望は持つが愛を持てない男。

楠田は小説の中で自分のことをそう書いていた。自分は愛のために苦しんだことがない男だ、と臆面《おくめん》もなく書いていた。その臆面のなさをアタマから毛嫌いしていた時期がある。だがそのうち、それを稀《まれ》な正直だと思うようになった。子供のような赤裸なエゴイズムを無邪気さの証左だと解釈した。そうしていつか美保は、そんな楠田だけれども、美保にだけはほかの女に対した時とは違う気持を持っているとうぬぼれた。そうだ、うぬぼれた……。

何度も何度も美保は思う。あたしは別格だ、と。思いがそこまでくると美保はハラワタまで真赤になりそうな恥辱にまみれる。楠田にとって美保もまた他の女と同じだった。そう思っても楠田を思い切る気持になれず、却《かえ》って執着してしまう。楠田を面罵《めんば》して恨みつらみを並べ立てることが出来ればこんなに苦しまなくてもすむのかもしれない。だがそれが出来ない。

美保はプライドから、楠田の電話にわざと明るい声で応じた。

「やあ、どうしてる？　相変らず忙しい？」

「ええ、何だかんだと次々に仕事だの野暮用だのが重なって」

「どうだ、今夜、飯食わないか」

「そうねえ」

とわざと考えるふりをして、

「時間は？」と訊《き》く。

「君の都合に合せるよ」

「じゃあ、七時半、いかが？」

「いいよ、七時半だね」

楠田は行きつけの六本木のレストランの名をいう。

「じゃあとで」

電話を切ると何も手につかなくなる。何を着て行こうか？　髪をブロウしながら胸の中が軽く、明るんでいく。

——断ってやればよかった、と思う。まるで飼主に呼ばれた犬みたいに走って行くことはないわ……。

だが、そう思ってみるだけで何も出来ない。

食事がすむと楠田はすぐにいう。

「さあ、行こうか？」

初めのうちはそんな楠田のせっかちを、美保への欲望の強さだと思っていた。また事実そうだった。ホテルへ向う車の中で楠田はもう待てない、という仕草をしたものだ。だが今は「早くすることをしてしまおう」というような、無味乾燥の性急さを美保は感じる。楠田が求めるのは性の快楽だけなのだ。知性も教養も人間性の深さも彼は女に求めない。彼が触発されるのは未知の性に対してだけだ。未知の部分がなくなるとその女は不用になる。彼は小説に書いていた。

「彼は一度寝ただけでわかってしまう女とは、すぐサヨナラする勝手者だった」

「この『彼』というのは先生自身のこと？」

そう訊くと、無造作に「うん」といった。

「じゃあたしをこうして呼び出すのは、まだわからない部分があるってこと？」

楠田は少し考えて「そうだな」といった。

「君にはまだ何かが隠れている。まだ掘り尽していないという気がするなあ……」

不用にならないためには、すべてを明け渡してはいけなかった。だから美保は楠田の性の技巧に溺《おぼ》れるさまを見せまいと抑制した。本当は何もかも、すべてをさらけ出してあられもなく楠田の技巧に身を委《まか》せ「心から愛してはしい」と訴え、わたし一人のものでなければいやだと駄々をこね、嫉妬《しっと》し、男の身勝手をなじりたかった。だがそれは楠田が最も嫌うことだから美保は抑制する。

することをすませると、楠田はシャワーを浴びに浴室へ入る。やがて出てくるとバスタオルを肩に掛けただけの姿でソファに坐《すわ》ってタバコをくわえる。

「オレは帰るよ、君、どうする?」

という。

「オレは寝て行く。君は帰るだろ」

ということもある。女がそばにいると十分に眠れないと楠田はいう。眠る時は一人がいい。

——でもあたしは朝まで一緒にいたい……。

美保はそういいたい。だが口に出したことは一度もなかった。

「帰るわ」

美保はいう。まるで一緒に散歩にでも出かけた時のように。表情に何の気ぶりも出していないつもりだった。だが、不満の気ぶりを出しても出さなくても、楠田には同じことだ。彼が女の心の動きに注意するのはその女を「モノにしたい」時だけなのだから。身体《からだ》が楠田を求めているのではない。心が求めているのだ。美保は思う。先生にとってなくてはならぬ女になるにはどうしたらいいの……。美保はそう問いつめたい。

——恋というものはそういうものなんだ、と安藤伍郎はいった。君だってそういう男だということは百も承知だったんだろ？

そりゃわかってたわ、と美保は答えた。

「ならしようがないと思うんだな。彼に怒ることは出来ない。自分に怒るしか」

「そうよ、わかってますよ！　わかってるけどどうにもならないのよぅ」

安藤は突き放すようにいった。

「それが恋というものだ。恋は病気だからね。ジタバタしてればそのうち治っていくさ」

「人のことだと思って気らくにいわないでよ。こんな話、迷惑なら迷惑とはっきりいってよ」

「べつに。惚気《のろけ》を聞かされるよりはましだ」

安藤に訴えたところでどんな解決法が得られるというものではなかった。だが安藤と話をしていると慰められた。安藤だから何でもいえる。見栄《みえ》もプライドもなぜかなくなる。こんな話を聞かされて気の毒だとも思わない。

「ゴロさんは恋に苦しんだことってあったの？」

「ないことはないさ」

「じゃ聞かせて。どんなに苦しい経験か……」

「君、オレは男だぜ」

「それが何なの？」

「男がそんなことグチャグチャいえるかい」

安藤はいった。

「動物はみな自然治癒力というものを持ってるだろう。風邪《かぜ》ひいて熱が出た時、熱いうどん食って布団かぶってると汗が出てくる。汗が出て熱は下る。これが自然治癒力だ。心にだって自然治癒力があるんだ。『忘れる』というのも治癒力の一つさ。あるいは泣く、喚《わめ》く。それも旺盛《おうせい》な治癒力だ。治るように出来てるんだよ、人間の身体も心も。だが知性教養という奴《やつ》はそれを邪魔するんだな、泣いたり喚いたりしたいが出来ない。無理して心の奥に押し込むから内攻する。インテリという奴ほど哀れな不幸なものはないよ。この頃つくづくそう思うようになった。吐き出せばそれですんでしまうものを抑え込んで薬で調節しようとする。もっと我々は自分の内なる力、恢復力《かいふくりょく》を信じた方がいいんだよ。現代の不幸はね、人間が自分自身の力を信じられなくなっているということだ」

「じゃあゴロさんはどうなの？　男だからグチャグチャいえない、喚きも出来ないんでしょ」

「そうだよ。だがオレは諦念《ていねん》の修行をしたよ。恋を愛に移行させる努力をね」

「努力は実ったの？」

「そう簡単に実ればいうことないよ」

「じゃゴロさんもゴロさんなりに苦しんでる？」

「そういうこと」

安藤の地黒の頰《ほお》にうっすら赧味《あかみ》が射《さ》した。


秋の雨が丸一日降った後、どんより曇った小寒い日がつづき、漸《ようや》く薄日が射したと思ったらいつか小雨が降っている。窓からの暮色を小雨まじりの夕闇《ゆうやみ》が包んでいて、ただでさえ重苦しい気分に美保は押し潰《つぶ》されそうだった。

長椅子《ながいす》に横になって目だけはテレビに向いているが、何も見えていない。ふとチャイムが鳴っていることに気づいた。反射的に「先生？」と思い、まさか、と打ち消し、それでも湧《わ》き上ってくる期待を抑えながらドアーを開けた。そこに立っているのはブルゾンの肩を濡《ぬ》らした浩介だった。

「まあ、浩介さん……」

浩介ははにかんだような笑顔を見せて「こんにちは」といった。

「よくわかったのね、ここ……」

「電話番号がわからないもんで、いきなり来ちゃったんです。以前、吉《よ》ッちゃんと一緒に来たことがあったもんで。美保さん留守だったけど」

「ああ、思い出したわ。あれは確か夏前ね」

——吉見がドアーの下から、来たしるしに忍たま乱太郎のチューインガムをさし込んでいった時だ。そうだ、丁度楠田がやって来てそれを見つけた……。

「早いものねえ。もう秋も終り……」

相手にはわからぬ自分だけの感慨を籠《こ》めて呟《つぶや》いた。あの時はまだ、あたしは優位にいた、と思う。それから気がついて、

「さあ、お入りなさい。どうぞ、こっち……」

さっきまで横になっていた長椅子のクッションの皺《しわ》を直す。浩介はもの珍しげに入って来て、

「いい部屋だなあ、いいなあ……女一人の部屋」

それには答えず、

「コーヒーがいい？　紅茶？」

「どっちでもいいです。手間のかからない方」

「丁度、コーヒーを飲みたかったの。豆を碾《ひ》いて正式に淹《い》れるわ」

「ぼく、コーヒーの味なんてよくわかんないから、インスタントでいいんです」

浩介はいった。

「それより今日はお願いがあって来たんだけど」

「お願い？　なに？」

「今度、メンズワールドって男のファッションの雑誌が出るって聞いたんだけど」

「聞いてるわ、来春創刊でしょ」

「そこにコネない？　ファッションモデルの」

「浩介さん、前からモデルしてるじゃない」

浩介は甘ったるい口調でいった。

「ぼく、ルーズだからって……今までのクラブ、クビになっちゃったの」

美保は浩介を眺めた。浩介と最後に会ったのは一年半前、美保が大庭の家を出た早春の日だ。吉見が学校から帰ってこないうちにと思って昼前に家を出、バス停のベンチに坐っていた。淡い春先の光に包まれ、戦闘の後の兵士のように虚脱していた。謙一と別れ大庭の家を出て単身で社会に乗り出して行く第一歩だったが、悲壮感も気負いもなかった。こうしてバスを待っている美保を、商店の人たちはいつものように大庭さんの若奥さんが仕事に出かけるのだな、と思っているだけだろう。そんなことをぼんやり考えていた。その時、人影が射して浩介の声が「行ってしまうんですか？　やっぱり」といった。

あの頃の浩介は花柄のパンツやピンクのセーターが似合う中性的な美青年だった。羨《うらや》ましいほどのスベスベした肌をして、唇は桃色だった。その清潔そうな薄い唇で「ぼく、遊びに行ってもいいかしら」といった。

「いいわよ。お腹《なか》が空《す》いた時はご飯でも食べにいらっしゃい」

「ほんと？」

声を弾ませてみせ、軽く「そのうちぼく、美保さんとなんとかなっちゃおうかな？」といった。美保は取り合う気はない、というように笑っただけだったが、浩介はつづけた。

「美保さんて、何たってステキだもんねえ。インテリだし、センスあるし美人だし、何よりもさっぱりしてるところ、大好きだ」

「そう？」

美保はあしらうようにいった。

「でもダメね」

「ダメ？　どうして？」

「こんな時に若い坊やの力に縋《すが》って痛手を癒《い》やすなんて通俗すぎるわ」

「通俗でいいじゃないの」

「浩ちゃんはそう思うでしょう。でもあたしって少しはプライドを持ってる女なのよ……」

そうだった。あの頃のあたしは突っぱっていた。中学、高校の時からずーっと男子を凌《しの》いでトップだった。男に頼る女の人生を幸せだとすることに抵抗していた。どんな時でも対等！　それを信条にしていた。男のために傷つくことなど、あってはならないと頑張っていた。

夫は美保を裏切った。だが美保は傷ついてはならないのだった。泣いても怒ってもいけない。美保は懸命に自分を保った。あの時、香はいった。そんなに突っぱったってイミないじゃない。謙一さんをらくにさせるだけ、口惜《くや》しいじゃない。口惜しい？ と美保はいった。主体性の芯棒《しんぼう》をしっかり立ててれば口惜しいことも悲しいこともないのよ。それくらい冷厳にならなければ「男と対等に」なんていえないわ……。

美保は浩介の切長の目がじっと自分に注がれていることに気がついた。

「なあに？」

と美保はいった。

「あたしの顔に何かついてる？ それともバアサンになったなあ、と驚いてるの？」

「だって美保さん、ステキになったんだもの。なんてのかなあ、やっぱりイロケかなあ……。前もステキだったけど、あの頃なかったものが加わってる……」

「そう？ ありがとといいたいけど、イロケみたいなもの、あってもなくてもどうでもいいわ。それより浩介さんこそ、いいセンいってるわ。一年半前はスベスベと明るいハンサムだったけど、スベスベがなくなった分、おとなの翳《かげ》が出てきて……」

「カゲ？ そうかなあ。それは多分、生活苦のカゲだと思うけど」

「生活苦のカゲ？」

美保は笑った。

「そんな言葉、浩介くんには似合わないわ」

「ぼくね、とうとう親父《おやじ》に見放されちゃったの。おふくろは親父のいいなりだから、もう親はあってもないのと同じ状態なの。二十二にもなったんだから自分の生活は自分でやれっていわれちゃった。今まで部屋代と食費、カツカツだけど送ってくれてたんだけど」

「きちんと就職もせず、学校へも行かず、したいように生きてるんだから、それはしょうがないわね。自由は欲しい、金も欲しいは通用しないわ」

「正解」といってから、

「ねえ、何か食べさせてくれない？　朝からコーヒー一杯飲んだだけなんです」

「呆《あき》れた人――」

美保は冷凍庫からパンとカレーを出し、

「こんなものでいい？」

「わァ、カレー？　なにカレー？」

「チキンよ。これでも手造り」

「わーい、うれしいなァ。カレーとなるとゴハンがほしいけど、贅沢《ぜいたく》いわない……」

美保はレンジでカレーを解凍しながらクスクス笑った。

「何がおかしいの」

「浩介さん、前のようにおしゃれしてないの、新しい流行かと思ってたの……。お金がないためなのね？」

「正解」とまた浩介はいった。

「ぼく、この夏、吉ッちゃんにくっついて川井村のおじいさんのところへ行っちゃったの」

「知ってるわ。吉見にいろいろ聞いたわ」

「二、三日で帰るつもりだったのに、おじいさんが旅費貸してくれないもんだから、ついひと月近くいてしまったんだけど、そのためにぼくの人生、狂っちゃったんです」

浩介はカレーを掬《すく》ってパンに載せ、一口食べて、「うーん、うめえ！」と唸《うな》った。

「飢えを知る者のみがまことの美味を知る！」

美保は笑いながら、

「それで？　川井村へ行ってなぜ人生が狂ったの？」

「まず第一にモデルクラブをしくじったこと。それからこれが一番大きいんだけど、サロンのおばちゃんを怒らせた……」

「サロンのおばちゃんって？」

「ビューティサロンのおばちゃん。いざという時はおばちゃんの所へ行けばよかったの。メシだって金だって。あの人がいる限りはダイジョブだと思ってたんだけど、黙って川井村へ行ってひと月近くも帰らなかったんで、その間にサロンの若い弟子とデキちゃったの。その時、ぼくは泣く泣く剣道やってた……」

思わず美保は噴き出した。

「笑わないでよ。ぼくの死活問題を話してるのに……。カレー、おかわりある？　パンも」

「カレーはおしまいだから、キャベツのベーコン炒《いた》めでも作ってあげようか？」

「うん！　ありがと。沢山ね。山のようにね！」

鬱屈《うっくつ》していた気持が次第に晴れていくのを覚えながら、美保はキャベツを洗った。

「キャベツもベーコンも大きく切ってね。炒め過ぎないようにね」

「ハイハイ」

キャベツが炒め上るまで、浩介はテーブルに頰杖《ほおづえ》を突いて待っている。

「子供の頃、思い出すなあ……」

独り言のように呟いた。

「こうやって、おふくろがゴハン作ってくれるのを兄貴と二人で待ってたなあ……。おふくろはいつもキリキリプリプリしてた。なぜなのか、その時はわからなかったけれど、親父に女が出来たんだ。その後、京都、札幌と転勤になって、単身赴任したんだけど、行く先行く先で女が出来た……。おふくろはぼくにいうの。あんたはお父さんの血を引いてるって。そりゃあニクニクしげにいうの、兄貴はおふくろ似だって。でもニクまれたって困るんだよね。親父の血を引いてるってことは、ぼくのせいとはいえないんじゃないの？　そういいたいけどいわないの。いえばメンドくさくなるだけだから」

「ハイ、お待ちどお」

美保は改めて子供という存在を哀れに思う。子供は親の暮し方の飛沫《ひまつ》を浴びて育つ。いや応なくしぶきを浴びる。親は自分が浴びせているものに気がつかないで、叱《しか》ったり、心配したり、心配させられることに腹を立てる。子供は抗弁の手だてを知らないから、ただそれを受けるだけだ……。美保は一心にキャベツを食べている浩介を見た。その姿に吉見が重なった。

キャベツを食べ、コーヒーをお代りして、浩介は川井村の話やモデル業界の内輪話や世田谷時代の思い出をしゃべった。時計を見るといつか九時を廻っている。

「もうこんな時間なのか……帰らなくちゃ」

といいながら何となくぐずぐずして、

「ねえ、コーヒー、もう一杯、いい？」

という。コーヒーが飲みたいのではなく、帰りたくないのだろうと察して、笑いながらコーヒーを淹れていると電話が鳴った。

「浩介くん、出て」

「はい」と浩介は受話器を取り、それから「ちょっと待って下さい」といってふり返った。

「楠田さんて人から」

もしや、と胸がときめいていたが当っていた。この数日の憂鬱《ゆううつ》など気ぶりにも出さず、元気よく「お待たせしました」という。

「誰？ 今のは？」

いきなり楠田はいった。声に咎《とが》める調子が滲《にじ》んでいるのを快く感じながら、

「え、ちょっとした知り合い」

軽くいった。

「ちょっとしたって、どんなちょっとだい？」

楠田は感情を隠すことをしない男だ。彼はこだわってる、と思い、

「いいじゃないの、そんなこと。それよりご用はなあに？」

空っとぼけた。

「銀座《ぎんざ》で飲んでるんだよ。出て来ない？」

「うーん……今夜はちょっと……」

「またちょっとか、ちょっと何だい？」

「ちょっと都合が悪いの」

楠田は急に盛り上った感情に押されたように、

「出て来いよ。今夜は会いたいんだよぅ」

と声を大きくした。

「でもあたしにだって都合ってものがあるわ」

「どんな都合？」

「いいじゃない。あたしの方の事情なんだから」

意地悪く笑った。

「気になるね。どんな事情かいいなさい」

楠田はだんだんムキになっていく。

「いわないわ。だって先生にはカンケイないことだもの」

キリキリと楠田に錐《きり》をもみ込んでいるようで、その錐は美保自身をも突き刺しているのだった。

電話を切るとコーヒーカップを片手に浩介が美保を見ていた。

「いいのよ」

美保は意味もなくいった。

「ゆっくりして行きなさい。何なら、泊ってもいいわよ……」

「泊ってもいいわよ」という言葉が自分の口からひとりでに出たことに美保は「あっ」と思った。楠田の顔が浮かんだ。自分の感情を一切取り繕おうとしない楠田は、あの時嫉妬を丸出しにしていた。楠田のことだ、必ずもう一度電話をかけてくるにちがいない。飽きかけている女でも、自分の思うままにならぬとなるとムキになるのが楠田の性分だ。小気味よさを感じながら美保は浩介に向って笑いかけた。

「でも、いい？　わるさはさせないわよ」

「ダイジョブ！　ぼく誓って何もしないから」

浩介は子供のように顔を輝かせ、

「うれしいな、ほんとにほんと？　泊ってもいいのね？」

「その代り、長椅子に毛布をかけて寝るのよ」

「床の上だっていいよ。長椅子でなくたって」

浩介はいった。

「ほんというとぼく、帰りたくなかったの。管理人がね、夏以来、部屋代入れてないもんで、靴音がすると小窓開けて催促するの。どんなに忍び足で入っていってもぼくのことわかるのね、ふしぎなおばちゃんなの。つかまったら最後今度は立《た》ち退《の》きの催促だと思うんだ……」

浩介は美保が笑うのを見て甘えるようにいった。

「何がおかしいの……。やだなあ、ぼくが困ってるのに……」

「ごめん。でも浩介くんでも困ることがあるのね」

「人間ですよ、ぼくだって」

この、女に甘えるのがすっかり身についている青年に甘く見られてはならない。そう思いながら、でもうさ晴らしには丁度いいと思う。

「ぼくみたいにチャランポランに生きてる男って、気楽そうに見えてるでしょ？　でもこういうのって、イガイとたいへんなの。もしかしたら働き蜂《ばち》のサラリーマンより苦労が多いかも」

「好きでやってる苦労だからそれでいいんでしょ」

そういって立ち上り、風呂《ふろ》の支度をした。電話が鳴っている。――楠田からだ、と確信した。

「はい、もしもし」

浩介がいっている。

「は？　ぼくですか？……ぼくは川端浩介といいます……ちょっとした知り合いです……はあ、今んとこ、そういう形ですが……」

受話器を置く音がして浩介が浴室を覗《のぞ》いた。

「美保さん、また楠田さんから」

しぶしぶという表情を作り、わざと手間取ってから「はい、美保です」といった。

「ダメかい？」

いきなり楠田はいった。

「ええ、ちょっと……ムリみたい」

「『みたい』とはどういう意味だ？」

楠田は苛立《いらだ》っていうと、

「今の、思い出したよ。吉ッちゃんがいなくなった時の相棒だろ？　川端浩介……」

「そうよ」

それが何なの、といいかけて、それではあまりに喧嘩腰《けんかごし》すぎると思い直して、含み笑いを聞かせるだけにした。

「奴といつからそんな仲になったんだい」

楠田は気が早い。単刀直入にいった。

「いやァね、前から知り合いだもの、大庭美保だった時から」

「それはわかってるさ」

「ならそれでいいでしょう」

「彼のためだろう？　出て来ないのは……」

「まあ、そうですわ」

無造作にいってみせた。楠田は一瞬、意表を突かれたように絶句してから、声を改めていった。

「帰らせればいいじゃないか。出て来いよ」

「そうはいかないわ」

――あたしは先生の側女《そばめ》じゃないのよ。あたしは香とはちがうのよ……。

そういいたかった。だがいえなかった。そこまで楠田を傷つけるのが怖かった。そうだ、怖かった。完全な決裂になるのが。決裂してもかまわないと思うようになるまでにはもう少し時間が必要だった。

「それじゃあ、これからそっちへ行くよ」

意地になったように楠田はいった。

「それは困ります」

「なぜ困る?」

「なぜって……それくらい、わかる人でしょう? 先生は……」

束《つか》の間《ま》沈黙が落ちた。

「わかった……じゃいいよ」

楠田はいった。そのまま電話は切れた。半分笑いかけた顔のまま、美保は浩介を見た。

「ぼく、帰った方がいいんでしょう?」

「いいのよ!」

美保は投げやりにいい、来るなら来ればいいわ、その方が面白いかもしれない、と思った。

「ほんとにぼく、いてもいいのかなあ……」

心配そうにいう浩介に美保はいった。

「いいのよう。いてちょうだい。帰らないで……」


その夜浩介は長椅子の片方の肘《ひじ》かけを枕《まくら》に、もう片方の肘かけから長い脚を突き出して、毛布をかぶって寝た。身体は窮屈だったが久しぶりに熟睡した。朝、目を醒《さ》ますと美保はもう起きていて、化粧気のない顔にオレンジ色の口紅だけをさして、急須《きゅうす》に湯を入れている横顔が見えた。壁の時計は八時を廻っていた。香ばしい玄米茶の香が浩介の鼻孔《びこう》をくすぐる。久しぶりにくつろいだ幸せな朝だった。ストレートのショートカットの髪が伸びて首筋にかぶさっているのが、いつも隙《すき》なく颯爽《さっそう》としている美保を見馴《みな》れた目には珍しく、新鮮だった。大ぶりの湯呑《ゆのみ》に茶を淹れて立ったまま一口飲み、浩介の方を見て「あら」といった。

「起きてたの？　おはよう」

「見惚《みと》れてたの、美保さんに。朝の美保さんってとても新鮮だ……」

美保は取り合わずにカーテンを引き、勢よく窓を開けた。冷たい空気が流れ込んできた。

「ああ、気持のいい朝！　昨日とはうって変ったお天気よ」

浩介は長椅子から起き上り、改めてお早《はよ》うございますといい、窓の所へ行って毛布を払って畳んだ。

「えらいのね。そうしてちゃんと畳むなんて」

「ぼくみたいに居候し馴れた奴はこういうことだけはキチンと出来るの。それに川井村で鍛えられたしね、おじいさんに。掃除はぼくがやりますよ。風呂も洗う……何でもいいつけて下さい」

「いいのよ、そんなに気を遣わなくても。さあ顔を洗っていらっしゃい。タオルと歯ブラシ出しといたわ」

「ありがとう」

洗面所から出ると食卓に坐った。昨日、浩ちゃんがパンを食べてしまったから、ご飯を炊いたのよ、と美保はいった。いつもは朝はパン一枚とコーヒーと果物だけなんだけど。そうして美保は葱《ねぎ》と薄アゲを味噌汁《みそしる》用に切った。

「ゴハン？　炊きたてのゴハンに味噌汁？　すげえ」

浩介は大袈裟《おおげさ》に叫ぶ。その時チャイムが鳴った。鳴るのと同時にガタンと音がして、ドアーが開きかけ、掛けてあるチェーンがピーンと引っ張られた。その隙間から男の声がいった。

「おい……美《み》ッポ……」

楠田だった。浩介は直感した。そうか、美ッポと呼ばれてるのか、美保さんは。でも似合わない……。

見ると美保は頬をうす赧《あか》く染めて、ためらうように立ちすくんでドアーの方を見ていた。楠田はドアーをガタガタいわせながら、「おい……」といって手をさし入れ、チェーンを外そうとしている。美保は黙って近づくとチェーンを外してドアーを開けた。

楠田は入って来た。着物と対《つい》の羽織を着て茶色のウールの襟巻《えりまき》を首に巻いていた。浩介の想像よりも背の高い、がっしりした男だった。

楠田は入って来ると、美保を見ずにまっすぐに浩介を見た。目尻《めじり》の上った鋭い目だった。仕方なく浩介は「こんにちは」といった。

「君か、川端浩介くんは」

楠田はいった。

「なるほど、好《い》い男だ、なかなかだ……」

そういって楠田は探偵のようにあたりを見廻し、食卓の上に箸《はし》と茶碗《ちゃわん》が出ているのをジロリと見た。美保はそ知らぬ様子で楠田に訊いた。

「コーヒー？　お茶？」

「コーヒー」

と楠田はいった。

「豆から碾いてくれよ」

まるで朝食の支度を邪魔しようとしていっているような感じだった。浩介は美保の様子を見て、

「ぼく、失礼……した方がいい……でしょ？」

と小声でいった。

「そうね……」

美保はコーヒー豆から目を上げて「じゃ、そうして」とあっさり、いった。

浩介は楠田に頭を下げて部屋を出た。美保はドアーの所まで来て、ごめんなさいね、といった。それは浩介にいったというよりは、楠田に当てつけるごめんなさいのようだった。浩介はエレベーターに乗り、呆然《ぼうぜん》とマンションの玄関を出た。うまそうだった味噌汁の匂《にお》いを思い出した。味噌汁の実は葱と薄アゲだ。飯はホカホカに炊けていた。夕

クワンの黄色い肌がうまそうに光っていた……。

チクショウ、と思わず声に出していった。美保に恋人がいたことなどどうでもよかった。今はホカホカのご飯と味噌汁を逃したことが腹立たしい。

ぶらぶら歩きながら、さて、どうしようか、と考えた。美保が紹介してあげるといったファッション誌について、朝ご飯を食べながら打ち合せをするつもりだった。それもパアになってしまったが、それについては今夜か明日にでも電話をすればいい。それより今日、これからどうするかだ。腕時計を質屋に入れたから時間がわからないが、起きた時は八時を廻っていたから今は九時頃だろう。

歩いているうちにふと信子のことを思い出した。そうだ、あの人なら大丈夫だ。あの頃あの人はぼくを好きだった。ハワイのホテルでやろうとしたら必死で抵抗したけど、ぼくを嫌って抵抗したのでないことはわかっている。あの人の年がそうさせたのだ。もうひと押しするのを待っていたのかもしれないけど、メンドくさくなってやめた。あの時やめなければよかったかもなあ……。

浩介は信子の所へ行くことに決めた。

「こんちはァ……おばさーん」

と遠くから浩介は呼んだ。

信子は家の前の落葉を掃いていた。門の脇《わき》の桜の老木は頻《しき》りに黄ばんだ枯葉を散らしている。枯葉は道いっぱいに舞い散って、かつて浩介が住んでいた家の低い門扉の前後にも散っている。信子は箒《ほうき》の手を止めて顔を上げ、暫《しばら》くの間、見分がつかないかのように近づいてくる浩介を見ていたが、

「あらまあ、浩ちゃんじゃないの！」

と叫んだ。驚いて弾んでいるその声は二年前のいきさつなどすっかり忘れたようだ。

「こんなに早くから……どうしたの？」

「昨夜《ゆうべ》、友達の家に泊ったの。それでふと思いついて……」

「お友達の所、この近くなの？」

「ええ」

と軽くいった。美保の所からは近くはない。

「だもんだから思い出したの、おばさんのこと。それに吉ッちゃん、どうしてるかなあと思って……」

「そうそう、吉見が川井村でお世話になったのね」

「お世話なんて……そんなんじゃないけど、なんてのかな、共苦労ってとこ……」

まあお入んなさい、と信子は箒を持って先に立った。懐かしいなあ、といいながら浩介は裏庭へ廻り、濡《ぬ》れ縁《えん》に腰を下ろした。

「やあ、ルーちゃん、元気かい」

と九官鳥に声をかける。それから台所に入った信子に向っていった。

「おばさん、お茶はいりません。それよか……」

信子は顔を出し、

「それよか？……なに？」

「ぼく、朝ゴハン食べてないの」

自然に甘えた口調になっていた。

「まあ、相変らずノンキなのねえ」

「ノンキじゃないんだけど、ここんとこへマつづきなの、ぼく」

信子のハイハイという声は弾んでいる。

「おばさんチ、朝ゴハンはパンなの？ ご飯なの？」

「うちはご飯よ」

「うれしいな。じゃあおみおつけある？」

「作ったげるわ。玉葱とおじゃがでいい？」

「いいいい、サイコウ！」

朝食の支度が出来る間、浩介は九官鳥の籠《かご》を掃除した。散水用の蛇口は謙一の方のテラス寄りにある。そこで九官鳥に水浴びをさせているとガラス戸が開いた。浩介はしゃがんだまま顔を上げ、「こんちは」といった。びっくりしたような丸い目がパチパチと瞬《まばた》いた。これがチカちゃんか、と思った。

「吉ッちゃん、元気かしら？ ぼく川端浩介」

浩介は愛嬌《あいきょう》よくいった。

「わァ、あなたが浩介さん？……」

千加はびっくりして丸い目をクルクルさせ、それからふと笑いたそうな口もとになった。

「吉ッちゃんから聞いてたけど……もっと変った人かと思ってたの」

「ぼくはどこでも変ってるっていわれるの……」

浩介はあっさり受けて、

「ルーちゃんの面倒、あまり見てないみたい」

と九官鳥の籠を指した。

「あれっ、この鳥ルーちゃんての？……知らなかったわ」

「ひでえなあ。ルーちゃんて、ぼくがつけた名前よ」

「へーえ、あたしは勝手に九チャンて呼んでたわ。でもカアカアって返事するわ」

「カアカアってのは返事じゃないの。気が向いた時、勝手にいってるだけなの」

浩介が「おい、ルーちゃん！」と呼ぶと九官鳥は羽をバタバタさせて「カアカアカア」と鳴く。

「ほらね、ルーちゃんと呼んでもカアカアっていう」

二人は声を揃《そろ》えて笑った。久しぶりに聞く若い女の笑い声。いいなァと浩介は思う。

気がつくと濡れ縁から信子が顔を向けて呼んでいた。

「ハーイ」と浩介は答え、九官鳥を籠に戻して、

「あとでまた来ていい?」といった。

「いいわよ。いらっしゃい」

浩介は九官鳥の籠を提げて茶の間に戻った。

「千加さんて、面白そうな人ですね」

「面白い?……そうね、面白いといえば面白い人だわ……浩ちゃんと気が合うかもね」

信子はわざとらしく笑った。

「吉ッちゃんとも気が合ってるんでしょう?」

「そうねえ……まあね……でも吉見はそれなりに気を遣ってるんじゃないかしら」

「でもあの人なら安心みたい。虐《いじ》めたりしそうにないもの」

信子は答えずご飯と味噌汁をよそい、鯵《あじ》の干物の頭と骨を外しにかかった。

「おばさん、器用だなあ。ぼくって魚食べるのヘタッピなの」

「でしょう? そういう感じよ」

「川井村にいる時、川魚ばっかりなのね。よく叱られたなあ、その食い方は何だ、って。あそこじゃ頭も食べなきゃいけないの。ヌリカベさんがやたらカラ揚好きで、魚が口開けてて目玉もついてるやつを、バリバリ食うんだものね、あのおばちゃん」

「ヌリカベさんって?」

「丈太郎さんの世話してる人。年からいうとおばあさんなんだけど厚化粧しててておばさ

んといわないといけないみたいなの」

「そのヌリカベのおばあさんって人は——」

信子は「おばさん」といわずに「おばあさん」といった。

「どういう人？」

「だから、食事の支度したり洗濯したりしてる人」

浩介は簡単にいって、

「この大根漬うまいなあ。ご飯は新米？　こたえられないなあ、おかわり」

と茶碗を出す。

「居候三杯目にはそっと出し、って川柳にあるけど、こんなにおいしいと勢がついちゃうなあ……」

信子はとり合わず、

「それで、住み込んでるの？　その人」

「盛岡に家があって行ったり来たりだけど、でも泊っていくこともある……」

パリパリと大根漬を噛《か》む。

「どれくらいのお給料で来てるのかしら」

「ノーギャラみたい」

「ないの？　報酬は」

「人のために役に立つってことを老後の目標にしてるっていってたけど」

「そうなの……でもあの口うるさいおじいさんに、よく務まってるわねえ」

「でも押され気味だなあ、丈太郎さんは」

「あの人が押され気味？」

信子の目が光ったことに浩介は気がつかず、

「タダだから我慢してるのかもしれないけど」

「我慢してるんですって？　あの人が……」

「世の中に鈍感に勝る力はない、って独り言いったりしてるけど、でもわりかし我慢してるみたい……やっぱりいないよりはいた方がいいからねえ。必要とされている限りわたしは先生に尽すつもり、っていってたなあ。誰からも必要とされないことほど人間にとって悲しい惨めなことはないって……」

信子は急所を突かれたように黙った。それから気持をふるい起すように大きな声でいった。

「何のかの、えらそうなことをいっていても結局、女がいないと生きていけないのよ、男は。そのくせ、威張りくさって女を下目に見るの。素直に自分の弱さを認めればいいのに、どうしてあんなに威張りたいのかしらねえ……」

「そうかなあ。あの人は頑固だけれど威張っちゃいないんじゃないかなあ……。ヌリカベさんに腰を揉《も》んでもらう時なんか、感謝してお礼いってるけど……」

「腰を揉んでもらってるの？」

信子の頰がキュッと引き緊《しま》った。

「そしてお礼いってるの？」

信子の声は裏返った。

「わたしには当り前みたいに、『おい、腰』の一言よ。お礼どころか、『よし、もういい』……いつだってそれだけだったわよ……」

「だからね、丈太郎さんは川井村へ行って心を入れ替えたんじゃない？」

浩介は気乗りのしない調子でいった。美容院のおばちゃんもここのおばさんも同じだなあと思う。女ってやつはどうして、どうでもいいことをいつまでも憶《おぼ》えているんだろう？　話を打ち切りたくて浩介は「ご馳《ち》走《そう》さま」といったが、信子はじっと考え込んだまま動かない。

「浩ちゃん、わたしね、こんなことほんとはいいたくないんだけど、でもやっぱりハッキリさせたいの。わたしたち夫婦は別れて暮してるけど、正式に離婚してないのよ。七十過ぎたあの人が今にどんな病気になるかわからないし、その時にあんな頑固なおじいさんを看《み》取《と》るのはわたししかいないと思ったものだから離婚はしないで、いざという時にはここに帰って来られるようにしておいてあげたのよ。だけど今聞いたら、心を入れ替えたか何か知らないけど、そのヌリカベさんに世話してもらってるっていうじゃない……ということはヌリカベさんと事実上の夫婦になってるんだと思うの……」

信子はそこで言葉を切って浩介の反応を見守った。

「そうなんでしょう?」

「事実上の夫婦って、つまり……」

信子の視線の鋭さにたじたじしながら浩介はいった。

「丈太郎さんとヌリカベはヤッテルかってこと? それはぼくにはわかんないです」

「でも一つの部屋で寝てるんでしょ?」

「部屋は一緒じゃないみたいだけど……」

「部屋は別でも忍んでいくってことはあるわね」

信子はたたみかけた。

「吉見や浩ちゃんがいるのに、まさかひとつ床では寝られないだろうから……」

「でも丈太郎さんが忍んでいくなんて……炭化した埋《うも》れ木《ぎ》みたいな人がよ、どう思っても絵にならないなあ」

「絵になるかならないなんて、そんな問題じゃないでしょ!」

信子は叱りつけるようにいった。

「ヌリカベの方から忍んでいくってこともあるわ」

「丈太郎さんってそんな人かなあ。だったらぼく尊敬する。あのヌリカベ相手にタツとしたらエライよ……ぼくだったらダメだろうな」

「牛は牛づれ馬は馬づれってことがあるわ」

「ふーん、そうかァ……じゃあヤッてたのかァ、あの二人……」

浩介は指を鳴らした。

「チクショウ！　ぼくがヤリたくてヤリたくて、モンモンとしてた時、向うの部屋でジイサンとバアサンはやってたのかァ……そして朝になったらこっちは泣く泣く剣道か……」

信子が剝《む》くリンゴを次々に食べ尽すと、浩介は「それじゃぼく、ちょっと」といって立ち上った。

「帰るの？」

「ちょっと千加さんとこへ」

信子は突支《つっかい》を外されたように浩介を見上げ、

「なにしに行くの？」

面白くない思いを隠し切れずにいった。

「うーん、ちょっと……面白そうだから、あの人……」

「そう。話が合いそうね、行ってらっしゃい」

突き放すようにいった。浩介は平気で「じゃあ」といって濡れ縁を下り、二、三歩行きかけて思い出したように後戻りしていった。

「――ご馳走さまでした……」

信子は答えない。浩介は庭を横切ってテラスに上った。ガラス戸から中を覗くと、トレーナーにTシャツを着た千加が、真剣な顔つきでテレビに向って立ったりしゃがんだりしている。テレビにはレオタードの金髪の女が映っている。やがて千加は金髪の女がするように椅子の背を支えにして片脚を上げ下げし始めた。暫く見ていた後で浩介がガラス戸を叩《たた》くと、脚を上げ下げしながら顔を向けて、

「どうぞォ」

といった。テレビを消してガラス戸を開ける。小ぶりの丸い顔が上気して、広いおでこに汗が噴き出ている。

「レイチェル・ハンター？」

と浩介はいった。

「よく知ってるわね。この人、パリコレでワンステージ何千万だって」

「ロッド・スチュアートのオクサンでしょ。ビデオ買ってるなんて、スゴイなあ……」

千加が壁際に寄せていたテーブルや椅子を戻すのを手伝いながら浩介はいった。

「あたしって痩《や》せてると思うでしょ。でも今以上に太りたくないの。そのくせ大食いだもんだから」

千加はタオルで汗を拭《ふ》き、二階へ行ってTシャツをセーターに着替えて来ると、改めて浩介を見ていった。

「浩介さん、キメてるじゃない」

「そう見える？」

浩介はいった。

「ぼく、プータローになっちゃって、おしゃれする金ないの。だからいっそグランジでいこうと思って」

「グランジ、前にはやったけどね。でも浩介さんのはいいんじゃない。靴だけナイキのエアマックスでキメてる」

「うれしいな、わかってくれて。昨夜《ゆうべ》なんか、浩ちゃん、この頃おしゃれしてないのねっていわれちゃった」

「してるじゃない！　そんなことというのどうせおばちゃんでしょ」

「前のぼくってサイケデリックが好きだったから、その頃のぼく知ってる人はイメージ狂うらしいの。でもこの頃は男っぽいアイテムに変えてる。古着をイキに着こなすおしゃれに向ってるの。必要上もあるけどそんなのが面白いんだ。ぼくって柔軟性あるのね」

「古着でキメるのってむつかしいけど楽しいのよね。安くてさ、気に入ったやつ見つけた時の嬉《うれ》しさってわかる。あっちこっちのセールで買いまくったのがバッチシ、ハマった時はこたえられないもんね」

「このブルゾンは米軍の放出なの、友達が沖縄で買って来た古着。そいつを千円で買ったの。まだ五百円しか払ってないけどね。ジーンズは原宿《はらじゅく》の古着屋で見つけたのよ。ルーズなところ、ナチュラルさがいい。古着でしか出せない味があって……」

「あたしはベーシックなものをサラリと着てるの見るとやっぱ、いいと思うな」

「ホントいうとぼくね、今一番欲しいのはヘルムートラングのキルティングブルゾンなの。渋谷でぼくのモデルの友達とすれ違ったらそれ着てやんの。Tシャツもパンツもヘルムートラングでキメてて、チクショウと思っちゃった。そいつ、リンカーンのこと、アメリカの自動車王だと思ってた奴なの」

声を揃えて二人は笑い、話は弾んだ。千加は椅子の背凭《せもた》れに向って跨《またが》り、

「わァ、浩介さんと話合うわァ」

バタバタとスリッパで床を蹴《け》る。そこへ信子が顔を出した。

「あらまあ、賑《にぎ》やかだこと」

信子は意味もなく笑いながら上って来て、ザルに盛り上げた蜜柑《みかん》をテーブルの上に置いた。

「徳島の珠子の所から送って来たのよ、今」

そういってから浩介の方を向いた。

「浩ちゃん、わたし、考えたんだけど……」

「はあ、何ですか？」

「あなた今のアパートに居辛《いづら》いようなら、うちの二階へ来てもいいのよ。わたし一人だから部屋が余ってるし、浩ちゃんの食事くらい一人作るのも二人作るのも同じだから。下宿代は出世払いでいいことにして」

「出世払い？　それはダメです」

「どうして？」

「だってぼく、ゼッタイ、出世なんかしないもの」

「出世はしなくても、そのうちそこそこ食べられるようになるでしょう」

「どうかな……」

「いやねえ、どうかな、だなんて。そろそろ生活の切り換えをする頃でしょ。そうしないわけにはいかないでしょ」

「そうなんだけど……」

浩介はいった。

「でもぼく、まだ何もしたくないんです……」

「何もしたくないって、どうして？」

信子は眉《まゆ》をひそめた。

「どうしてっていわれると困るんだけど」

「困ることはないでしょう。二十二やそこらで何もしたくないなんて、どこか悪いんじゃないの？」

「さあ？」と首をかしげた。

「ぼくね、したいと思うことがないの。なにしたってどうせ知れてる、って思っちゃうの。何もしたくないの」

「でも川井村で毎朝、吉見と剣道やったんでしょう」

「無理やりやらされたからね。無理強いする人がいるとやるのよ。断ったり逃げたりするのが面倒だから……」

「呆《あき》れた」

と信子はいい、千加は面白そうに笑った。

「努力しない奴は人間のクズだ、って丈太郎さんにいわれたけど、ぼくってほんとにクズだなあと思う。努力とか発奮とか出来ないの。好きなことが見つかれば努力すると思うんだけど、好きなことってないから……」

「それで浩ちゃん、退屈しないの？」

「退屈ってのがよくわからないの。時々、こういうのって退屈っていうのかなあ、と思うことあるけど」

「どんな時？」

「女と寝たあとなんか、ぼく、あーあ、と思っちゃうの。これっていったいナンなんだってキモチ……いや、あれは退屈というんじゃないなあ。無常感っていうのはあれなのかなあ……」

信子は「まあ……」といい、千加は「勝手なことといってる」といった。

「女の人にはわからないらしいのね。一度、思わずいっちゃったことあるの。『あーあ』って。そしたら『ソレってなに』ってものすごくからまれちゃった」

「浩ちゃんは女好きじゃなかったの？」

「前はね。でもこの頃はうっとうしいなあ。うっとうしいけど、性欲はあるしね、生活のためもあるからヤルけど」

「なんだか気の滅入る話ねえ。可哀《かわい》そう」

と千加がいった。

「子供の時から美食に馴れた若殿サマみたいになってるんだ、浩介さんて……中学生の頃から女の子にモテたんでしょ」

「でもぼく、食物にも好き嫌いってないのね。川井村で丈太郎さんに褒められたの。どんなものでも食うのが君の唯一の美点だって。ぼく、女でもそうなのね」

浩介はいった。

「ねえ、こんな話もうやめない？　ぼくユーウツになってくるよ」

「なんだか瀕死《ひんし》の病人と話してるみたい」

と千加はいった。

「どうしてそんな人になっちゃったの」と信子は真剣に訊いたが、浩介にはわからない。今になって「どうして」を考えたところでしようがないし、考えてもわからないから考える気がない。吉ッちゃんを虐めた奴らに「どうして虐めるんだ」と問い詰めても奴らにもわからないんだ。いい子を求める今の教育に問題がある、それが子供を抑圧して、イジメを生む構造になった、と評論家がいっているのをテレビでちらっと見たけれど、そんなことといったってしようがないじゃないか。今、教師に求められるのは人権意識だ、とかいっている人もいたけど、じゃあ明日から人権意識を持ちましょう、といっても間に合わない。でもそういうことを一所懸命にいうことが必要らしい。それが社会に参加してるってことなんだろう。

今の時代の有難いことは、とにかく働きさえすれば、たいした働きでなくても、食って行けるということだ、と丈太郎はいった。正式に就職しなくても、何やかや働き口はある。昔は働きたいにも口がなかった。働いても働いても、賃金が安くて食えなかった。今は君のようなノラクラでも食って行ける世の中なんだよ。有難いと思わなくちゃいかん。

「思ってます」

と即座に浩介はいった。丈太郎は何かいいたそうに口をモグモグさせたが、浩介の返事が素直なので言葉が出てこないらしかった。暫く考えてから、

「君は今の社会に何か文句があるかね」

と訊いた。また即座に「ありません」と答えると、また口をモグモグさせた。

「いい世の中だと思っているのかね」

「ハイ」といった。「イイエ」といってもよかった。どっちでもいい。だが「イイエ」というと話が長くなりそうなので「ハイ」といったのだ。

「君は毎日が楽しいかね?」

「ハイ」

だがノラクラしている毎日が楽しいのか楽しくないのか、よくわからない。もしかしたら、ぼくがノラクラになったのはこの「有難い」世の中のせいかもしれないな、とふと思う。だが、だから、今の社会は多分よくないのだ。ボクみたいのが出来たのはその証拠だ。

うちのばあちゃんは今はボケたけれど、その前はしょっちゅう、戦争中の辛かった話をしていた。竹槍《たけやり》を構えて「鬼畜米英！」と叫んで走り、藁人形《わらにんぎょう》を突いた。それからイモ飯、カボチャ飯。タンポポのおひたし。死にかけている町内会長に町内の者がぼた餅《もち》を作って持って行ったら、会長はぼた餅を拝んで息絶えたという話。ばあちゃんは次から次へとそんな話をして楽しそうだった。苦しかった思い出は人を元気にするものなのか？　浩介は晩年にどんな思い出を語るのか？　何もないなあ、と思う。

木枯

康二は父に会いたいと思った。

父に会っても今、康二が落ち込んでいる暗い穴の底に希望の命綱が降りてくることはないだろう。父のいう正論は、正論ゆえに今は役に立たないことを康二は知っている。それでも康二は父に会いたかった。

この前、川井村へ父を訪ねた時は、康二のクラスの松井登《のぼる》の自殺事件があった後だった。自殺の原因はイジメだった。康二はそれに気がつかなかったというので方々から非難された。死んだ松井は好んでピエロを演じているような生徒だったから、松井に関しては誰もが安心していた。虐《いじ》める奴《やつ》も安心して虐めていたのだろう。

いつだったか階段の下で岩田勇三《いわたゆうぞう》ともう一人が、松井に往復ビンタを喰わせているところを康二は目撃したことがあった。

「おい、お前ら」と康二が声をかけると、岩田ともう一人はさーっと逃げ、残った松井は殴られた頬《ほお》を両手で押えて、

「ジョーダン、ジョーダン」

とヘラヘラ笑いながら走って行ってしまった。「ジョーダン、ジョーダン」の声は、

暫《しばら》くの間、康二の耳から離れなかった。あのヘラヘラ笑いも心のうちを隠すためのものだったことに思い当ったのは松井が死んだ後だ。

「ジョーダン、ジョーダンといったからって君、そうか、ですませていいものですか」

職員会議で校長はそういった。しかし、冗談だといって笑っている者から、どうすれば本心が引き出せるのか。とっつかまえて追及すれば本心がわかるというものではないだろう——。康二はそういいたかったが、いえずにいるうちに校長はつづけた。

「担任としては当然、岩田や松井の動静に注意を払っているべきだった。だがそれを怠っていたというのは、かえすがえすも残念です」

松井が冗談にしてしまったのは、岩田の仕返しが怖かったのかもしれない。あるいは松井の自尊心がそういわせたのかもしれない。これくらいのこと、何でもない、そう見せたかったのか。自分自身にもそういいきかせていたのか。中学生ともなれば見栄《みえ》が生れる。その見栄や自尊心をどうやって打ち破ればいいのか。

「勝手なことをいうな！」

と康二は校長に向って怒鳴りたかった。では松井の親はどうだったんだ！　親はわかっていたのか！　親もまた我が子をいつもおどけている明るい子供だと思って安心していたんじゃないのか！　親にも手が届かぬことに対して教師は責任を問われる……。

釈然とせぬそんな思いが父の所から帰った後もつづいていた。それでも秋の行事などに紛れて少しずつ薄れていったが、その矢先に岩田が死んだ。木枯の夜、柿《かき》の木に縄を懸けて首を吊《つ》っていた。

岩田が死んだのは、松井の遺書に彼の名が書かれていたことが原因だった。松井の両親ははじめ、遺書を公開しなかった。だが松井の高校生の姉が友達に洩《も》らしたためにそれは広がった。岩田が生きている限りぼくはこの世に生きていたくない、死んで怨《うら》みつづけてやる、と書かれていたという噂《うわさ》だった。

康二は噂の真偽を確かめに松井の家へ行ったが、両親は康二に会うのを拒んだ。遺書は処分した、とインターホン越しにいった。学校をもう信頼していないから先生に会う意味がない、と松井の父親はいった。語調の静かさが康二への憎しみを語っていた。岩田は母親に連れられて松井の家に謝りに行ったが拒絶された。岩田は高校生のように大柄で腕力も強い。成績もそこそこによかった。康二は岩田を呼んで松井を虐めたという噂について問い質《ただ》した。松井はヘラヘラしてるのでムカついた、と岩田はいった。

「そんなことで虐めたのか」

「イライラした」

岩田はいった。

「けど松井は何も感じてなかった……そんでオレ、イライラして……感じるまでやってやりとうなって……」

と語尾は消えた。

「松井はなぜヘラヘラしてたか、考えたことがあるのか」

と康二は詰め寄った。

「松井は岩田の機嫌をとってたんだろう。何をされてもヘラヘラしてたのはお前の機嫌をとってるつもりだったんだ。だから……」

岩田は反抗的に康二を見返していた目を伏せた。

「ヘラヘラするのやめい、と何べんもいうたに。何べんいうてもきかんと、なんぼ虐めてもついて来よった」

「そんな松井を可哀《かわい》そうだと思わんのか」

それには答えず、岩田はいった。

「そんならそういうてくれたらやめたに」

「いうてくれたら？　何をだ？」

「死ぬほどの思いしてたんなら……辛《つら》いというたらええ……」

「バカ野郎！」

と怒鳴ったまま、康二は何もいえなかった。唇が慄《ふる》えた。握りしめた拳《こぶし》をふり上げようとする力と闘わねばならなかった。怒りではない。何に対してともわからぬ情けなさだった。

「松井はひどい……」

突然岩田はいった。

「ひどい？」

「死んでオレに仕返ししたんだに。オレの名前書いてからに……卑怯《ひきょう》や……」

「バカ野郎！」

もう一度康二は叫んだ。ひとりでに手が動いて岩田の頬を打っていた。

「バカ野郎」とは岩田だけに向けていった言葉ではなかった。岩田と松井と学校と教師という職業と……康二自身を含めたもろもろの現実に対しての悲鳴だった。

教師は生徒を十分に観察しろと世間はいう。洞察しろ、子供とうちとけて信頼を得よという。何よりも教育への情熱を持てという。厳しく臨めといい、優しさを持てという。人の尊厳を傷つけてはならない。人権侵害行為を許すな。

昔の先生はよかった。昔の先生にとって教師は天職だったが、この天職という意識が今の先生にはないんです、とテレビで女の評論家がいっていた。

「うるせえ」と康二はひとりで毒づいた。時代錯誤も甚だしい。昔、教師が天職だったのは、自分の信念を教育に盛り込むことが出来たからだ。教えたいように子供を教え、叱《しか》りたいように叱れた。教師には権威が与えられていた。宛てがわれたマニュアルに従って生徒を教えねばならぬ今の教師にどうして抱負が持てるか。どうして天職などと思えるか……。

松井の遺書に岩田の名が書かれていたために、岩田は父親から散々殴られた。母親は泣いて怒った。妹はおヨメに行けない、といって泣いた。「人殺し」という投書が来た。

そして岩田は死んだ。岩田の頬を打った康二の手は、今でも熱を帯びて重い。

岩田に遺書らしいものは何もなかった。日記に一行、「オオバのビンタは痛かった」とあったのを岩田の母親が告げに来た。

「そりゃあわたしらはあの子を叱りましたに。世間サマに対しても叱らないじゃいられませんに。けど先生は……身内じゃないで、優しくしてやってほしかったです……けどこのことは誰にもいわんですから。その代り息子の霊前で謝ってもらいたいと思うて」

あの一発のビンタに滲《にじ》んだ康二の思いなど、誰にもわかる筈がないのだ……。岩田が死んだ時の気持も、松井が死んだ時の気持も、当人以外には誰にもわからない。わからないままに簡単にわかった気で論評する奴らの何と多いことか。

康二は父に長い手紙を書いた。

「――やはりぼくは教師を辞めようと思います。この前、お会いした時、父上はいわれました。『男なら逃げるな』と。

しかしぼくは逃げます。あえて敗者の汚名を被ります。ぼくのクラスから二人も自殺者を出したことは何といっても教師失格です。今の少年は生きる本能が衰弱しているという父上の説は正しいと思います。戦後五十年の平和教育の積み重なりの中でぼくらの精神は衰弱してしまいました。生徒の問題ではない、教師だけの問題でもない。日本人全体が衰弱しているのです。それが今わかりました」

康二は生徒を叱ることが出来なくなった。一緒にサッカーをすることはするが、前のように我を忘れて怒鳴ったり喜んだりすることが出来ない。家庭に対して教育の注文を前のように出せない。

生徒は珍しいものでも見るように康二を見ている。すべての責任は康二にあると思っている目だ。生徒たちの親がいっているのだ。

――いったい先生は何をしてたんか。何《なん》も見とらんかったんか。頼りない先生じゃ……。

しかし生徒たちはその言葉を鵜《う》呑《の》みにして康二を批判しているのではない。そんなふうにいわれている康二を、気の毒がってるような、面白がってるような、見物人の目で見ているだけだ。

――あのいつも元気イッパイの大庭先生が、こんな目に遭ってる。どうなるか？　と。

「ひどい目に遭いましたなあ」

と中年の同僚はいった。

「運が悪かったのよ。大庭先生が悪いんじゃないことは、わたしらみんな知ってます」

とベテラン女教師がいった。

「大庭先生、元気出して……がんばって下さいよ」

と後輩の若い女教師はいう。康二は「ありがとう」というしかない。そんなおざなりでなく、もっと深く考えようじゃないかといいたい。だがいってもしようがない。考えてもわからない。わからないから考えない。

ジョーダン、ジョーダンといって松井は死んだ。岩田のような身体《からだ》も心も頑丈な奴だと思っていた少年が自殺した……。その脆《もろ》さに康二は手も足も出ない思いがする。

「短絡してるんですね」

と若い教師はいった。短絡？　そうだ、そういう言葉を使えばそういうことになる。だがそれが正しい答か？

答でも何でもない。それはただの「言葉」だ。人々はいろんな言葉を考え、それを使ってお茶を濁している。わかったような気になっているだけだ。受験ストレス。学校の集団主義、校則の厳しさ、管理教育、子供は抑圧されているなど……。言葉、言葉、言葉……言葉だけが氾濫《はんらん》し飛び跳《は》ねている。しかし何の解決にもなっていない。

「渾名《あだな》はよくないと思うけど、渾名で呼んだら親しみが湧《わ》くことがある。それで、渾名で呼んでいいかどうか、相手に訊《き》いてからいうのがいいと思う」

といった生徒がいる。

「相手が傷つく言葉をいわないこと」

「相手の表情を見ながら話すようにすること」

生徒たちのそんな意見に康二は言葉を失った。そんなことを考えているから人間性が衰弱するんだ……大声でそう怒鳴りたかった。

年が押し詰ってから康二はどこへ行くという当もなく、ふらりとアパートを出て駅前の喫茶店で行く先を考えた。

初めは長野県あたりの山奥の温泉宿へでも行って、独りで正月を過すつもりだった。だが同僚の寒川友子に正月の過し方を訊かれてついそんなことを洩らしたら、いいわねえ、あたしも行こうかしらといわれてやめた。

「おふくろから来いといってきたもので、東京へ行かなくちゃならなくなったんです」

軽くいって逃げた。

「じゃ、あたしも東京にしようかしら。大学時代の友達も大勢いるし。大庭先生のお母さまのお家、どこ？」

「おふくろは世田谷だけど、親父《おやじ》が岩手県にいるもんで、そこへも行かなくちゃならなくなりそうなんですよ」

「お母さまは東京でお父さまは岩手県？　どうして？」

「いろいろと事情があって」

友子に打ち明け話をする気はなかった。今の康二は女どころじゃない。女は必要な時もあるが女によって心が慰められることはない。若い女はみな、なぜか男が機嫌をとるものだと思っている。大学時代の友人の須田《すだ》は、康二が過去につき合った女が悪かったんだ、といった。康二が真面目《まじめ》に愛した女子大生はその真面目さの分、康二を軽く見た。彼女は美貌《びぼう》で、自信家だった。須田はカキに当って散々苦しんだことがある。たまたま古いカキを食べたのが悪かったのだが、それ以来どんな新鮮なカキでも食べられなくなった、それと同じだよ、と須田はいった。お互い二十代も終る頃の話だ。須田は親の反対を無視して三年間の恋愛を実らせたが、今では「女房にやすらぎを与えるために自分のやすらぎは捨てたよ」といっている。

　昔は飯炊き洗濯掃除育児は女の役割だった。だが今は男の役割分担が決っている。その役割を果さない須田の家では、台所の流しに三日前からの汚れた食器がつみ重なっている。それは須田の分担である限り、妻は断乎《だんこ》として汚れた皿を洗わない。

「女房の稼ぎはオレより多いんだよ」

「稼ぎ高で家事の分担が決るのか」

「そうらしい」

　ひとごとのように須田はいった。

「稼ぎ高じゃなくて仕事の中身――どっちの仕事が楽か、きついかで決めた方がいいんじゃないのか」

　須田は「そう思うがね」といっただけでそれ以上はいわなかった。須田は証券会社に勤めている。

　康二は母から結婚を勧められると、母さんみたいな女がいれば、と答えてきた。そんなの無理よ、と信子はいっていたが、その母が突然父に叛旗《はんき》を翻したことに康二はショックを受けていた。

　東京に着いたのは、濁った雲の向うに冬の太陽がぼんやりと懸っている陰気な寒い午後だった。やっぱり東京へ来たか……駅を出て康二は思った。

母の所で正月を過せば、自分はともかくとして母が喜ぶ。特に母に会いたいという気持はないが、自分によって母が喜んでくれることでやすらぎを得るしかない。誰かのいやしになれば自分の孤独もいやされるという気持だった。

母は相変らずだった。父と別居して好きなことをしているのだから、もう少し明朗になってもいいと思うが、相変らず——というよりも前よりも感情的になって、感情から出る理窟《りくつ》をいいまくるようになっている。以前あった優しさがなくなった。

「おせち料理だってね。一人だから簡単にすませたいんだけど、千加さんが何も出来なくて、おばあちゃんお願い、なんてあっさりいうのよ。向うは謙一の部下の人たちだって年賀に見えるだろうからね。いくら有名店でもデパートで買ったものを並べるなんて謙一の恥だから、今から何やかや買物して支度してるの」

そんなことをいっているけれども、それなら「お母さんは何もしなくていい、こっちでいいようにする」というと怒り出すんじゃないか。そういい返そうとしたが思い直して康二は別のことを口にした。

「お母さん、人の役に立ってるうちが花だよ」

「そうかもしれないけれど、わたしだっていい加減らくしたいわよ。いったい何年、台所を這《は》いずり廻《まわ》ってきたと思うの！」

「這いずり廻るか……」

康二は呟《つぶや》いた。「台所に立ちつづけて」というところをわざわざ「這いずり廻る」という母。康二は憮然《ぶぜん》として口を噤《つぐ》む。

「康二、来年は幾つになるの？　三十三？　四？」

「いい加減に結婚しなさいよ、だろ？　いっとくけどぼくは結婚はしないよ」

「どうして？」

「結婚したいと思うような女がいないんだよ。控え目で悧口《りこう》で優しい女なんていやしないんだから」

「控え目で悧口で優しい？　ないものねだりは駄目。男には都合がいいだろうけどね」

「だから一人でいるんだよ」

「不自由してないの？　男は女と違うんだから、無理をしてるとそのうちとんでもないのに引っかかるわよ」

「無理なんかしてないよ。この頃、もう女なんかほしいと思わなくなってるんだ」

「なにいってるの、その年で」

「問題山積して性欲も萎《な》えちゃったよ」

「あんた、病気じゃないの？」

「かもしれない」

　と康二はいった。

　東京へ来て二日経《た》ったが、康二は教師を辞めるつもりでいることを、母や兄にいいかねていた。なぜ辞めるのか、辞めた後どうするのかと母は躍起になって訊くだろう。兄も賛成するとは思えない。実際に康二自身も辞めた後の生活設計は何も立っていない。思う通りにならないのが人生というものだ、躓《つまず》くたびにいやになっていたら職業を幾つ変えても同じ事だ、と二人ともいうだろう。そういう意見にいちいち反駁《はんばく》するのが億劫《おっくう》だった。気忙《きぜわ》しく人が行き交う年の瀬の商店街を、ポケットに手を入れて不精ったらしく歩く自分の姿が洋品店のウィンドウに映っている。オレが辞めたところで残念がる生徒は一人もいないだろう。同情はするかもしれないが、オレを惜しんでくれる同僚はいないだろう。オレはその程度の教師だった、と思った。ふと登校拒否の生徒の気持がわかるような気がした。まさに孤立無援といった、こんな気持なのにちがいない。

「人を傷つけるのはよくない。それは当り前のことだ。しかし、ちょっとしたことですぐに傷ついて、傷つけられた傷つけられたと騒ぐ方はどうだろう？　これもよくないとぼくは思う……」

生徒にいったその言葉が父母の間で問題になった。校長は康二にいった。

「大庭先生のいいたいことはわかります。しかし今はそういう発想は理解されにくくてね」

「今、最も大切なことは強靭《きょうじん》な心を育てることだとぼくは思っているんです。何でもかでもひとのせいにしてひとを責めていたら、強い心は育ちません。今のようでは耐えることによって培われ育つものがなくなってしまうじゃありませんか」

「先生のいわれることは正論ですよ。だが」

校長は言葉を呑《の》み込んだ。これ以上いい合いをしてもしようがないと思ったようだった。辞めようか？　という思いがきたのは校長室の扉を閉めてからだった。

二度目に辞めようと思ったのは、頭髪を金色に染めてきた男子生徒を叱った時だ。夜になって母親から電話がかかってきた。髪を金髪にしたことで誰に迷惑をかけたというんですか、これから子供を叱る時は親の了解を得てから叱って下さい、と女親はいった。

「わかりました」と康二はいった。「学校は遊び場じゃない」といいたかった。知識を吸収し、心身を鍛えるために学校はある。何をしてもいいという場所ではない。多くの生徒は校則を無意味理不尽なものだと思っている。だが校則によって子供たちは我慢することを経験しなければならない。その経験が大切なのだ。己れを律する経験が。なぜ抑圧されなければならないかなどと文句をつける奴は学校に来るな！　そう怒鳴りたいのを康二は抑えた。

辞めようかという思いが浮かんだ時、康二は丈太郎を思い出した。「逃げるな」と父は手紙に書いていた。

「教師を天職だと思い、刀折れ矢尽きるまで闘うんだ」

父の素朴な発想に康二はいっそ笑ってしまう。いったい何と闘うんですか、お父さん。校長と闘えとでもいうんですか。校長は憐《あわ》れな尖兵《せんぺい》だ。その尖兵を動かしている存在は何か。教育委員会か、文部省か、それともＰＴＡか。多分それらをひっくるめた現代の日本人にいつか染み込んでしまった価値観が問題なのだ。

父母会で一人の父親が演説をした。その父親の子供はバレーボールの他校との試合の時、弁当を忘れた。

「それでお前はどうしたかと私は息子に訊きました。息子は水を飲んで我慢したといいました」

父親はそこで言葉を切って教室の父母を見渡し、声をはり上げた。

「今の子供には優しさが欠如しています！　あえて私はそういいたい。一人として私の息子に自分の弁当を分けてあげるといった生徒はいなかったのであります……息子は水を飲んで我慢したのです。空腹の辛さよりも、おそらく息子の心は部活の仲間たちの優しさのなさに傷ついたと思います」

康二は憮然としてその演説を聞いていた。以前はこんな父親はいなかった。母親にはいるが、男はこんな情けないことをいわなかった。

「弁当を忘れる方が悪い！　ぼーっとしてるからそういうことになるんだ。今度から気をつけろ！」

そういってすませるのが父親というものだった。

「世の中に出てみろ、困ってるからといって誰も助けてくれやしないんだ、しっかりしろ！」

父親の役目は子供を鍛えることだった。

「今度、弁当がない友達がいたらお前は分けてやるんだよ」

それだけでいい。優しさは他人に要求するものではない。自分が持つように心懸けるものだ。

いったいこんな男がいつ、どこから出て来たんだろう。親父がいたらきっとこういうだろう。

「弁当みたいなもののことでグズグズいうな。一食くらい食わなくても死にゃせん！」

かつての父親ならそれに同感するだろう。だが今は通用しない。

父母たちは康二が何もいわないことに失望した。何の考えもない教師といわれ、指導力が問われる原因になった。生徒への愛情がないと決めつけられた。

商店街を外れると間もなく小学校の前に出た。冬休みに入った校舎は冬の弱々しい日《ひ》射《ざ》しの中に深閑と佇《たたず》んでいる。校庭にも人影がない。康二は校門の前に立ち止って、子供の頃ここに落し穴を掘ったっけなあ、と思った。穴は五人がかりで掘った。もうすぐ夏休みに入るという日曜日の午後、この門脇《わき》の桜がこんもりと葉を繁《しげ》らせていた。掘り終るとチビの植田《うえだ》が登って葉《は》蔭《かげ》に隠れて見張りをし、てんぷら屋の阿部《あべ》と巡査の息子のカツノリと外科病院の坪田《つぼた》と康二は用具小屋の陰に隠れていた。西日が射して猛烈に暑かった。みんな汗をだらだら流して息を殺していた……。

懐かしいなあ……。康二はあたりを見廻し、それから思い出し笑いをした。選《よ》りにも選って校長先生が落ちるとはなあ……。穴には裂いた竹や木の枝を渡し、その上に新聞紙を敷き、土をかけて均《なら》しておいた。校長は「わーッ」といって落ち、穴の中で「だれだーッ！」と怒鳴った。植田が笑いこけて桜から落ちて来たためにすべてがバレた。校長は上ろうとして上れず穴の中から手を出して「おい」といった。坪田と康二が引き上げて「すみません」と謝った。

校長は一人一人の学級と名前を訊き「追って沙汰《さた》する」といった。お奉行みたいだ、とみんなでいった。だが「沙汰」は何もなかった。夏休み中、ビクビクしていたが、二学期が始まっても何ごともなかった。康二が父に告白すると父は「校長にもオボエがあるんだろう」といって笑った。

今、康二は思う。オレたちにはエネルギーを発散する手段がいくらでもあった。おとなは平気で子供を殴った。子供はへこたれないで悪戯《わるさ》で対抗した。そしてそこでエネルギーの調節が行われていたのだ。叱られても叱られてもへこたれない子供は、エネルギーが湧き立っていたのだ。だから殴られることなんか平気のへーザだった。殴られることがわかっていても、おとなを怒らせることをした。せずにはいられなかったのだ。

今は落し穴を掘るにも掘る場所がない。第一、今の子供は落し穴に誰かを落したいという気持がない。そんなことをして何が面白いんですか、と訊いた生徒がいた。幼稚だったんだ、という者もいた。教師は権威を持っていたから、それが落し穴に落ちると痛快だったのだ。権威がなくなった教師や父親が穴に落ちる姿は、痛快どころかただただ憐れなのだ。

何だかしらんがイライラしたり、クヨクヨしている者がいたら、オレが許すから取っ組み合いをしてみろ。殴りたければ殴ってもいいぞ……。

生徒に向って康二は何度かそういいそうになった。子供たちのエネルギーを調節してサッパリさせてやりたい。偏差値みたいなものを気にすることはない、といって出来ない生徒を励ましてやりたかった。

だがそんな康二は教師として失格なのだった。

オレの不幸は丈太郎という父親を持ったためかもしれないと康二は思う。学生時代、康二は散々丈太郎に反発した。父は「前世紀の遺物」だった。どこの父親の話を聞いても、丈太郎ほど頑固でひとりよがりな父親はいなかった。父の一番の欠点は人が理解しようとするまいと自分の考えを押し通すことだった。康二はアルバイトを禁じられた。小遣いは十分に与えている。アルバイトをする暇があれば本を読め、といわれた。中学時代、クラスでは康二一人が丸坊主だった。女の子たちはてるてる坊主を縮めて「てるてるくん」、男子は「テル」と呼んだ。

一時は父と口を利くのもいやだった。父に従っている母にも腹が立った。誰とも口を利かずに何か月か過した。用事は紙に書いた。「ほっとけ」と父が母にいっているのを襖《ふすま》越しに聞いたことがある。

「そのうち黙っていられなくなる時がくる」

「ほっといてもし非行に走ったりしたら」

「オレの息子だ。非行には走らんよ」

そういい切る根拠はどこにあるんだ、と訊《たず》ねたかった。この父の自信を覆《くつがえ》すために何かやってやりたかった。毎日のように喧嘩《けんか》をして学校から帰って来た。鼻血が出てる時なんか、どうだ、見ろ、という気持だった。だが父はいった。

「喧嘩するのはいい。だが相手に怪我《けが》はさせるなよ」

それほど父を批判し反発しながら、いつか父の影響を受けてしまった自分を今更のように思った。

「お父さんの時代と今とは違うんだ、お父さんの理想はもう通用しないよ……」

何度もそういっていたのに、気がつくと父に似て融通のきかぬ、若いのに古くさいといわれる教師になっていた。父さんのおかげでオレは不幸な教師になったんだと思いながら、こういう問題にぶつかると、やはり父に訴えたくなっている……。

門を入って母家と謙一の住居の間を庭の方へ廻っていくと、テラスで黒ずくめの若い男が九官鳥の籠《かご》を洗っていた。顔を上げて、「こんにちは」といってにっこりした。

「や、どうも」

といい、いやに狎《な》れ狎《な》れしい奴だが何者だろう、と思いながら通り過ぎようとすると、

「川端浩介です……向いの……康二さんが高校生の頃、ぼく子供でした」

「ああ、向いの……川端さんの……」

「高校出るとすぐ、康二さん、東北の大学へ行っちゃったでしょう?」

浩介は親しげにいった。

「さっきから岩手のおじいさんが何度も電話をかけてきて、何回かけさせるんだって怒ってましたよ」

康二がテラスから居間に上ると、浩介は後からついて入って来た。

「千加さんは実家へお餅《もち》を貰《もら》いに行くって、吉《よ》ッちゃんと一緒に出かけました。千加さんの実家って餅菓子屋なんですってね。ハイ、これ電話番号。おじいさんのところの……」

そういえば浩介は子供の頃からおしゃべりだった、と思いながら康二は番号を押した。すぐ、「おい」と丈太郎が出てきた。

「お父さんですか。すみません、いなくて」

「手紙見たよ。気になってアパートにかけたらいくらかけても出ないだろう。心配になって管理人室へかけたんだ。そうしたら旅行鞄《りょこうかばん》持って出かけたっていうものだから……」

「すみません……」

「どうなんだ……消沈してるのか?」

「消沈ってこともないけど、いろいろ考えてます」

「どうだ、こっちへ来んか」

「そっちへ?……寒いでしょう」

「冬だからな、当り前だ」

いつもの調子で父はいい、

「来いよ。わしが活を入れてやる。ばあさんの愚痴聞きながら雑煮食っててもしようがないだろう」

「ええ……まあ、そうもいえるけど」

父に会って訴えたいと思っていたが、こんな一方的ないい方を聞くと、父の意見を聞いたところで何の役にも立たない、立たないばかりか慰めにもならない、と思う。

「考えてみます」

「考える？　何をだ」

丈太郎は大声になった。

「ぐずぐずしてないですぐ来い。べつにそこにいなければならんという用はないんだろう」

「まあ……そうですが」

「そうだ、吉見を連れて来てくれ。大分、元気になったというが、剣道はやってるか。素振りの次は面打ち、胴打ちを教えなきゃならん」

「吉見に訊いてみます。今出かけてるんです」

「そうだ、さっき電話に川端の浩介が出ていたが、彼も一緒に来ればいいよ。そんな所で留守番してるんだ、どうせ暇なんだろう」

夜、もう一度かけます、といって康二は電話を切った。浩介を見ると彼はまるで自分の家のように食器棚から湯呑茶碗《ゆのみぢゃわん》を出して、ポットの湯を急須《きゅうす》に注《つ》いでいる。

「親父が来いっていってるんだけどね。ぼくと吉見と、それから浩介くん、君もだ」

浩介は目を丸くしてみせていった。

「来いといってもらえる、その気持は嬉《うれ》しいけど……でも辞退したいな、ぼく」


千加と吉見は夕飯をすませて帰るという連絡が入ったので、信子は二人の息子のために鯛《たい》を奮発して寄せ鍋《なべ》を作った。ヨメがいる時は美保にしろ千加にしろ、鯛など買いはしない。築後四十一年の茶の間の煤《すす》けた天井に、寄せ鍋の湯気が立ちのぼる。

「お鍋の時、お父さんはお豆腐がないと必ず文句をいったわ」

信子は鍋に豆腐を入れながらいった。

「豆腐豆腐ってうるさかったわ。稲田《いなだ》屋が休みの日はお鍋は絶対出来なかったわ。スーパーのお豆腐だとすぐにわかるんだもの。ほかのものは何だってわかりゃしないのに」

「川井村じゃ豆腐は豆を持って行って作ってもらうんだってよ。贅沢《ぜいたく》じゃなくて、そういう村なんだ」

「お父さんの気に入る道理だわ」

「お母さんは何かというと親父のことをいうねえ」

と康二はいった。信子は「あらッ、そうかしら」と驚いて、

「やっぱりねえ。こびりついてるのよ。うるさいうるさいと思い暮した思いが……」

「そうかねえ。案外、懐かしいんじゃないの？」

「バカいわないで。でもね、懐かしいとしたらお父さんが懐かしいんじゃなくて、あなたたちが手もとにいた、あの時代が懐かしいのよ。たまたまそこにお父さんがいたというだけ。あの頃、ルビーって猫がいたでしょ。康二が拾って来たの、わるさばかりしてた猫」

「お母さん、よく怒ってたねえ」

「あのルビーの夢、時々見るの」

信子はふと涙ぐんだ。あの頃はこの家は湯気を立てていた。幸せとか不幸とか、そんなこと考えもしなかった……。だが何もかも過ぎてしまった。幸せも不幸せも。

信子は銀杏《ぎんなん》を謙一に、はるさめを康二の小鉢に入れた。謙一は銀杏が、康二ははるさめが好きだったことを信子は忘れない。

「ああ、今夜はお母さんは久しぶりで幸せ」

しみじみといった。

「久しぶりってことはないだろう。毎日幸せだろう。でなきゃ親父と別居した意味がないもの」

「そりゃそう。お父さんがいた頃にくらべたらずっと幸せよ」

意地でもそういわなければならないと思う。

「そうだ、さっき親父から電話で来いっていわれたよ」

「来いって？　あんな寒い所へ？」

「吉見も連れて来いって」

信子は箸《はし》を止めて康二を見詰めた。

「勝手ねえ。自分が寂しいからって……。あなたたちが行ってしまったらどうなるの。わたしは……お正月なのに」

信子の唇は歪《ゆが》んだ。


たった一人の寂しい正月だった。康二は丈太郎の所へ行ってしまった。おまけに吉見まで一緒に。折角康二が来てくれて心楽しい正月を過せると思っていたのに、と信子は思う。

丈太郎は浩介まで来いといったという。宿なしの浩介はふらふらとあちこち泊り歩いているらしいから、お正月くらいは落ちついておせちを食べに来なさいと、この前来た時にいってやったが、「うん、うれしいな」と答えたきり、まさか川井村へ行ったとは思えないが、どこで何をしているのか顔を出さない。

一人ならこんなにおせちを作るんじゃなかった……信子は腹が立つ。千加がおせちの出来に驚き感心したのがせめてもの慰めだったが、元旦《がんたん》に謙一たちとお屠蘇《とそ》を祝った後は、昼も夜も一人だった。こんな寂しい正月は生れて初めてだ、と思う。することがないのでテレビをつける。

「——なんだ、男も女も頭のてっぺんから声を出して、うるさい奴らだ……」

丈太郎がいたらいうところだ、と思う。正月になると毎年決ってそういっていた。あの頃は「いいじゃないの、お正月なんだから」とか「ほんとに文句の多い人ね」などといい返していたものだ。だが、今になってみると「まったくぅ……うるさいわね！」とテレビに向って舌打ちしたくなる。

座敷の床の間に松とバラを活《い》けた。玄関は菊。茶の間は水仙……。でも花なんか活けることはなかったんだ、と思う。人の入らないうそ寒い座敷の小暗い床の間に、松に寄り添って咲いている紅バラは信子の気持を滅入らせるばかりだ。丈太郎がいなくなったために年賀の客も囲碁の客もなくて年賀状は半減した。一家の主《あるじ》がいないことの寂しさは正月に凝縮されている。思いついて信子は春江に電話をかけた。

「あ、信子さん、おめでとう」

いつも明るい春江の大声が聞えてくると信子はほっとして、

「春江さん、おせち作った？」

「そんなもの、作らないわよう」

「じゃあ、少し持って行ってあげるわ」

「そう？　ありがと。でもおせちってたいしてうまいもんじゃないのよね」

「ご挨拶《あいさつ》ねえ、でも気持のものじゃないの、お正月なんだから」

「信子さんらしいわね。じゃいいわ、いただく。とにかくいらっしゃいよ。話も溜《たま》ってるし」

「じゃあね。後ほど」

これで心が晴れた。持つべきものは「独身の友」だ。ご亭主がいるとこうはいかない。息子や娘や孫なんかがいても煩わしい。そうしてみるとこういう生活も悪かないわ。自由気儘《きまま》には孤独が伴うのだ。これでよかったんだ。自由がいいのだ……信子はそう自分にいいきかせた。

春江は黒いパンツにだぶだぶの真紅のセーターを着て「いらっしゃーい」と出迎えた。緑色のバンダナを額につけている。髪をセットし、黒い羽織を着た信子を見て、

「わーッ、まさしくお正月がやって来たァ」

と大袈裟《おおげさ》に叫んだ。居間の大きな窓近く、籐椅子《とういす》の脇のテーブルの上に汚れたコーヒーカップと、今まで読んでいたらしい本が伏せてある。まさに自由な一人暮しを堪能《たんのう》しているという趣だ。優しいピアノ曲が流れている。

「いい曲ねえ。やさしくて」

「サティよ」

信子は西洋音楽はモーツァルトとベートーヴェンとショパンしか知らない。

「コーヒー？　紅茶？」

春江は無造作に訊く。元日からコーヒーだなんて、と思いながら、

「お煎茶《せんちゃ》いただくわ……ハイこれ、おせち」

風呂敷《ふろしき》に包んだ重箱を出した。春江は蓋《ふた》を取り、

「わァ、きれい……ありがと」

といって膾《なます》を抓《つま》んで口に入れ、

「うん、イケる。こういうのがあるとやっぱり日本酒ね。お酒にしよう……」

とキッチンに入った。

「手伝うわ」

と信子もキッチンについて行く。

「まあ、きれいに片づいてること」

「大晦日《おおみそか》に家政婦さんが来てきれいにして行ってくれたのよ。料理、何も作らないから汚れないの」

「何も作らないの？」

「ロンジイで作らせたローストビーフのカタマリがあるだけ。それにサラダとカマスの干物……」

「それを食べてお正月を過すの？」

「そうよ、四日まで」

春江はいった。

「だんだん、色んなことがどうでもよくなってるの。確かに一月一日は年の初めだけど、

だからといってうまくもないお屠蘇飲んだり、お雑煮食べなきゃいけないってことはないもの」

「そりゃあそうだけど──でも何だか寂しくない？」

「寂しい？」

春江は信子を見ていった。

「信子さんはいつまでも昔の主婦感覚から脱けられないのねえ。わたしなんかもう、死支度よ」

「なにいってるの。そんな真赤なセーター着て……」

「これは娘のお古よ。もう着るものなんかどうだっていいの。食べるものだって」

「あなた、グルメだったじゃないの」

「あんなこと、夢のまた夢よ。もうみんな卒業しちゃった……」

広い居間の奥に四畳半ばかりの和室がある。そこにしつらえた炬燵《こたつ》に酒や料理を運んで、春江と信子は向き合った。

「もうみんな卒業しただなんていわないで。春江さん、前みたいにおしゃれして、おいしいものを食べて、華やかに元気よくわたしたちの希望の星でいてちょうだいよ」

と信子はいった。

「あなたのパワーを貰いたくてわたしもお妙さんも来るんだから。うんと長生きして何の楽しいこともなかった若い頃の惨めさを帳消しにしようっていったのは春江さんじゃないの」

「だからね、帳消しにするなんてこと、どうでもよくなったのよ。亭主と別れた後は散々いいたいことといって、したいことして贅沢もしたから……もう何の欲もなくなったの」

「何かあったの？　春江さん」

「何もないわ。自然のなりゆきに委《まか》せるのがよくなったの。飽きたのよ、いろんなことに」

「真紅のセーター着てる人がそんなことといってもピンとこないわ」

「ピンとこなくてもそうなんだからしようがないわ」

「わかったわ。散々放蕩《ほうとう》した男が人より早く放蕩がやんで好々爺《こうこうや》になった……そういうのと同じ？」

「そうね、多分」

春江はあっさり同意し、

「信子さん、パワーが欲しかったらお妙さんの所へ行けばいいわ」

「そういえばお妙さん、どうなった？」

「あなた、憶《おぼ》えてる？　三人で熱海に行った時、ホテルのバーで横山さんに会ったでしょ。あの時横山さんと一緒にいた人……白石《しらいし》さんって人……」

「ああ、白髪の、メガネかけた……」

「自分は奥さんに死なれて不自由してるのに、この男は奥さんと三人の娘さんがいて、賑《にぎ》やかに暮してるのが羨《うらや》ましいって、横山さんがいってたでしょ。あの人とお妙さん、仲よくなってるのよ……」

「ヒェーッ！」

と信子はのけ反《ぞ》った。

「仲よくって？……どんなふうに？」

「どんなふう、って。あたしにはそんな細かいことまでわからないわよ」

春江は落ちつき払って手酌で盃《さかずき》を満たした。

「あの、あの……男と女の関係になったたってこと？」

「そこまではわからないわ。白石さんって人は大手の三星商事の不動産部の部長でしょ。それで不動産会社やってた横山さんと親しくしてたのよ。横山さんが亡くなった後、家が抵当に入ってたりしてたので白石さんに相談したのがきっかけよ」

春江は淡々といった。信子はおせちに箸をつけるのも忘れて春江の顔をまじまじと見詰めるばかりだ。

「それで？」と促して息を呑んだ。春江はたいしたことではない、といったふうにゆっくり盃を空け、

「詳しくはわからないけど、お妙さんは茅ケ崎《ちがさき》へ行くらしいわ」

「茅ケ崎？」

「中古マンションを買ったんだって。今年、改装が終ったら行くっていってたけど」

「そんなお金、あったの？」

春江はあっさりいった。

「タダなんじゃないの……」

「タダ！　どうして！」

信子が仰天するのを見て春江は片一方の頰で笑った。白石の妻はピアノの個人教授をしているが、評判がよくて生徒が多い。日曜も祭日も平日は夜まで生徒が来ている。その上彼女は社交好きで音楽関係の外国人の友人も多く、始終パーティを開いては人を集めている。白石は静かに過せる場所が欲しいともう何年も思い暮していたのだ――。

春江はそんな説明をした。

「それじゃあ、お妙さんの所が……」

「そう、憩いの場になったんでしょ、多分」

「はーァ」と信子は溜息《ためいき》で返事をし、

「そういう点ではお妙さんはもってこいの人だものねえ……」

そういって後は暫くぼーっとしている。呆《あき》れているのか感心しているのか、自分でもわからない。道理でこのところダンスにも来ていなかった。古典講座にも自分から誘っておきながら休んでいた。横山の死後、処理しなければならぬ雑務に追われ、また行末を思い、ダンスや万葉《まんよう》どころではないのだとばかり思って心配していたが、白石とそんなつき合いをしていたとは……。

「とにかくパワフルよ、お妙さんは。あんな顔してて」

と春江がいった。

「でもよかったわ。一時はどうなるかと思ったけど。横山さんの息子も娘もお妙さんには一文もやりたくないという気持だったし、家は抵当に入ってる上にヘソクリは一文もなし、お妙さんの方の息子は嫁さんがきつくて、お母さんいらっしゃいとはいわない……あたしはね、愈々《いよいよ》の時は面倒見るしかないと思ってたの。でもこれで助かったわ」

「ほんとにねえ……」

信子は意味のない言葉を口にして、まだぼーっとしている。ぼーっとしているのは驚きが消えないのか、羨ましさが出てきたのか、それとも口惜《くや》しさなのか、よくわからずにいる。

「ほんとに運の強い人ねえ」と思わずいう。すると春江はいった。

「でもこの後、白石さんがどうなるかねえ。お妙さんってサゲマンだもの」

帰って来ると家の中は真暗だった。軒灯くらいつけておいてくれればいいのに、と思いながら離れを見ると、離れも暗かった。謙一と千加は出かけたのだ。吉見がいないので羽を伸ばしているのだろうが、元日からいったいどこへ行ったのだろう。時計を見ると十時を五分ほど廻っていた。

電気炬燵のスイッチを入れて外出着のまま台所のガスに薬缶《やかん》をかけた。こういうことには馴れた筈《はず》だが元日の今夜は侘《わ》びしさが身に染む。猫の餌《えさ》を食器に入れていくのを忘れたことに気がついて、「ハナちゃん」と呼んだ。もう十三年も生きているハナは食べても食べなくてもどっちでもいい、というように茶の間の隅の座布団に丸まったまま、不精たらしく見上げる。

「お腹《なか》、空《す》いた？　ごめんね」

ハナは面倒くさげに立ち上ってノビをし、お義理のように「ニャア」という。

丈太郎がいた頃はこんな時間に帰宅しようものなら、不機嫌な顔と小言を我慢しなければならなかった。だがその代り、茶の間は明るくあたたまっていて、電気ポットには湯が沸いていてすぐに茶が飲めた。あの時は丈太郎の眉間《みけん》の縦皺《たてじわ》や小言がどうにも我慢ならなかったものだが、こうして誰もいない冷々とした茶の間で炬燵があたたまってくるのを待ちながら、やっと湯が沸いた薬缶を台所から提げてきて急須に注いでいるのと、どっちがよいかと訊かれれば、少くとも元日の今夜だけは小言の方がいいと思わずにはいられない。

信子さんは切り替えが下手よ、と春江はいった。なんだかんだ引き摺《ず》っているものがあって、それを切り捨てられない性分なのね、ともいった。前向きかと思うと後ろ向きね、とまでいわれた。考えてみればあれから信子は一歩も前進していない。確かに楽しい日はあった。週に何度も外食し、春江たちと旅に出たり芝居を見たりした。ダンスも覚えた。源氏物語もひと通りわかった。今まで聞いたこともなかったようなフランス料理の名前や見たこともなかった食材を覚えた。日本の女性の歴史、置かれていた地位の低さ、その理由、男社会の実体というようなこともよくわかった。毎日が充実していた。そう思って満足していた。

だがいつとはなしに出て歩くのが億劫になってきた。いくら一所懸命に習っても上手にならない社交ダンス。ステップは正確に憶えたが楽しくないのは、リズム感がないためらしい。光源氏《ひかるげんじ》みたいな男と一晩でいい、添ってみたいわね、と古典講座の仲間から話しかけられて返事が出来なかった。あんなに女を蕩《たら》してばかりいる男のどこがいいのか信子にはわからない。皆が名作だと感心しているから話を合せてはいるが。

いったいわたしは何をしているんだろう？　何がわたしの幸福なんだろう？　今、はっきり信子は思う。

――あの頃の方が幸せだった……。

吉見の正月

山が鳴っている。眠る前はゴオーッゴオーッという音だったのが、そのうちヒュウーヒュウーになり、うつらうつらしていると突然、ヒィーッと長い尾を引いて甲高い女の悲鳴が聞えた。ドキッとしてハッキリ目が醒《さ》めた。髪ふり乱した女が峯《みね》から峯へと走りながら泣き叫んでいる様子が浮かんだ。とても風の音とは思えない。人間の悲鳴だ。

吉見は総毛立って頭からすっぽり布団をかぶり、暫《しばら》くじーっとしていてから、息が苦しくなったのでそーっと布団を上げて、隣の寝床を見た。欄間《らんま》からさし込んでくる廊下からの薄あかりの中で、隣の寝床はぺたんこだった。叔父さんはまだ起きているのか……。ヒィーッ、ヒィーッと山の女は山から山へと駆け廻《まわ》っている。山を渡る風の音だと思うようにしても、不気味で怖ろしい。

「叔父さん」

と呼んでみた。返事がない。それで余計に怖くなった。叔父さーん、と叫びたいが一心に我慢した。叫んだりしたらおじいちゃんにボロンチョにいわれる、と思った。

その時、庫裡《くり》の方でパチパチと薪《まき》の弾《はじ》ける音がした。叔父さんとおじいちゃんはまだ起きているのだ。薪ストーブがあかあかと燃える様子を想像すると、そこへ行きたくなった。パジャマのまま廊下へ出るとまるで氷原に入ったようだった。どこからともなく刺すような隙間風《すきまかぜ》が流れてきて、またあの女の悲鳴が聞えた。思わず庫裡へ向って走ると、康二叔父さんのまるで喧嘩《けんか》しているような大声が聞えた。

「お父さんは何もわかっちゃいないんだ……それならお父さんはぼくにどうしろというんです……」

吉見は立ちすくんだ。明日は元日だ。なのにおじいちゃんと康二叔父さんは喧嘩しているのか？　おじいちゃんは何もいわない。おじいちゃんの返事の代りのようにパチパチと薪が音を立てた。

「じゃあいわせてもらうけど、お父さんだって逃げたじゃないか。逃げてここへ来て自分は何も起らない場所にいて、好きなことをいってる……それじゃあ、まるで……」

叔父さんの声は詰った。

「まるで？……何だ？」

初めておじいちゃんの声が聞えた。その声はいつもよりも弱かった。

「お父さんがいつも攻撃してる評論家と同じじゃないか……」

寒さばかりでなく吉見は脚が慄《ふる》えた。

――大変なことが起きている。おじいちゃんが負けている。胸がドキドキした。おじいちゃんはどんな時だって、大声で人をやっつける人なのに……。脚ばかりでなく、身体《からだ》全体がガタガタ慄えてきた。

「誰《だれ》だ、吉見か？」

おじいちゃんがいった。吉見は返事が出来なかった。

襖《ふすま》が開いた。温かい空気がむっと吉見を包み、あかりが眩《まぶ》しい。

「何だ、吉見。どうしたんだ」

康二叔父さんが吉見を見下ろしていった。叔父さんの顔は赧《あか》く、目は熱が出た時みたいにギラギラしていた。

「おなか、空《す》いて……」

といった。あの風の悲鳴が怖いとはいえなかった。

「あんなに食ったのにか」

叔父さんは呆《あき》れたようにいった。おじいちゃんが「入ってそこを閉めなさい」といった。「うん」といって吉見は部屋に入った。中はとても温かくてほーっと身体がゆるんだ。

「火のそばへおいで」

とおじいちゃんがいった。

「腹が減ってるんなら餅《もち》を焼いてやろう」

叔父さんは立ち上って金網と切餅を持って来た。餅は火鉢で焼いた。

「醤油《しょうゆ》か、豆の粉がいいか？」

「醤油」と答えたが、本当はそれほど食べたかったわけではない。だが海苔《のり》を巻いて食べた。

「もっと食うかい」

と叔父さんがいったので、吉見は「うん」といった。もういらないといって、そんなら寝てなさいといわれると困る。三つ目を食べるとお腹《なか》がハチ切れそうになった。そして眠くなった。

「眠いのか？」

と叔父さんがいった。吉見は無理に目を開いて「ううん」と首を横にふった。するとおじいちゃんがいった。

「そこに寝ていろ」

それから「風の音が怖いんだろう」とつけ加えた。おじいちゃんはわかってる。マイった、と思った。けど何だ意気地なし、と怒らないでそこに寝ていろといってくれたのは嬉《うれ》しかった。

座布団を並べて寝た。叔父さんが毛布をかけてくれた。とてもいい気持だった。おじいちゃんと叔父さんの声がゆるやかに流れている。小さい頃《ころ》こんな時があった、と思った。とても懐かしい気持だった。

「子供は三つの顔を持っている。親の前、教師の前、友達の前……」

叔父さんの声が流れていた。

「どこで自分を出しているのかわからない……それに悩むんです、教師は」

いつ寝床に戻ったのかわからない。目が醒めると座敷に寝ていた。ああ、元日だ、と思った。寝ていてもものすごい寒さだった。特に鼻の頭が寒かった。部屋はもう明るかった。隣の布団に康二叔父さんが腹這《はらば》いになって枕《まくら》に顎《あご》を載せて前の方を睨《にら》んでいた。火のついてないタバコを指に挟んでいた。

「叔父さん、起きてたの」といいかけて吉見はいうのをやめた。昨夜、おじいちゃんに向って上げていた大声を思い出した。叔父さんには苦しいことがあるらしい。何か難しい問題にぶつかっているのだ。せっかくのお正月なのに。

起きると眩しいほどの上天気だった。昨夜の風は夢の中のことだったようにしずまっていた。山も道も川も雪に埋もれて輝いている。顔を洗っておじいちゃんの前に坐《すわ》って（おばあちゃんに何度もいわれたように）「おめでとうございます」と挨拶《あいさつ》をした。おじいちゃんはニコニコして、「ああ、おめでとう」といい、窓の外に顔を向けて「こういうさまを白《ハク》ガイガイたりというのだよ」といった。ガイガイは皚皚と書く、とおじいちゃんは紙に書いた。憶《おぼ》えておきなさい、小学生でこういう字を知っている子供は、日本広しといえども吉見一人だよ、とおじいちゃんはいった。日本でただ一人、皚皚を知っている子供であっても、べつにどうということはないんじゃないか、と思ったが、「ハイ」といって憶えた。

「お父さんのいうことは現実的じゃないよ」

と叔父さんがいっていたことを思い出しながら。

間もなく康二叔父さんも起きて来て、おじいちゃんに「おめでとうございます」と挨拶した。おじいちゃんは「うん、おめでとう」と答えた。

「見事に積ったなあ……」

と叔父さんはいい、

「うん、白皚皚だ」

とおじいちゃんは自慢そうに答えた。吉見は喧嘩はもう終ったんだな、と思って安心した。

ヌリカべさんはいない。三が日は盛岡で過さなければならない用があるのだそうだ。「不自由ではあるが、男世帯もまた悪くない」とおじいちゃんはいって吉見に餅を焼かせ、トリと青菜と大根の入った雑煮を作ってくれた。ヌリカべさんが作って置いて行ってくれたおせち料理を並べてお雑煮を祝った。

吉見はパパやおばあちゃんに年賀状を書いた。ママにも書いた。桜田町子にも書いた。町子には「新年あけましておめでとう」と書いた後、「岩手県の川井村という所に来ています、今年もがんばろう」とつけ加えた。「がんばろう」の上に、「一緒に」と書き入れたが、やっぱりおかしいと思って書き直した。東京にいて年賀状を出すのはヘンかもしれないが、こんな遠くへ来てるんだからヘンじゃないだろう、と思った。

夜になるとまたおじいちゃんと叔父さんのいい合いが始まった。吉見が風呂《ふろ》へ入る前から始まって、出て来た時はおじいちゃんは眉《まゆ》の間に縦皺《たてじわ》を三本刻んで固まっていた。叔父さんは吉見が部屋に入ったことにも気がつかない様子でじっと俯《うつむ》いていた。顔の赧さは薪ストーブの火照《ほて》りのせいばかりじゃなさそうだった。

「ぼくが教師をつづけるということは、考えることをやめて、その日その日を荷運びのロバみたいに俯いて、一足一足歩いて行くことなんだ。顔を上げて空の遠くまで見ることを断念して……」

叔父さんの声は慄えてと切れた。おじいちゃんは木彫の胸像になったように、唇をへの字にしたままだ。

「お父さんの幸福はね、子供を叱《しか》りたいように叱れたということだよ。ぼくらは叱りたくても叱れない。叱る前にまず、考えなくちゃならない。叱ることの意味と気持を生徒はわかるだろうか、とね。それだけじゃない、父母はどうだろう？　理解するだろうか？　校長は？……と。そうして叱るのをやめる。どうせわからないだろうと思うからね。価値観が根底から違うんだから」

叔父さんは両手で顔をこすり、それから髪の毛の中に両手をつっこんでガリガリと掻《か》き廻した。

「我慢、我慢、我慢……我慢が重なってある日、プッツンして松の廊下の浅野内匠頭《あさのたくみのかみ》になってしまう。するとマスコミは鬼の首でも取ったように書き立てる。体罰だ、暴力だ、とね……」

風呂から出たばかりなので炬燵《こたつ》に入りたくはなかったが、居場所がないので、吉見は部屋の隅っこの炬燵に入って縮まっていた。せっかくの正月じゃないか。どうして楽しい話をしないの、といいたかった。叔父さんはおじいちゃんをまるで仇《かたき》かなんかのように睨《にら》みつけている。おじいちゃんは敗色濃い。何もいわない。いえないのか、それとも反撃の機会を狙っているのか。

「お前はそうやって愚痴をこぼすが……」

やっとおじいちゃんはいった。

「そういう教育を改革しようとは思わんのかね」

「改革だって！」

叔父さんの声は裏返っていた。

「お父さん……これほどいってもまだわからないのか。今はね、お父さん。今の親は子供に強く正しく勇気ある人間になってほしいとは思わないんだよ！　そこに問題があるんだ。子供の問題じゃない。親の問題だ。それに向ってぼくはどうすればいいんだよ！　え？　お父さん、どうすればいい？」

おじいちゃんは口をへの字にしたまま石のようになっている。暫くして突然「康二、来い」といって立ち上った。

「剣道だ。久しぶりで手合せしてやる」

竹竿《たけざお》が入ったように痩《や》せた肩が威張っていた。

時計を見ると九時を廻っていた。吉見はパジャマの上にズボンを穿《は》いてセーターを着た。火の気のない本堂の寒さを思ったが、かといって一人で炬燵に入っていられなかった。おばあちゃんが持たせてくれたホカロンをお腹と背中に入れ、靴下を二足重ねて履いた。本堂への廊下に出ると氷の原に突き出されたようだったので、ダウンジャケットを着に戻った。

だがおじいちゃんと叔父さんは道着と袴《はかま》に着替えて防具をつけていた。叔父さんは手《て》拭《ぬぐ》いで頭を縛っていた。二人とも寒さなんか感じていないようだった。本堂には照明がないので、竹刀《しない》を構えている二人は控えの間からの光を受けて影法師のようだ。

おじいちゃんは剣道五段だ。叔父さんは何段なのか知らないが、中学、高校時代に剣道部にいたのだ。おじいちゃんと叔父さんとどっちが強いのか、叔父さんの方が身体は大きいし若くて元気だからおじいちゃんはやられるんじゃないか、とちょっと心配になったが、剣道は勝ち負けじゃない、とおじいちゃんがいっていたことを思い出して、どっちが勝っても負けてもいいんだ、と自分にいいきかせた。

叔父さんはがむしゃらに打ち込んでいく。叔父さんは気が殺《た》ってるみたいだ。おじいちゃんはそれをかわしながら、後ろへ下っていく。竹刀の音だけが暗がりに響いている。吉見は胸がドキドキした。剣道は勝ち負けじゃないかもしれないが、やっぱりおじいちゃんに勝たせたい。いつもえらそうに威張ってるおじいちゃんが負けては可哀《かわい》そうだ。おじいちゃんは打ち込まれて少しずつ後ろへ下っている。おじいちゃん、がんばれ、がんばれ。胸の中でいっていた。おじいちゃんはやっぱり年だなあ。七十四か？　五か？

気がつくといつの間にかおじいちゃんはジリジリと前へ出ている、と思った途端、

「メーン！」

おじいちゃんの声が上った。カチーンと叔父さんの面が竹刀で打たれた。

「まいった！」

叔父さんは叫んだ。頭を下げて、

「まいりました。ありがとうございました」

といった。敗《ま》けても勝っても礼をいう剣道はカッコいい！　慄えながら吉見は興奮した。防ぎながら追いつめる！　シビレルなあ……。スゴイ！

「もう一本いくか」

おじいちゃんがいった。叔父さんはハアハア息を弾ませているが、おじいちゃんは平気だ。吉見は改めておじいちゃんを尊敬した。これだけ出来れば威張るのはしようがない、と思った。おじいちゃんは黙って、満足そうに庫裡へ引き上げて行った。叔父さんは片手に竹刀を握ったまま、じーっとうなだれたままだった。

翌日《あくるひ》、吉見はおじいちゃんに面打ちを習った。本当は打ち込み台というもので打ち込みの稽古《けいこ》をするのだが、ここにはそれがないからおじいちゃんが面の高さに水平に持ち上げている竹刀を打つのだ。息を吐きながら竹刀をふり上げ、

「メーン！」

といいつつ息を吐く。自分の高い声が本堂の天井に響くのが気持がいい。

昨夜《ゆうべ》のおじいちゃんと叔父さんの一本勝負を見てから、吉見は進んで剣道をやる気になった。「うちのおじいちゃんはいったい、どういう根拠があってあんなに自信たっぷりなんだろうねえ」とよくおばあちゃんがいっていたが、その源は剣道なのだと吉見は思う。

おじいちゃんは朝ご飯を食べながら、「剣道は剣の理法の修練による人間形成の道である」と叔父さんにいっていた。叔父さんは上の空のように「はあ」といって別のことを考えているみたいだった。

「おい、もっと食え。コンニャクを食え。芋も食え」

とおじいちゃんはおせちの重詰を叔父さんの方に押しやりながらいった。

「明日あたり荒巻さんが来るから、食ってないとうるさい」

「お父さんは食べないんですか？」

おじいちゃんは答えず、「吉見、食べなさい」という。

「うん、でも、このコンニャク、甘すぎるね」

「芋も」と叔父さんがいった。

「何もかもだ。甘くて食えたもんじゃない」

おじいちゃんは怒ったようにいった。

「捨てればいいでしょう」と叔父さん。

「食わんのか？」とおじいちゃん。その時、

「センセエ……ただいまァ」

という陽気な声と一緒に裏口が開く音がした。おじいちゃんはギョッとしたように箸《はし》を止めて、

「来た！」

といった。

「鼠《ねずみ》に引かれませんでしたァ？」

声と一緒に台所との境の障子が開いた。ヌリカベさんは兎《うさぎ》の毛のような白いフワフワが襟《えり》についている真赤な服に、揃《そろ》いのズボンを穿いて立っていた。

「あらッ、まあ！　康二さんに吉《よ》ッちゃん！」

ヌリカベさんがいうのと同時に吉見は、

「わァ、女のサンタクロースだァ」

思わずいった。ヌリカベさんは、

「やっぱりそう思う？　方々でいわれたの」

とすましていい、おじいちゃんに向って、

「あけましておめでとうございます。旧年はいろいろとお世話になりました。今年もよろしくお願いいたします」

と畳に手をついて挨拶をした。おじいちゃんは、

「ああ、いや、どうも……こちらこそ」

といって困ったように食卓の重詰を見た。

「予定よりも早いじゃないですか。明日か明後日《あさって》あたりだといってたでしょう」

おじいちゃんはヌリカベさんにいった。何だか文句をつけるようないい方だったが、ヌリカベさんはニッと笑って、

「だって、お正月、お一人でどうしていらっしゃるかと思ったら心配で心配で……今朝は五時起きして飛んで来ましたのよーン」

とヘンなふうに声を鼻にかけて引っぱった。それから食卓を見て、重詰が減っていないことに気がついて、

「あら、食べてないわ。おいしくなかったかしら」

不服そうにおじいちゃんと叔父さんと吉見の顔を見廻した。おじいちゃんが心配した通りだった。

「いや、今、食べてるところです」

と叔父さんはいって人参《にんじん》を口に入れ、「食べろよ、吉見」と命令するようにいった。仕方なく吉見はキントンのお芋のところを少し口に入れた。甘くて甘くて飴《あめ》をなめてるみたいだから、元日に一口食べてからは敬遠していたのだ。

「おいしいでしょ？　全部手作り。お芋の裏漉《うらご》し、たいへんだったのよ」

「はい、おいしいです……」

無理をしたのでへんに固苦しいいい方になってしまった。ヌリカベさんは、

「まあ、ハキハキして気持のいいお返事……」

といい、やっと着替えに立っていったがまだ向うの部屋で一人でしゃべっている。

「でもよかったわ。康二さんと吉ッちゃんが来てくれて先生も寂しくなかったでしょう？　康二さんがお勝手やってくれたの？　ごめんなさいね。お正月そうそうそんなことさせて……。でももう大丈夫、あたしが来たからには今日からのんびり楽しくやってちょうだい。そうだ、今夜は百人一首やりましょう。康二さんは国語の先生だから詳しいでしょ」

ヌリカベさんは妙な節をつけた。

「あいみてのォ後の心にくらぶればァ……むかしはものをおもわざりけりィ……あたし、これがおハコなのよ。これだけは誰にも取らせないの、ゼッタイよ……」

おじいちゃんは迷惑そうな顔をしているが、それでもヌリカベさんのおかげで家の中がパーッと明るく賑《にぎ》やかになったのが吉見は嬉しい。百人一首はどんなものか知らないけれど、それをやれば今夜はおじいちゃんと叔父さんはいい合いっこをしないだろう。

おじいちゃんは元郵便局長の阿部さんの家へ年始の挨拶に行くといって、ヌリカベさんの車で出かけた。入れ違いのように小川の正一と妹の秋江が来た。吉ッちゃんが来てるらしいって聞いたんだ、と正一はいった。叔父さんはニコニコ顔で重詰を開き、

「君、正一っての？　食えよ。遠慮しないで食え、食え。さ、お前も」

と秋江に箸を持たせた。ここへ来て叔父さんがニコニコするのを吉見は初めて見た。

「正一は正月は何を食ったんだい」

と叔父さんが訊いた。正一は「黒豆……なます……」といいながらコンニャクを口いっぱいに入れてモグモグ嚙《か》み、

「アカゴも食った」

「アカゴ？」

「魚だ、うんめえぞ」

叔父さんは正一の皿に里芋と人参とゴボウを入れた。

「どうだ、うまいか？」

「うまあがあねえ」

正一は簡単にいい、でもやめないで食べている。

「砂糖がやたら甘《あめ》えなあ」

叔父さんと吉見はやっぱりな、というように目を見合せた。

「秋江はどうだ、うまいか？」

「よくわがんねえな」

といって秋江は叔父さんが皿に入れたものをせっせと食べている。

「食ってるじゃないか。気に入ったのか？」

叔父さんに、

「もうそんなに、皿によそあねでけろ」

といった。正一の家では皿の中のものは残さずに食べなければいけないというキマリがある。残すとじいさんに叱られるのだ。じいさんは家の大黒柱だからじいさんのいうことだけは聞かなければならないと正一は思っている。じいさんは中古のファミコンをどっかから貰《もら》ってきてくれた。それからドラクエの4を、これもやっぱり中古で八百円で買ってきてくれた。正一はドラクエの1と2と3と5もほしい。だがちゃんとした値段で買うと一つ八千円くらいするので、じいさんは「ダメだ」という。

「ドラクエの4、いいよな」

と吉見はいった。

「デスピサロはケッコウ可哀《かわい》そうなんだよね」

「けど悪い奴《やつ》だべさ」

「悪の化身だけど、でも可哀そうだ」

デスピサロには涙がルビーに変るコイビトがいる。人間がそのルビーを取ろうとして、コイビトをかどわかして泣かせる。コイビトは衰弱死してしまう。それでデスピサロは悪の化身に自分を改造して人間に仕返しをする。記憶がなくなってなぜだかわからずに、恨みだけが残っている。それが吉見は可哀そうだ。

「オレはライアンが好きだ」

「ライアンはおじいさんだろ、ホイミンの方がいいな、ぼくは」

「ホイミンはモンスターだ」

「でも後で詩人に変身するんだ」

久しぶりにそんな話をするのが吉見は楽しかった。

叔父さんは正一や秋江と話をして楽しそうだった。正一と秋江が帰った後、

「叔父さんは子供が好きなんだね」

と吉見がいうと叔父さんはびっくりしたように、

「そうかい？　そう思うかい？」

といった。吉見が「うん」というと、「先生という職業は叔父さんに向いていると思うかい？」と訊《き》いたので、吉見はまた「うん」といった。

日が暮れてからおじいちゃんがヌリカベさんの車で帰って来た。おじいちゃんは無理やりお酒を飲まされたといって赧い顔をしていた。今夜は公民館で老人会の新年宴会があったので、老人会の会長をしている阿部さんにおじいちゃんは誘われたのだ。老人会のおばあさんたちは手料理を持ち寄って、大正琴の合奏をした。「オレは河原の枯すすき」やら「ここはお国を何百里」という歌やら昔の歌を演奏し、ほかの人はそれに合せて歌った。

おじいちゃんは阿部さんと二人で「箱根《はこね》の山は天下の険」というのを歌った。このむつかしい歌をおじいちゃんも阿部さんも最後まで間違えずに歌ったので、みんな驚いて感心したそうだ。おじいちゃんはとても機嫌がよかった。一人で、

「箱根の山は天下のケーン、カンコクカンもものならずゥ」

と歌い出し、歌い終ると、

「どうだ、吉見」

と得意そうな顔になったが、どうだ、といわれても答えようがないので、吉見は「わからないよ」といった。

やっと正月らしくなった。これでいい、と吉見は思った。夜のご飯はおじいちゃんが貰って来た猪肉《いのししにく》で猪鍋《ししなべ》をした。猪の肉は固くて臭かった。あんまりうまいとは思わなかったが、ヌリカベさんの重詰よりはマシかもしれなかった。

ご飯が終ると叔父さんが急に改まって、「明日、帰ります」といったので吉見はびっくりした。おじいちゃんは平気な顔で、

「帰るか……」

といった。

「教師をつづけることにしました。やはりぼくには教師のほかに生きる道がないと思うんです」

叔父さんは決心を見せようとするように、よい言葉でいった。

「少くとも教師の世界には金にまつわる損得の価値観だけはありませんから」

「そうだよ。だからわしでも教師が務まったんだ」

「それにやっぱり、ぼくは子供が好きです」

「やれる所までやれ。もっと肩から力を抜けよ。お前は母さんに似て生真面目《きまじめ》過ぎるんだ……」

叔父さんは俯いて何もいわずに頷《うなず》いた。なぜだか涙ぐんでいるようだった。

叔父さんが帰るので吉見も帰ることになった。ヌリカベさんはとても残念がった。そして新幹線の中で食べるようにと弁当を作ってくれた。昼過ぎの盛岡発だから駅ビルで何か食べて行きます、と叔父さんは一所懸命に断ったがダメだった。

ヌリカベさんの車で盛岡駅へ行った。また雪が来そうな空の色で、山は風に揺れていた。おじいちゃんには悪いけど東京へ帰るのが嬉しかった。年賀状は桜田町子の手もとに着いただろうか、と思った。車が盛岡駅に着くと叔父さんは「じゃ、ここで」といって礼を述べた。吉見も「サヨナラ」といった。だがヌリカベさんはプラットフォームまで行くといってきかないので、叔父さんも吉見も困った。サンタクロース風のヌリカベさんと並んで歩くのが吉見は羞《はず》かしかった。わざと遅れて歩いていると、

「吉見くん！　吉ッちゃん！　こっちよ！」

と大声で叫ぶので、そのへんの人がみんな見た。叔父さんは大股《おおまた》でどんどん歩いて行く。

「康二さーん、待ってちょうだいよう。まあ、なんて早いの！　電車は逃げやしないわよう！」

とヌリカベさんは叫んだ。叔父さんはかまわず新幹線に乗り込んだ。荷物を置いてからデッキに出て、「どうかお帰り下さい」といったが、ヌリカベさんはニコニコするばかりだった。やっと新幹線が出た。サンタクロースのヌリカベさんは手をふりながら、その手で涙を拭《ふ》いた。叔父さんは黙って頭を下げた。吉見は手をふった。ヌリカベさんは見えなくなった。吉見はほっとして叔父さんの後から座席についた。

「やれやれ」

と叔父さんはいった。それからしみじみと、

「いい人なんだけどなあ」

といった。

「おじいちゃんはヌリカベさんのこと、好きなの？」

吉見は叔父さんに訊いた。

「好き？……好きなわけないだろう」

と叔父さんはいった。

「しかしいい人だから困ってるんだろうなあ、おじいちゃんだって」

「ヌリカベさんはおじいちゃんのこと、好きなんだね」

「そうらしいね」

と叔父さんはいった。

おじいちゃんはおばあちゃんに嫌われてあんな山の中へ行ったのだ。ヌリカベさんのような人がいてくれてよかった、と吉見は思う。でなければおじいちゃんは可哀そう過ぎる。でも「可哀そうだ」なんていうと、おじいちゃんはきっと怒る。そのへんがおじいちゃんのむつかしいところだ。叔父さんにそういうと、「人間はみなそれぞれにむつかしいんだ」と叔父さんはいった。


家に帰るとおばあちゃんは待っていたように次から次へと質問攻めにした。おじいちゃんはどうしていたから始まって、元日は何を食べたのかとか、向うの寒さはどれくらいかとか、三日間、何をしていたかとか。

「おじいちゃんは叔父さんと剣道をして、おじいちゃんが勝ったよ」

というと、「ふーん」とつまらなそうにいった。吉見がテレビを見ていると、その後ろで叔父さんに、

「あのひとはまだいるの?」

とおばあちゃんは訊いていた。

「うん? ヌリカベさんかい? いるよ」

「へーえ、それはそれは」

とおばあちゃんはいった。「それはそれは」とはどういう意味だろうと吉見は考える。

2022年
6月の新刊

文春文庫

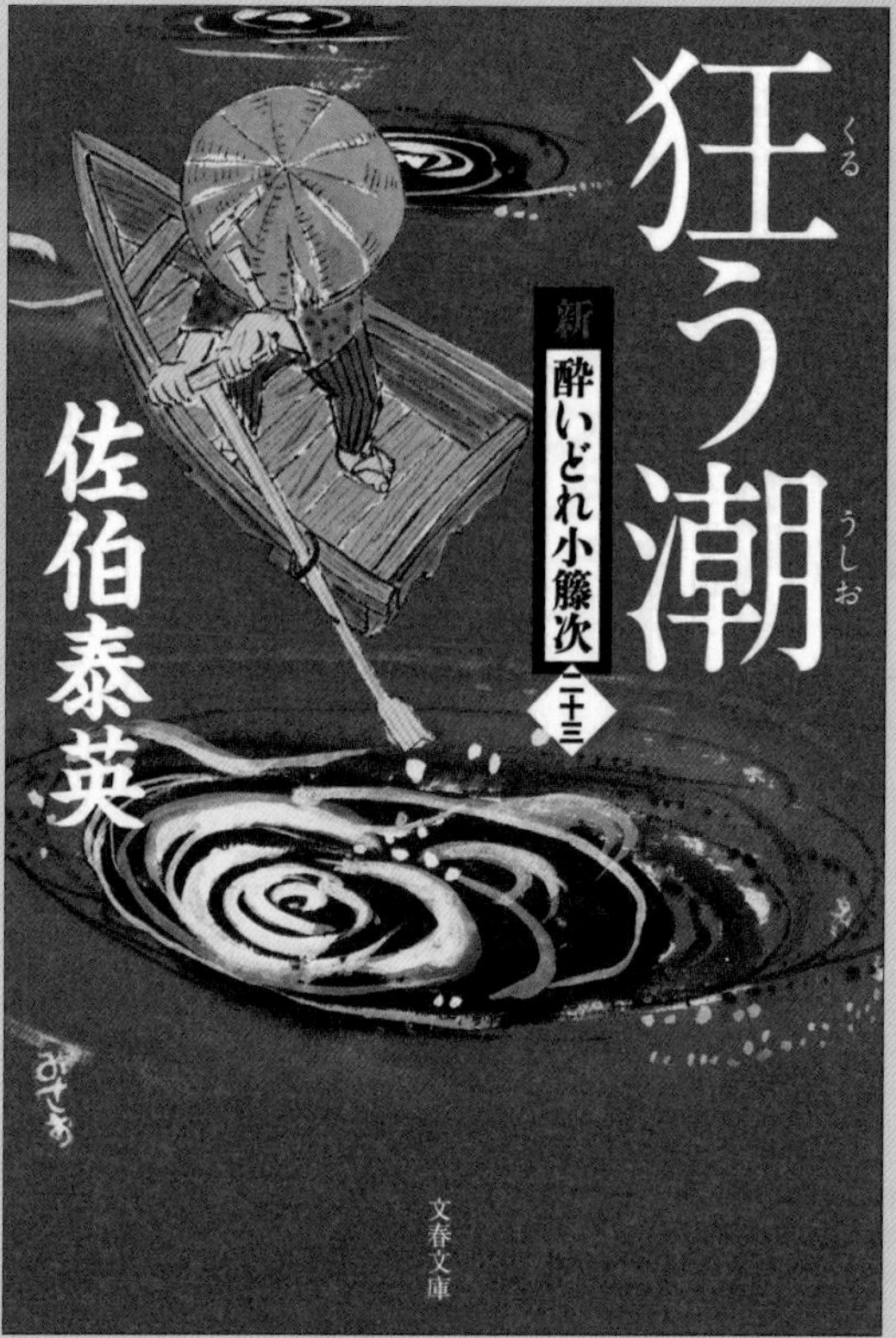

叔父さんは黙っている。この前、知り合いの小母《おば》さんが、くにから送って来ましたので、といって生椎茸《なましいたけ》を持って来た時、おばあちゃんは嬉しそうに「それはそれは」といっていた。ヌリカベさんがおじいちゃんの面倒を見ていることは、おばあちゃんには「それはそれは」のキモチなんだな。だとするとおばあちゃんはヌリカベさんに感謝しているということなのか？　だがそうは見えない。感謝のふりをしたのか、と吉見は考えた。

叔父さんは一晩泊って、翌日帰って行った。吉見は叔父さんをバス停まで送った。教師をつづけることにしました、とおじいちゃんにいった時の叔父さんは力強く晴々しているように見えたが、東京に帰ってくるとどことなく元気がない。それでも昨日はまだ活気があったけれど、いよいよ帰ることになってバス停に立って風に吹かれている姿は、背が高くて痩せているせいか寒そうで力が抜けているみたいだった。思わず吉見は、

「叔父さん、やっぱり迷ってるの？」

といってしまった。叔父さんはびっくりしたように吉見を見て何かいいかけたが結局、

「うん」といっただけだった。それから、

「春から中学へ行くんだから、勉強しなくちゃダメだぞ。区立へ行くんだから勉強しなくても入れると思ってるんだろうけど、今から力をつけておかないと入ってからがたいへんだぞ」

といった。

「でもおじいちゃんは剣道を一所懸命にやればそれでいいっていったよ」

おじいちゃんは昔、おじいちゃんの剣道の先生だった人の所へ行けといって紹介状を書いてくれたのだ。

「おじいちゃんの考えは……正しいかもしれないけどね……だけど」

叔父さんはそういったきり後は何もいわない。バスが来た。乗り込む叔父さんの背中に向って、吉見は思わず、「叔父さん、がんばれ」といった。

知識なんかそこそこあればいいんだ、とおじいちゃんはいった。今の知識は人間には知識よりも大切なものがあることを忘れさせている。そんな知識ならない方がいいんだ……。叔父さんとおじいちゃんの喧嘩にはそんなことのいい合いもあった。

優しさというものは知識によって作られるものかね？　知識がない人間の方が自然に滲《にじ》み出る地下水のような透明な優しさがある。知識人の優しさは優しくなければならないという優しさだ。この競争社会、管理社会で本当の優しさを持ちつづけることは不可能だから、だから、せめて上っ面の優しさを持とうということなんだろう。ハゲといわずに毛の少い人という、そういう優しさだ。そんなものはわしにいわせると枝葉末節だ。上っ面だ……。いったい権利意識と優しさとは共存出来るものなのかね？

おじいちゃんと叔父さんとの間で、トランプをいじくりながら困り果てていた吉見におじいちゃんはいった。

「吉見、おじいちゃんと叔父さんのいい合っていることは、今の吉見にはわからんだろうがね、だがよく聞いていなさい。おとなになってから、吉見にも思い当る時がくるかもしれんからな。その時役に立つ」

おじいちゃんのいうことが役に立つ時がくるなんて、吉見にはよくわからない。子供の世界もたいへんだけどおとなの世界って、もっとたいへんらしいなあ、と思うだけだ。

　叔父さんが乗ったバスが行ってしまうと吉見はぶらぶら歩いて公園へ行った。思った通り井上和子がふたごの妹をブランコに乗せていた。吉見は鉄棒に凭《もた》れてそれを見ながら、「川井村へ行ってたんだ」と話しかけた。

「そう」

　と和子は不愛想にいった。和子はいつも不愛想だから、吉見はどうしても仲よくなれない。だがあのヒゲ事件の時に吉見に「恩返し」をしてくれたから、心は好《よ》い子なんだ、と吉見は思っている。

「宿題した？」

　と吉見が訊くと和子は、

「してない」

　といった。それから、

「わたし、学校、変るんだ」

　と突然いった。

「どこへ行くの？」

「埼玉県の方」

「ふーん、どして？」

和子はそれには答えず、

「桜田さん、アメリカへ行くんだよ」

といった。

「まだ誰も知らないけど、うちの父ちゃんがお手伝いさんに聞いてきたんだ」

和子の父さんは個人タクシーをやってて、町子の家へよく呼ばれるのだ。だから本当だろう。和子はいった。

「日本の学校にアイソがつきたんだって」


公園を出ると吉見の足はひとりでに桜田町子の家の方へ向った。そのへんを町子が歩いていないか、ひょっこり角から出て来てくれないかとキョロキョロしながら歩いているうちに、いつか町子の家の前まで来てしまった。大きな門の前には竹と松を組み合せた立派な門松が立てられていて、なんだかカネモチぶって威張ってるようだ。この前、ここへ来た時、ピアノの音が聞えたことを思い出して耳を澄ました。犬の啼声《なきごえ》が聞える。百万円の奴だな、と思う。桜田勝手口と札の出ているくぐり戸にチャイムがあることを吉見は知っている。この前は思いきってそれを押したのだ……今日も押そうか？　町子が出て来たら何といおう？　まず年賀状、着いた？　という。それから、アメリカへ行くってほんと？　と訊く。それから……何といおうか？……

その時、大きなガレージのシャッターがひとりでに上って中から真黒な、ピカピカした、お相撲さんでもこれなら平気で乗れるだろうと思われるような車がしずしずと出て来た。町子のおじいちゃんの専用車だ、と思った。いつか町子がいっていた。うちにはおじいさん専用の車とパパとママが使う車と二台ある。井上さんのお父さんのタクシーを頼む時は、パパかママのどっちかが車を使っている時で、だからママは自分用として黄色のジャガーをほしがっている。でもそれを買っちゃうと井上さんのお父さんの収入が半減するって武村《たけむら》さんが気の毒がってるのよ、といっていた。武村さんというのは通いのお手伝いのおばさんで、もう一人の「さっちゃん」という若いお手伝いを虐《いじ》めるのが生甲斐《いきがい》みたいな人だそうだ。

吉見が立って見ていると、しずしずと出て来たピカピカの車から運転手が降りて来て、門の扉を開けた。きっと町子のおじいさんが外出するのだ。どんなおじいさんか見てやろう、と思って立っていると、植込みの奥の方で賑やかな声がして、いきなり白いフワフワのコートを着た町子が出て来た。町子の後ろから茶色の毛皮のオーバーを着た町子のママ、それからメガネをかけた小太りの男の人はきっとパパだ。武村さんらしいおばさん、さっちゃんらしいズボンにエプロンをかけた若い人、それからガヤガヤと男や女やらが出て来て、「お気をつけて」とか「がんばって」とか、口々にいっている。

吉見はまるきり棒杭《ぼうぐい》になってしまった。町子は嬉しそうにピョンピョン跳《は》ねるようにして車に乗り込んだ。その後からパパとママが乗り込んでゆったり坐った。それくらい大きな車だ。おじいちゃん専用の車なのにみんなで乗って行くということは、アメリカへ出発するからなんだ……。もう一台の車にギュウ詰めに男の人や女の人が乗った。ピカピカの車は走り出した。町子は吉見にぜんぜん気がつかなかった。吉見はまだ棒杭のままだった。

そうして町子は行ってしまった。アメリカへ。だがアメリカのどこなのか、吉見はわからない。

「桜田さん」

となぜ声をかけなかったのか、今になって吉見は思う。どうしてぼくはこんなにドジなんだろう。声をかけようとしてるのに、マゴマゴしてかけられなかったのではなかった。あんまりいきなりのことで、びっくりして、バカみたいになって、声をかけるのを忘れてしまったのだ。まるでテレビドラマの中の、作りごとのカネモチの家の光景のようだったから、夢を見てるような気持になってしまったのだ。

二台の車が行ってしまって武村さんが門の扉を閉める時、ふと吉見に気がついた様子だったので、吉見は逃げるように歩き出した。五、六歩歩いてそれから走った。角から出て来た自転車につき当りそうになって怒鳴られたが、そのまま走った。どこまでも、いつまでも止らずに走りつづけたかった。走っていると、

「おい、吉見……なに走ってんだ」

という声がした。加納くんの声だった。走るのをやめてふり返ると、鞄《かばん》を提げた加納

くんが珍しそうに吉見を見ながら近づいて来た。

「なに走ってんの？」

と訊く。

「うん、べつに……何となく」

ハアハアいいながら答え、「何となく」か、この答はまずいなと思い、

「加納くん、どこへ行くの？」

と逆に質問した。

「模擬テストの帰り」

と加納くんはいった。

「ふーん、私立を受けるって大変なんだね」

そうおざなりをいってから、吉見は大事を打ち明けるように声をひそめた。

「井上に聞いたんだけど、桜田さん、アメリカの学校へ変るんだってよ……」

「うん、そうだよ」

あっさり加納くんはいった。

「あ、そうだ、今日……じゃなかったかな、出発」

「知ってたの？」

「うん」

またあっさりいう。

「井上は誰も知らない秘密だっていってたけど」

「一応はね」

加納くんはいった。

「見送りに来てねっていわれてたのに、忘れちゃってたよ。模擬テストのことでアタマいっぱいで……これから行こうかな？　お前、一緒に行かない？」

「いや、いいよ」

「そう？　じゃちょっと行ってくる」

――もう桜田さんは行っちゃったよ……吉見はいおうとしていえなかった。

家へ帰るとチカちゃんが、「どこへ行ってたのよ、吉ッちゃん」というのに返事もせずに、どんどん二階へ上った。どさーっとベッドにひっくり返って、天井に向って脚で枕を蹴《け》り上げた。

「今日は高円寺へ行くんでしょ」

下からチカちゃんが怒鳴ったが、黙っていた。

「わかってんの？　お泊りするんでしょ？　支度しなさいよゥ……」

「わかったァ」

といい返して思いっきり枕を蹴飛ばした。そのままじっと天井を見据えて、町子は加納くんにだけ、しゃべったんだ、と思った。見送りに来てねといったのに、加納くんは忘れてた……。

チェッ！　忘れてたなんて、加納の奴、カッコいいんでやんの。女の子より模擬テストの方が大事だなんて。吉見もそんなになってみたいと思う。だがぼくはダメだろうなあ、と思った。模擬テストを忘れても町子のことは忘れないだろう。

ああ、三学期が始まっても、もう町子はいないのだ。もうずーっといないのだ。中学も高校も大学もアメリカで通すのだろう。英語がペラペラになって、アメリカ人のコイビトが出来るのだろう。アメリカ人のコイビトとキスしたりするんだろう。

吉見の胸は潰《つぶ》れた。身体が熱くなり、息が出来なくなりそうだった。そうだ、早くママのところへ行こう、と思った。だがママにこのことを話せるか？

――話せない、と思った。町子がアメリカへ行くことは話せるけれど、コイビトが出来るかどうかをママに訊くことは出来ない。そのことを思ったら、息が出来なくなりそうになることなんか、いえっこない……。

チカちゃんが早く出かけなさい、早く早くというので吉見は家を出た。チカちゃんは今日はパパとイタリア料理を食べに行くのだ。黒い長い服を着て、金のネックレスをかけたり、パールにしたりして、早く行け行けといっているくせに、吉見を呼び止めて、どっちがいいと思う？　なんて訊く。メンドくさいから、「金の方」といい加減に答えて家を出た。

ママの所へ行くと浩介さんがいた。浩介さんは頭に白い筒のような帽子を載せエプロンをかけて、台所でボールの中の挽肉《ひきにく》をこねていた。

「やあ、吉ッちゃん」

と浩介さんはいった。

「浩介さんは時々、お手伝いさんしてくれてるの」

とママがいった。ママは少し痩せていた。前より目が大きくなって、どこか元気がなさそうだった。

「ママ、どうしたの？」と訊くと、大きくなった目をもっと大きくして、「何が？」といってニッコリした。なんだか無理してるみたいなニッコリだった。吉見がこんな気持でいる時に、ママに元気のないのはイヤだった。

吉見は浩介さんがこねた挽肉をハンバーグの形に拵《こしら》えるのを手伝った。ママはソファに坐ってぼんやりとタバコをふかしていた。ママはタバコをやめたのに、また吸うようになっている。

浩介さんはハンバーグをオーブンに入れて、

「ジャジャジャジャーン！」

といってオーブンを閉めた。それからジャジャジャジャ、ジャジャジャジャカジャジャジャジャカジャーと歌いながらリンゴとセロリーを刻み出した。

「料理はね、リズムにのせて作ると楽しいよ」

と浩介さんはいった。

「味噌汁《みそしる》を作る時はこれだ。

かあさんはよなべをして
　手ぶくろ編んでくれたァ……

しみじみと歌いながら味噌をとかす。するとうまい懐かしい味噌汁が出来るのよ。だけど今はハンバーグだからね。ベートーヴェンだ。知ってるだろ？　運命が戸を叩《たた》くジャジャジャジャーン……」

　刻み上ったリンゴとセロリーにマヨネーズを入れてかきまぜ、レーズンをパラパラとふりかけながら、チャチャチャチャーン、チャーン、チャァーンと歌って「上り一丁」と叫んだ。

「ぼく、楽しく料理する教室ってのを開こうかな。今の若い女《こ》は料理嫌いになってるからね。ミュージカルクッキングってネーミングはどうだろう……」

　浩介さんはいつも調子がいいが、今日は特別にいいみたいだ。

「お米をとぐのってイヤだろ。その時は『お猿のかごや』に合せればいいのよ……。

　エーッサエーッサ　エッサホイのサッサ　お猿のかごやだホイサッサ……ね？　楽しいだろ？」

　ママの方を見るとママは聞えていないのか、ニコリともせずにウツロになっていた。

「ママ、ご飯出来たよ」というと目が醒めたようにキョロキョロして「あら、ごめんなさい」といって立ち上った。浩介さんが「ジャジャジャジャーン」といってテーブルに置いたハンバーグを見て「まあ、おいしそう、ふっくら焼けてて」といったが、どこか無理してるみたいに吉見には思えた。

仕事がうまくいかないのか、何か心配ごとがあるのか。浩介さんは「今日は心嬉しいことがあってネ」といってワインの栓を抜いた。浩介さんはママのお蔭《かげ》で新刊ファッションの専属モデルになれたのだ。

「このワインはぼくの門出を祝うワインです。おめでとう」

浩介さんは三つのグラスに次々にワインをつぎ、

「カンパーイ!」

といって飲んだ。それから、

「自分で料理して自分で乾杯の音頭とって自分を祝うってのもおかしいか……ま、いいや」

といった。

浩介さんの料理の腕はなかなかのものだった。ヌリカベさんの料理を食べた後だから余計そう思うのかもしれないけれど。吉見はお腹がハチ切れそうになるほど食べた。

料理はうまい。だがそれとは別に時々、晴れた空に雲がかかるような具合に胸が暗くなった。町子のことがなかったら今夜はどんなに楽しい夜だろう、と思った。町子はアメリカに行ってしまった。加納くんにだけ打ち明けて。

吉見は暗い雲を押しのけてヌリカベさんのおせちには皆が閉口したこと、叔父さんが正一に無理やり食べさせようとして、取り皿にどんどん入れたら正一が、「そんなによそ、あねでけろ」といった、という話をした。ママと浩介さんは笑った。浩介さんが「わかる、そのキモチ」といったので、ママはまた笑った。ママの笑い顔が吉見は好きだ。ママが笑うとまわりがパーッと明るくなる。だがほっとしながら吉見の胸には又しても雲がかかるのだ。

「桜田さんはアメリカへ行ったんだ」

突然、吉見はいっていた。自分でいっておいて、あッと思った。その言葉はいおうとしていっているのではなくて、ゲップみたいにひとりでに身体の奥から出てきたのだ。

「秘密にして行ったから誰も知らないんだ。でも、ぼく、見たんだ。でっかい車に乗って行ったんだよ。日本の学校にアイソつかしたからなんだ」

ママと浩介さんがびっくりしたように吉見を見た。吉見が一息に、一本調子にしゃべったからだろう。

「日本の学校にアイソをつかしたって？」

ママがいった。

「町子ちゃんが虐められたからなの？」

「そうだろ、多分」

と吉見はいった。急に腹が立ってきた。虐められたくらいでアメリカへ行くのか？ そんなことでいいのか？ おじいちゃんにいったらきっと怒る……。

「じゃあお別れ会なんかなしで行っちゃったの？」

「そうだよ。誰も知らないんだもん」

「吉ッちゃんにだけ打ち明けたの？」

「ぼくは……井上に聞いたんだ。井上のお父さんが個人タクシーだもんで桜田さんのところへよく行ってて、お手伝いさんから内緒で聞いたんだって」

「アメリカのどこなの？」

「知らないよォ……」

急に悲しさがこみ上げてきた。泣くまいとしているのに目の中に涙が湧《わ》いてきた。その顔を見られまいとして、「ご馳走《ちそう》さまァ」といって立ち上った。アイスクリームがあるんだよ、と浩介さんがいった。

「わーい！」

といって飛び上ってみせて、吉見は涙を払った。

食事が終ると浩介さんは食器を洗った。吉見は手伝った。皿を洗いながら浩介さんは美容院のおばちゃんと仲直りをしたといった。おばちゃんと仲よくなっていた弟子が正月早々、店の売り上げを持って「トンズラ」したのだそうだ。

「泊ってもいいのよ」とママはいったが、「こういいことずくめだとじっとしてられないの」といって浩介さんは帰って行った。

吉見はママに勧められて風呂に入った。出てくるとママはさっきの姿勢のままソファの背に凭れていた。細い指に挟んだタバコの火は消えている。吉見は台所で水を飲みながらふり返ったが、ママはまだそのままだった。

「ママ」

と呼んでみた。「うん？」というようにママは目を大きくして吉見に向けた。

「アメリカの小学校って、英語がしゃべれなくてもダイジョブなのかなあ……」

「アメリカ？」とママは訊き返し、それから「ああ、桜田さんのことね」といった。

「先生のいうことも友達のいうこともチンプンカンプンじゃ、勉強になんないんじゃないのかなあ」

「桜田さんのことだから、前から英会話くらい教わってたかもしれないわね。それに町子ちゃんはもの怯《お》じしないから大丈夫でしょ。こっちでイジメに遭ったこと、よくよく辛《つら》かったのよ」

「きっとあのママが考えたんだ。へんな人なんだ、あのママ」

吉見はムシャクシャしてきた。

「アメリカにだってイジメがあるかもしれないじゃないか」

「アメリカ人は開放的だからウジウジ虐めたりしないでしょ。それに町子ちゃんは可愛《かわい》いから、男の子にもてるんじゃないかな」

「かもしれない……」

仕方なくそういうとますます気持が沈んだ。

「女王さまになるかもよ」

ママは吉見を慰めるつもりでいったのかもしれない。だが吉見はそんなママにも腹が立つ。

女王さまか……。吉見は思う。ほんとにそうなるかもしれない。もしそうなるとしたら、それなら、町子は六年二組で虐められている方がいい……。

ママは暫くの間黙って吉見を見ていた。吉見も何もいわなかった。ママはいった。

「桜田さんのこと、心配してるのね」

「うん」

といって、吉見は何となく羞かしい。ママは、

「町子ちゃんのこと、好きなんだ、吉見は」

といった。とっても優しい声だった。最近聞いたこともないような。見るとママの目は何の涙か、薄く光っていた。

決　心

翌日、美保は吉見のためにディズニーランドで遊んで、日暮前に渋谷まで帰って来た。日中は春のように暖かかったが、駅を出ると風が出てすっかり寒くなっていた。

「急いで帰りなさいよ、風邪《かぜ》ひかないようにね」

といって吉見をバスに乗り込ませた。

「うん……バイバイ……」

元気よくいってバスのステップを上って行く。バスが出て行くと美保は、日が傾いて急に灰色になった街をあてもなく歩き出した。

泉のように悲しさが湧《わ》いてきて、みるみる胸いっぱいに広がった。今日ほど我が子をいとしいと思ったことはない。何も知らずにディズニーランドに興奮していた息子。親たちの勝手で平和な暮しを失ったことに文句もいわず（いうことを知らず）自分が耐えていることにも気がつかずに耐え、たまに母親と会えることに嬉々《きき》としている息子。

その時、母親は男のことを考えていた。スペース・マウンテンに乗った時も、息子がホーンテッドマンションで歓声を上げている時も、頭の中は彼のことでいっぱいだった……。

去年の暮近く、美保は楠田に別れの手紙を書いた。怨《うら》みがましくならぬよう、未練ありげに見えぬよう、理性的に考えようとしていることがわかるよう、苦心して書いた。楠田の不誠実を詰《なじ》ってはならなかった。彼が不誠実な男であることは百も承知のことだった。西村香はじめ、その他もろもろの女たちと同格にあつかわれることへの屈辱感も筆にしてはならない。

「そんなに一途《いちず》になりなさんなよ」

といつか安藤はいった。

「そんなふうに思い詰めなければつづいていくんじゃないか」

でもあたしは一途に愛してしまったのよ、という言葉を美保は呑《の》み込んだ。楠田のような男を本気で愛したなんて、美保の沽券《こけん》にかかわるよ、と安藤がいいそうだった。

楠田はそういう男だ。そういう男だと自分で小説にも書き、人もみなそう思っている。人の思惑などどこ吹く風の男だ。楠田と関《かかわ》りのある女たちは、どの女も流行作家の贅沢《ぜいたく》な「情事の相手」になったことで満足している。

「先生には情事のひとつかもしれないけれど、あたしには情事じゃないのよ」

ある夜、思い切ってそういった。

「じゃ何だい」

「恋よ」

楠田は「うれしいね」といっただけだった。誰が聞いてもおざなりに聞える「うれしいね」だった。楠田はそれがおざなりに聞えることを知っていっていた。いや、むしろ、おざなりであることを知らせようとしていた。「恋よ」という言葉をどんな思いで美保が口にしたか。そんなことを考える楠田ではなかった。考えると煩わしくなることを本能が知って避けていた。

美保の絶望は人の目には多分、滑稽《こっけい》な独り相撲に見えるだろう。だから初めから相手にしなければよかったんだ、と誰《だれ》もがいうだろう。人の心というものは一足す一は二、五引く三は二、という具合にはいかないものであることを知らないわけではないのに、サラリとそういう。そういって「片づける」。

「バカだねえ。そんな所へ行くから淋病《りんびょう》なんぞうつるんだ」

と年寄りにいわれている青年がいた。青年は「自分だって若い頃はそんな所へせっせと行ってたくせに。ただ運がよかっただけじゃないか。病気に罹《かか》らなかったのは」と毒づいていた。他人とはそういうものだ。

ともあれ美保は楠田に別れ話を切り出したのだ。もうおつきあいはやめましょう、と書いた。その日から十日以上経《た》つ。楠田からは何もいってこない。何もいってこないということは、別れることを了承したということなのだろうか。腹を立てて返事を寄越さないのではないだろう。なぜそんなことをいうのだ、と質問するだけの情熱すら彼にはない。

だが美保は毎日、朝も夜も楠田の電話を待ちつづけていた。自分の中のこの矛盾を美保はもてあました。これではまるで、あの手紙は楠田の気を惹《ひ》くためのものになるじゃないか。そう思いつつ、待ち侘《わ》びる気持は消えない。だがもし楠田に電話をして、手紙の返事を求めたとしたら楠田はいうだろう。

「君がそんな気持になったのならやむを得ないねえ」

取りつくしまもない声が聞えてきそうだ。それを思うと電話をかける勇気がなくなる。

歩いているうちに通りすがりの店先の緑の電話が目に止った。思わず足どりがゆるんで、迷った。迷いながらテレホンカードをバッグから出していた。カードを差し込む。諳《そら》んじている電話番号を押しそうになって、とっさに安藤の番号を押していた。

「はーい、安藤企画です」

いつもの安藤の暢気《のんき》そうな声が聞えてきて、ほっとしながら、「ゴロさん、暇？」といっていた。

「暇だったら出て来ない？」

「うん、いいよ。今どこ？」

「渋谷にいるんだけど、これから帰ろうか、どうしようかと考えてるところ。よかったらうちへ来ない？」

「メシ、食わせてくれるの？」

「勿論《もちろん》よ」

「じゃ、いくよ」

「お鍋《なべ》でいい？　寄せ鍋……」

「上等上等。何せ正月からこっち、醬油《しょうゆ》つけた餅《もち》だけだ」

「じゃあお腹《なか》いっぱい食べさせたげる」

電話を切ると自分の口もとが笑っているのに美保は気がついた。

急いで家へ帰って寄せ鍋の支度をしていると、安藤はいつものようにむさくるしい頭髪にくたびれたジャンパーを着て入って来た。新年の挨拶《あいさつ》もせず「やあ」とだけいって、ジャンパーを着たままヒーターに抱きつくようにかがんだ。

「そんなに寒くなったの？　外は」

「急に冷えこんできたんだよ。しかし空《す》っ腹《ぱら》のせいかもしれないな、寒さがこたえるのは」

「相変らずね」

美保はつくづく安藤を見て、

「まったく、ゴロさんって変らない人ねえ。何年経ってもいつも同じ」

「ヒネたカチ栗《ぐり》が変らないのと同じだよ」

美保は思わず笑い、ああ今夜は安藤が来てくれてよかった、とほっとする。

「お酒は熱燗《あつかん》にする？　そうだ、ブランデーがあるわ」

「とりあえず熱いほうじ茶をくれないか」

と安藤はいい、

「あの仕事の件だけどね、もう少し待ってくれないかなあ。戦争に行ったじいさんを取材したんだけど、つい身が入っちゃって先へ進めないいんだよ。滅私という言葉を何のこだわりもなくいう老人がいてね、彼は国の存亡がかかっている時に、命を捨てて国を守ろうとするのは日本人として当然だというんだよ。二十代から三十代をまったく空費してるんだが、そんな愚痴は一切いわないんだ。ぼくは彼の精神構造に興味を持たずにはいられなくなってね。ここんとこ彼のいる老人ホームに通いつめてるもんだから、先へ進まないいんだよ」

「ああ、『二十世紀総括』の話ね、いいのよ、今日は。仕事の話はやめましょう」

「そうか。ぼくはてっきりその催促をされるものとばかり思って来たんだ」

安藤は熱いほうじ茶をうまそうにすすりながら、改めて美保の顔に目を止めた。

「どうしたの、痩《や》せたね。目ばかり大きくなって」

「そう?　痩せた?」

美保は薄く笑って頬《ほお》に手を当て、

「今夜来てもらったのはね……寂しくて一人でいられそうもなくなったからなの」

といった。安藤は「どうしたんだい」といったが、美保の答を待つふうはなく、「始めようよ」と寄せ鍋を顎《あご》で指した。

「今日、吉見とディズニーランドへ行ったのよ。渋谷まで一緒に帰って来て吉見はバスに乗って帰って行ったの。それを見たらもう、たまらなくなっちゃって……」

安藤は黙っている。美保はいった。

「吉見といた間中、あたしは……上の空になって……あの人のことを考えてたのよ、ずーっと」

美保に代って鍋の中に白菜を入れながら安藤はいった。

「つまり君は楠田爽介を独占したいってわけだ。だがおいそれと独占されているような相手じゃないことはわかっている。そういう気配を感じると忽《たちま》ち逃げ腰になる男だ。だから君はそんな気ぶりも出せない。我慢してる。我慢が内攻する。普通の女ならここでヒステリー球が上ってきて、癪《しゃく》が起るところだ。だが君は知的な女たらんとしている人だから、抑制する。いっそ楠田を面罵《めんば》してビンタを二つ三つ飛ばせば鬱積《うっせき》が晴れるんだが、それが出来るくらいならこんなに痩せたりしないんだし……」

「もういい。わかってるんだから」

不機嫌に美保は遮った。

「今更ゴロさんに分析してもらおうとは思わないわ」

美保は鍋には箸《はし》をつけず、手酌で酒を呷《あお》った。

「ゴロさんの講釈を聞いたってしようがないの。あたしはゴロさんに愚痴をこぼしてうんと困らせたいだけよ」

「そのためにオレを呼んだのかい」

「ほかに何があって？　あたしがこんなにジタバタ苦しんでるのに、あの先生は何も知らないなんて……知ろうとしないなんて……とどのつまりはあたしはそれだけの女でしかないってこと……」

酔が廻《まわ》っていうことがくどくなっている。わかっているがやめられない。

「これこそ囚《とら》われの女だな。囚えているのは自分の情念だ」

「その通りよ」

ふらふらと立ち上って長椅子《ながいす》に倒れ込んだ。

「ねえ、こういう話を聞いたのよ。ご亭主が女を作ったの。それで負けずに自分も浮気をしたってのよ。そしてそれで気持がおさまって、今はそれなりに平和なんだって。本当かしら」

「そういうことは人によるだろ。薬の効目が人によって違うのと同じだ」

美保に背を向けて、安藤はまだ食べている。

「よく食べるわねえ。もういい加減にこっちへいらっしゃいよ」

「待てよ。自分が食欲がないからって、勝手な奴《やつ》だ」

「ねえ、ゴロさん……ゴロさんてば」

「何だよ」

「ゴロさん、抱いて、っていったらどうする？」

「うん？」

安藤は箸を置き、ふり返って美保を見た。

「抱いてほしいというならそうするよ。それで君が癒《い》やされるなら……。だが癒えやしないだろ？　傷口が広がるだけだろ？」

安藤は美保の前に立って来て、怒ったように見下ろしていた。

安藤のいう通りだった。男に抱かれることで苦悩は癒えはしない。後悔と自己嫌悪が広がるだけだ。それはわかっている。

だがわかっていても、安藤の口からそういわれたくはなかった。男というものはこういう場面になると、あと先考えずに突き進むものではないのか？　安藤は美保を愛しているのではなかったのか？

「助けてくれないの？」

誇高い自分の口からそんな言葉が出たことに惨めになりながら、しかしその惨めさを撥《は》ね返すようにいっていた。

「ゴロさんはあたしのためなら何でもしてくれる人だと思ってた……あたしの自惚《うぬぼれ》だった？　あたしを愛してくれてたんじゃなかったの？」

「愛してきたよ、ずーっと。君にあしらわれながら」

安藤は美保の前に突っ立っていた。殆《ほとん》ど怒っている顔で、ぶっきらぼうにいった。

「わからないかい？　ぼくは苦しい努力をして中根美保への恋情を踏み固めてきたんだ。折角ここまで踏み固めたものを崩してはいけないんだよ」

「うん。しかし君のためにもその方がいいんだよ」
「自分のために？」
「助けてといってるのに、つき放すのね？」
美保を囚えている情念――楠田への執着や嫉妬《しっと》や怨みや屈辱感や欲望を今ひと時でい
い、剝《は》がしたいのだった。なりふり構わず男に迫っている自分の浅ましさがわからぬわ
けではない。だが相手が安藤だからこそ、なりふり構わぬ自分の姿を見せているのだ。
安藤なら、苦しんでいる美保を見ると救わずにはいられなくなる筈《はず》だという信頼がそう
させたのだ。
だが安藤は鉛の兵隊のように立っているだけだった。美保は怺《こら》え切れずに長椅子のク
ッションに顔を伏せた。泣こうとしたが泣けなかった。背中をくの字に曲げて顔を伏せ
ている美保の姿は、さあ早く、どこからでも手をつけてちょうだい、といっているよう
だった。
屈辱を覚えながら美保は待った。しかし暫《しばら》くの沈黙の後で安藤はいった。
「わかるだろう？　君を大事に思うからね。だから何もしないよ……」
その時、電話が鳴った。クッションに顔を埋めたまま、美保の心は一瞬躍った。この
十日余りは電話が鳴るたびに胸が轟《とどろ》き、「彼から？」と思ってしまう。そう思いたくな
いのに思ってしまう。だが次の瞬間いつも期待は裏切られてきた。
「出て……」

美保は顔を伏せたまま、くぐもった声でいった。

「いいのかい？」

と安藤はいった。楠田か？　と美保が思ったように、安藤もそう予感したのだった。

安藤は受話器を取って「もしもし」といった。そしてすぐ、

「君、先生からだ」

といった。美保はクッションに額を載せたままの格好で、

「いないといって……」

といい、それから顔を上げて睨《にら》むように安藤の顔に目を当てた。

「『美保はいないといって下さい』と、そう中根美保はいっています……そういってちょうだい」

「そんなバカなことはいえないよ。それじゃあまるで喧嘩《けんか》を売ってるみたいじゃないか」

「いいのよ、それで。喧嘩を売ってサヨナラするんだから……それが一番いい方法よ」

仕方なく安藤は電話に戻った。

「お待たせしました。今、中根さんはちょっと手を放せないことをしているものですから、後からおかけするようにします……ハァ？　ハア……ですから、今、ちょっと手が放せなくて……相すみません」

電話を切り、美保の方を向いて、

「また後でかけるっていってたよ」

といった。美保は長椅子に浅く腰を下ろして見返したまま、黙っている。

「手が放せないって、何をしてるんだって」

「そういったの？」

「また後でかけるっていってたから、かかってくるよ」

美保は立ち上って食卓に近づき、飲み残していたブランデーを呷った。

「かかって来たら出てね。中根さんは電話に出たくないっていってますっていって
……」

「そんなに自分を虐《いじ》めるのはやめろよ」

「虐めてなんかいないわ。ずーっと考えてきたことを実行するのよ」

「実行は冷静な時でないとなあ……楠田爽介と別れるのはぼくは賛成だよ。だが、君は
まだ焔《ほのお》の中で燃え熾《さか》っている。その焔を強引に消そうとするとムリがいくよ」

「だから焔を鎮《しず》めてっていってるんじゃないのよう」

美保は空になったグラスにドクドクとブランデーを注《つ》いだ。

「いいわ、もうゴロさんには頼まない……意気地なしのあなたには……」

そういってブランデーを呷った。

「帰ってもいいわよ。どうぞ、帰ってちょうだい。ゴロさんの顔に書いてあるわ。ああ、
あの中根美保がこんなになったか、って。こんな中根美保を見たくなかった、って。お

悧口《りこう》で、強くてしなやかで、堅固なお城の城主だった美保が、それは外見だけで中身は意外に脆《もろ》かったってわけ。普通の女が背ノビして、新しい女性になろうとして、馬脚を現わしたってこと……」

気がつくと安藤の姿はなかった。美保はズボンにセーターのままベッドカバーの上に転がっていた。鳴りつづけている電話のベルの音が耳の底に残っている。時計を見ると、短針が2と3の間を指していた。呆然《ぼうぜん》と起き上り、あたりに視線を漂わせた。いつもと変らない部屋、開いているドアーから居間の壁鏡に食卓の一部が映っているのが見える。食卓は片づき、灰皿がぽつんと置かれている。安藤は食事の片づけをして帰ったのだ。

少しずつ思い出されてきた。安藤に迫ったこと。安藤になだめられたこと。それからはっきり安藤の言葉が蘇《よみがえ》った。

――ぼくだって男だよ。だがこんな時につけ込みたくないよ……。

カーッと身体《からだ》の底が熱くなり、恥辱に包まれた。反射的に酒を飲もうとして立ち上ったが、またベッドに腰を下ろした。

――もう飲むのはやめろよ。酒で紛らせるなんて君のすることじゃないよ。男のすることだよ。女は男よりも強いんだろう？　え？　そうだろう？

安藤はいった。あやすように笑っていた。いつも空腹を抱えて、五千円の金を大金だという安藤。美保は彼の理解者であり庇護者《ひごしゃ》だった。美保は安藤よりも強く、幸せな筈だった。安藤が何年も美保を愛しつづけていることを美保は知っている。だが美保は安藤を親友として以上に愛したことはない。いつだって美保は安藤の上位にいた……。

——なのに安藤はあたしを見捨てた……。見捨てたと思い決めるのは間違いかもしれない。だが美保は無理にでもそう思い決める。一番必要な時にいてくれないなんて！　君を大事に思うから何もしないよ……確かそんなことをいっていた。もっともらしいことをいって、要するに逃げたのだ。

——逃げた。安藤は逃げた……。美保を置き去りにした……。

どっと寂しさがきた。何ともいいようのない、枯野に一人残されたような寂しさだった。いや、寂しさというよりも怖ろしさだった。耳の底で電話が鳴っている。楠田がかけてきたのにちがいない。楠田の気紛れが。電話は何度か鳴って、それから沈黙した。楠田は美保の強い意志を感じたのだろう。

欲望に燃えている時の楠田は、相手が意のままにならぬと知ると、俄然《がぜん》執拗《しつよう》になった。とことん追求せずにはいられなくなる性質だった。以前の楠田なら夜通し電話を鳴らしつづけただろう。だが今は耳の底にベルの音を残したまま、電話は沈黙している。

とうとうそこまできた、と美保は思った。このまま沈黙を守っていれば、自然に関係は切れるだろう。あるだけの力をふり絞ってこの沈黙をつづけよう。奈落《ならく》の孤独感の中で漸く《ようや》美保は決意した。

旅に出よう、と美保は心に決めた。ここにいると電話が鳴るたびに心が乱れる。玄関のブザーが鳴ると「もしや」と緊張する。打ち切ろうと決心したのだから心を乱してはならないと思うのだが、相手が楠田でなかったことがわかると失望と安堵《あんど》がまざった気落ちがくるのをどうすることも出来ない。いっそ旅に出てしまえば、電話もかからず人も来ない。美保は学生時代の一人旅を思い出した。山陰を海寄りに廻ろう。冬の日本海の深い藍色《あいいろ》が、純白の飛沫となって砕け散る有様を眺めて時をやり過したい。

心を決めると手早く支度をし、留守番電話をセットして部屋を出た。ドアーをロックした時、部屋の中で電話が鳴るのが聞えた。留守番電話の自分の声がいっている。我ながら憂鬱そうな声だ。

「三、四日留守にしますので、どうかお名前をおっしゃって下さい。帰りましたらこちらからご連絡申し上げます……」

だが名をいう声は聞えず、そのまま電話は切れた。楠田か？　それとも安藤か？　安藤の前に晒《さら》した昨夜の醜態を思うと、いたたまれない気持だった。当分、安藤にも会いたくない。

マンションを出ると昼前だというのに暗い雲が陰鬱に空を閉していた。小さな旅行《りょこう》鞄《かばん》を一つ持っただけでコートのフードを立てて駅へ急いだ。とりあえず京都までの新幹線の切符を買った。京都に一泊するのもよし、時間の都合で山陰線に乗って日本海を目指すことにしてもよい。その時の足まかせ風まかせだ。そう思うといくらか気持が晴れる方へ向く。

東京駅から「ひかり」に乗った。座席に坐って駅で買った鉄道地図を開いていると、頭の上で、「大庭さん、どちらへ？」という声がした。顔を上げると作家の山藤あきが立っていた。以前美保が婦人雑誌の編集者をしていた頃に彼女の連載小説の担当をしたことがある。

「まあ、先生、ご無沙汰《ぶさた》してます。お元気そうで」

こんな時でも咄嗟《とっさ》に職業的な反応が出る。懐かしそうに美保はいっていた。

「先生はどちらまで？」

「あたしは京都。あなたは？」

「あたくしも京都ですけど」

「わ、嬉《うれ》しい。これから食堂車へ行くの。一緒にどう？　あたし、一人でものを食べるのっていやなの」

「じゃあお相伴します」

考えてみれば朝から何も食べていなかった。あきの後ろから食堂車へ向う。テーブルにつくとあきはいった。

「そうだ、大庭さんは中根さんになったんだったわね」

「はい名誉のバツイチです」

「それはおめでとう」

とあきはいった。

山藤あきはしみの浮き出た化粧気のない顔に薄い色のついたメガネをかけ、いつもムッと怒ったような顔をしていながら、人を笑わせるのが好きな六十女である。ビーフシチューを注文してから水を一口飲み、いきなり、

「ゆうべ、楠田爽介に会ったわ」

といった。

「新宿のおでん屋へ行ったら、眉剃《まゆそ》り込んだ妙な女の子連れて飲んでるじゃないの。なによ、その子っていったら、声かけたらついて来たんだ、って憮然《ぶぜん》としてるの」

仕方なく美保は笑った。だが胸は轟《とどろ》いている。

「面白くないことがあってね、って機嫌が悪いのよ。女にふられたのっていったら、それがよくわかんねえんだって。ふられたのかそうでないのか、考えてるところなんだから静かにしてくれ、だって……。考えこんでるってことは、惚《ほ》れてたのね、っていったらそれもよくわからないから考えてるんだって……」

「考えこみながら女の子、拾ってるんですか」

美保はわざと面白そうにいった。

「寂しがりやなのよ。まったく弱虫なんだから。そのくせ我儘勝手《わがままかって》の欲ばり。子供と同じよ。欲しいと思うともう我慢出来ずに手を出す。そのうち飽きてくるけど捨てるのはいや。みんなオモチャ箱に入れといて、いつでも取り出せるようにしておきたい……。

流行作家だし、作家としてはまあ男前の方だからそれが通って来たのね。ところがどっこい、そうはいかないわって女にぶつかったってわけ。いいクスリよ、少し苦しむがいいわ、っていってやったの」

美保は何もいえない。

「黙って考えこんでるから、あたしはおでんで腹ごしらえをして仕事場に戻ろうとしたら、行かないでくれよっていうじゃない。あんた、さっき静かにしてくれっていったじゃないのっていったら、いや、うるさくしゃべってもいいからいてくれって。正直っていうのか、やっぱり子供なのよね。女ってああいうところに弱いんだわね」

「でも女の子がそばにいたんでしょう」

「いるけど話相手にもならないのよ、食うばっかりで。家出でもして来たんじゃないのかなあ。とにかくひたすら食うのよ。爽介はたまりかねたように、『おい、もういい加減にしろよ』なんていってるの。悩みながらそういうことをいうところがおかしいのよ、彼」

美保は笑った。泣き笑いのような、悲しい笑いだった。

「それで先生、つき合ってあげたんですか?」

「しようがないじゃないの。おしゃべりしてるうちに少しずつ元気になったの。他愛《たわい》ないのよ。女の子連れてどこかへ行ったわ。まさかあの子と寝る気はしないと思うんだけどねえ」

それでも楠田は少しは気にしているのだ。彼は考えこんでいたという。だが、と美保はあえて自制する。

——美保のために考えこんでいたとは思わない方がいい……。何にしてももう心の決着はつけたのだ。楠田が逃げた魚を惜しいと思おうと、拾った女の子と寝ようと、あたしに関係のないことだ。何度もそう思い、乱れかける気持を抑えた。

「ところで中根さんは京都じゃどこへ泊るの？」

気がつくとあきが顔を見ていた。美保は上の空になっていたことに気がつき、慌てて決めてないんです、まだ、と答えた。

「京都に着いた時の気分で天橋立《あまのはしだて》あたりまで足を延ばそうかと思ったりしてるんですけど」

「暢気《のんき》な旅ね。仕事じゃないの？」

「ええ、まあ……」

「センチメンタルジャアニイ？」

「そんなところかしら」

「いいわねえ。あたしくらいの年になったら、センチメンタルジャアニイもヘチマもなくなるわ」

美保は返事の代りに笑った。あきはその笑い顔に目を止めていたが、ふといった。

「中根さん、苦しい恋の経験はどんなに辛《つら》くてもね、経験しないよりはした方がいいのよ。十の情事より一つの恋よ」

　美保はあッと思ってあきを見返した。あきは知っているのだ……。思わずあきの視線から外れようとして美保は顔を窓外に向けた。傷口はまだ生々しく開いているというのに、なんて人だろう。

「この前、西村さんが来て、何か超越したみたいなことをいってたけど、超越なんておいそれと出来るもんじゃないわ。人間、誰だってたとえ自尊心はなくても嫉妬心だけはあるからねえ。でも西村さんは恋愛じゃない、情事だと思って割切ってるっていってた。爽介に本気で恋するなんて愚かだって……。でもね、そういう口の下にイライラがメラメラと燃えてたわ。あなたの悪口いったりして……」

「先生、ご存知だったんですか。お人が悪いわ……」

「こんなことというつもりはなかったんだけど、中根さん見てるうちに、なんだか力づけたくなったのよ。悪かった？」

「くだらないって思われません？」

「思わないわよ。おとなになってハシカに罹った人見て、くだらないと思う？」

「ありがとうございます」

「予後を大事にね」

　あきと別れて席に戻ると思わずほーっと吐息が洩《も》れた。これからの旅が急に重たくなってきた。この旅の先にはただ果しない広野が広がっているだけのような気がした。

名古屋駅の新幹線のプラットフォームで、康二は西へ向う「ひかり」の窓にちらっと美保の顔を見かけた。「あ」と思わず声に出して二、三歩動いたが、美保は気づかぬままに新幹線は出て行ってしまった。束の間《つかのま》のことだがひどく窶《やつ》れているように見えた。義姉《ねえ》さんもいろいろあるんだろうなあ、勝気と聡明《そうめい》さで強く押し開いて行っていると思っていたが、気が勝っていればそれなりに凡庸の人間にはない苦労があるのかもしれないと思いながら、康二は「こだま」に乗った。座席に坐ると昨夜名古屋の友人の家に一泊して、昨日今日と名古屋の町を歩き廻ったための疲れと、冷えに固まった身体が車内の暖房にゆるんでいく。それが快いというよりは、却《かえ》って疲れの中に沈み込むような無気力を呼んでいる。

康二は鞄から柏原《かしわばら》ひかるの手紙を取り出した。いったい何回読むんだ、と自分にいいながら開く。それを読めば康二は力づけられる。

「大庭先生

明けましておめでとうございます。

新年がきてもべつにおめでとうとは思わないけれど、慣習というものだからいいなさい、という人がいたのでいいます。

先生、先生は今どこにいるのですか?

一日二日三日と先生のアパートへ行きました。でも留守でした。先生は学校をやめるらしいという噂《うわさ》を聞いたので、心配です。

本当にやめてしまうのですか？

あんなことくらいでやめるなんて、いけないいんじゃないですか？

人は何といおうと、自分さえ正しければ堂々としてなさいといつか、先生はいったじゃありませんか。

イジメはどこの学校にでもあるのだし、先生ばっかり悪いんじゃないです。

先生、どうか元気を出して、やめようなんて思わないで下さい。私は学校が大キライだけど先生だけは好きでした。よく叱《しか》られたけれど、あとで考えると先生が叱るのは正しい、と思いました。先生は生徒の好き嫌いをしない。高二のおにいちゃんは『神さまは不公平だ』といったけど先生はいつも公平です。

先生、学校をやめないで下さい。がんばって下さい。先生は何も悪くない」

川井村に帰って来たらその手紙が来ていた。ひかるは頭はいいが怠け者なので成績はぱっとしない。おまけに落ちつきがないのでよく叱った女の子だ。あの子がこんなことをいってくれた、と思うとジーンときた。雪雲の垂れ籠《こ》めた広野に、雲間から一筋の光が落ちてきたようだった。

康二はひかるの家に電話をかけた。やめないよ、がんばるよ、というつもりだった。だがひかるはいなかった。

ひかるの母は小さなてんぷら屋を開いている。母親は、ひかるは四日に名古屋の叔母

の所へ遊びに行ったまんま、まだ帰りませんに。いつもこうやで出て行ったら鉄砲玉や

に、といって心配している様子はなかった。康二は叔母の電話番号を聞いて電話をして

みた。だが叔母の家にひかるはいなかった。

「帰ってないのですか？　まあ……」

叔母は驚いていった。母親はそのうちに帰って来る、いつもこうなんだから、といっ

たが、叔母の口からひかるが家にいるのがいやだといっていたということを聞いて、康

二は心配になった。いろいろと事情があって、と叔母は口籠《くちごも》った。

以前からひかるは元気はいいが、どこか投げやりな、思い切りのいいところがある。

相談相手になるような仲のいい友達もいないらしいことが気がかりになってきた。

康二は名古屋にひかるを捜しに出て来た。叔母の家は裏町のスナックだった。人の好《よ》

さそうな叔父と一緒に、康二は叔母がいう心当りを歩いた。

「あの子は柄が大きいし人怯《ひとお》じせんタチだで」

叔父はひかるがよく行くというカラオケ教室へ向いながらいった。

「この間も名古屋駅で、いい年したオヤジが若い女見ると寄って行ってね、『援助交際、

援助交際』ってすれ違いながらいっとった。それ見て、どんな女がひっかかるのか、面

白いから立ち止って見とったいうんですわ。けど、誰も相手にするもんがないで、オヤ

ジはどっかへ行ってしまったって。叔父さん、男ってオヤジになるとバカ丸出しになる

ね、っていうんだわ……」

ひかるは自分の母親もバカにしている。父親は四年前に死んで今の父親が入って来た。前からてんぷらを食べに来ていた電気屋で、母親より七つ年下だ。おとなしい男で、彼なりに一所懸命ひかるを可愛《かわい》がるのだが、ひかるはそれもバカにしている。

「しかし有難いなあ。この寒空にこうして二日もかけて捜し歩いてくれるでなあ……」

とひかるの叔父はしみじみといった。康二は「いやあ」といっただけで黙って歩いた。ひかるに万一のことがあったら、康二のクラスで三人目の問題児が出たことになる。「先生やめないで下さい。がんばって下さい」と手紙に書きながら、康二が窮地に陥るかもしれないようなことをどうしてしてくれるんだ、と腹が立った。明日は始業式じゃないか……。

「間違いが起こらないうちに防がなくちゃね」

と康二は呟《つぶや》いた。何かあった時、自分が非難の的になることよりも、自分の力不足を後々まで悔いる気持に押し潰《つぶ》されるのはいやだ。底冷えのする街をどこまでも歩きながら、康二は死んだ松井と岩田に贖罪《しょくざい》をしているような気持だった。

ひかるはしっかり者だから心配はいらないと思う、と次第に疲れて来たひかるの叔父はいった。いい加減に切り上げて帰りたい気持が顔に出ていた。叔父と別れて「こだま」に乗ったのは、岐阜羽島にひかるがよく行く知り合いの家があって、そこの子供たちと仲がいいということを聞いたからだった。康二は「こだま」の座席に沈んだまま、「高二のおにいちゃん」と手紙にあったのを思い出していた。その家は酒屋で小学生から高校生まで四人の子供がいる。ひかるは一人ッ子だから「高二のおにいちゃん」はもしかしたらそこの息子かもしれない。それが最後の望みだった。

康二は岐阜羽島で「こだま」を降りた。ひかるの叔父が書いてくれた地図を頼りに駅の近くの酒屋を捜した。歩いても歩いても「平野《ひらの》」という酒屋はない。ひかるの叔父が書いた地図はメチャクチャだった。雪雲の垂れ籠めた空に押し潰されたような、古い商店の一角にさしかかった。人に訊くにも寒さのせいか道を歩いている人影はない。やけくそになってやみくもに歩いていると、後ろから追い抜いていった自転車が急に止って、片脚を地面につけた女がふり返った。顔を見るとひかるだった。

「柏原！」

びっくりして思わず叱りつける口調になった。

「何をやってるんだ、お前……」

「やっぱし先生やった」

ひかるはそのままの形でいった。

「大庭先生によう似とる人やなあと思いながら走っとったんよ。歩き方が、右の肩がちょっと、こう上っとって」

「何やってるんだ、お前」

康二は同じことをいった。袖口《そでぐち》を折り返したただぶだぶの男物の防寒用の半コートから短いスカートと、そこから太い固そうな脚が気持よく伸びている。白いルーズソックスを履《は》いているだけだ。

「先生こそ、なにやっとるん、こんな所で」

「お前を捜して昨日から歩き廻ってるんだ」

「わたしを？　なんでよ？」

「なんでってことはないだろ、このバカヤロー」

　康二は本気で怒った。

「二日も三日も連絡せずに帰って来なければ誰だって心配するだろ！」

　ひかるは康二を見返している。

「名古屋の叔父さんも心配して一緒にあちこち行ってくれたんだ。ここの平野って酒屋かもしらんというので来たんだ……」

　ひかるは目を伏せ、小声で「すみません」といった。

「誰も、心配なんかしてないと思うとったもんで……」

「心配しないわけないだろ、このバカ」

「でもなぜかなあ。べつに珍しいことでもないのに……」

　ひかるは不思議そうにいった。

「ところでお前、何してるんだ。自転車に乗って」

「配達です」

「配達？」

「急ぎの注文で」

「何だ、酒屋のか」

「平野のとうさんが熱出して、配達出来んもんで」

「とにかく一緒に帰ろう。明日から学校だ」

「けどかあさんは赤ちゃん産みに病院へ行ってるし、おにいちゃんも咳《せき》してるし」

「おにいちゃん？　高二のおにいちゃんか？」

「そう。なんで知ってるの、先生」

「お前が書いてたじゃないか、手紙に」

そういって康二は気がついた。

「ありがとう、手紙。嬉しかったよ。大いに力づけられたよ、柏原」

「そう？　ほんと？」

ひかるの目が明るんだ。

「先生は辞めるって、みんながいってたもんやから」

「辞めないよ。がんばるよ。そのことをいおうと思って電話したら、名古屋の叔父さんのところに行ったたっていうから、そっちへ電話かけたんだ。そしたら一泊しただけで翌日帰ったたっていうだろ。それから捜し廻ったんだ」

「そういうわけ？」

ひかるはアハハハと笑った。

「笑いごとじゃないよ。ともかく平野さんのお宅へ行こう」

「はい」

ひかるは自転車を押して歩き出した。

「先生、おにいちゃんに会うの？　おにいちゃんね、茶パツやに。怒らんといてよ、先生」

「茶パツか……校則に逆ってるのか」

「何だか知らんけど目立ちたがりやなんやに。色が黒いから茶パツは似合わんのやけど、おしゃれのためやないんやて」

「じゃ何のためだ」

「レジスタンスやて」

「レジスタンス？　何に対してのの？」

「知らんに……先生、レジスタンスって何？」

「おにいちゃんに訊いてごらんよ」

「けどはじめにわかってるような顔してしもうたもんで今更、訊けんのよ……」

今日はじめて康二は声を上げて笑った。

平野酒店は電気屋とラーメン屋に挟まれた、間口が二間ばかりの奥行きの浅い店である。上り框《かまち》と店はガラス障子で仕切られていて、ひかると康二が入って行くと、中からマスクをかけた青年が顔を出した。これが「レジスタンスのおにいちゃん」だなと思った。茶パツだった。

「行って来たんやよ」

ひかるはいった。それから康二をふり返るようにして、

「学校の……担任の大庭先生。そこまで来とらしたん」

と紹介した。茶パツは無言のまま、顎をしゃくるような挨拶をし、

「すぐわかったんか、酒田《さかた》さんの家」

とひかるを見た。風邪で声がひどく嗄《か》れていた。

「わかったけど遅いなあていわれた」

とひかるはいった。康二はその後ろから前に出て、名刺を出して挨拶した。

「ひかるくんが家へ連絡してないもので、ご両親がひどく心配されて、それでこうして捜していたんですが」

「心配なんかしとらへんよ」

康二の言葉にチャチャを入れるようにひかるはいう。それにこだわらずに康二はつづけた。

「始業式が明日ですから、今日……これから一緒に帰ろうよ、ね？」

言葉の途中からひかるに顔を向けた。

「けど……ここの家、みな風邪ひいてて、わたしがおらんとどうにもなりゃへんで」

茶パツは何にもいわない。大きなマスクの上から、ドングリみたいな丸い目が康二か

らひかるへ動き、また康二に戻った。

「帰れというとるのに帰らへんのやわ」

嗄れた声がいった。

「隣の電気屋のおばちゃんは親切な人やで心配いらんというとるに……」

と怒ったようにひかるを見た。自分がひかるを引き止めていると思われたくない、という気持が強い口調に現れている。

「それじゃ、ひとまず今日のところは帰ろうじゃないか、な？　ひかる」

と康二はいった。

「お父さんとお母さんにはぼくがよく説明するよ。な？　帰ろう」

ひかるは茶パツを見た。マスクの上の丸い目はただじっとひかるを見ているだけだ。

取りつくしまがなくひかるは、「そんなら帰るに」といった。

「サヨナラ」とひかるがいうと、青年は黙ったまま頷《うなず》いた。二人は店を出た。名鉄の駅へへ向いながら、ひかるはいった。

「ほんとはわたし、家出て、帰らんつもりしてたんやわ」

新岐阜へ向う電車の中でひかるはいった。

「先生、おにいちゃんのこと、どう思うた？」

「どうって？」

「ブスッとして感じ悪い奴やと思ったでしょう？」

「そんなこと思わないよ。高校生にはああいうタイプが多いよ」

「熱出てて、キモチ悪かったんです」

とひかるはおにいちゃんのために弁解をした。康二は、

「ひかる、おにいちゃんのこと、好きなのか？」

といった。ひかるはためらうことなく「好き」と答えた。

「けど、おにいちゃんは高校の一年上に好きな人いるんやよ。わたしも会ったことあるけど、ステキな人。カモシカみたいやとおにいちゃんはいっとるよ。お化粧したりすると圧倒される、って……」

「そうか」

康二はいった。

「ひかるはそれでもいいのか？」

「……わからん。けどしようがないでしょう」

「けどひかるは一所懸命に平野さん一家を助けようとしてた。その気持はおにいちゃんにも通じてるよ」

「どうだかわからん……おじさんは喜んでくれてたけど、おにいちゃんは……」

「おにいちゃんは気持が顔や言葉に出ないタチなんだよ」

「わたしは家出して、あの家で働こうと思ってたんだけど。もうじきおばさんが赤ちゃん産んで連れて帰ってくるから、そしたら手伝い人が必要だしね。わたし、働くの好き

やから。勉強は嫌いやけど」

「働くのが好きならお母さんの手伝いをすればいいじゃないか。てんぷら屋だから仕事はいくらでもあるだろう？」

ひかるは答えず、窓の外に目をやって、

「あ、降ってきた。とうとう……」といった。

「雪か？」

「雨……みぞれ」

康二は久しぶりで固く凍《い》てた心が解けていくような、いつまでもこうして電車の揺れに身を委《まか》せていたいような、しみじみとくつろいだ気持に浸っていた。

新岐阜に着くとひかるは立ち上って急に改まっていった。

「ここから一人で帰ります。お願いですから……先生、家へ来たらいかんよ」

しかし、といいかけるのに耳も貸さずに二、三歩走り、急に戻って来ていった。

「わたしのこと心配する人なんかおらんと思てたのに、いてくれて嬉しいでした……」

早口にそういうとあっという間に走り去って行った。

康二はみぞれの中をアパートに帰った。それから近くの銭湯へ行って疲れと冷えをほぐして部屋に戻った。日はとっぷり暮れていた。スーパーマーケットで弁当と味噌汁《みそしる》を買って帰る道々、ひかるが別れ際にいった言葉を思い出していた。

——わたしのこと心配する人なんかおらんと思てたのに、いてくれて嬉しいでした……。

その言葉が湯屋の薬湯と一緒に康二を芯《しん》から温めてくれている。

――教師の喜びはこんなところにあったことを、ぼくは初めて知りました……。

今夜は親父《おやじ》にそう書いて安心させてやろう――。

そう思いながら部屋に入り、弁当を食べるつもりで湯を沸《わか》していると電話が鳴った。

「先生？」

いきなりの声はさっき別れたひかるだった。

「柏原じゃないか。どうした？」

「うちに帰ったら、お母ちゃんがものすごう荒れとって、お父ちゃんを叩《たた》いてて……『ただいま』といったら……」

「どうした？」

「『うるさい！』て……」

康二は息を呑《の》んだ。

「誰も心配なんかしとらへんで。わたしがおらんでも」

「お父さんとお母さんは喧嘩してたのかい？」

「お母ちゃんが店から戻って来たら、二階のわたしの部屋で、お父さんが女の人とおったんです」

康二は言葉がない。

「お母ちゃんはわたしより、お父ちゃんのことが大事だで……わたし、やっぱり……おにいちゃんのとこで働かしてもらおうと思て……けど黙って行ったら先生が心配すると思て……これから行きます」

「柏原！　ちょっと待て、待てよ！」

康二は大声で叫んだ。

「今どこにいるんだ？　これからそこへ行くよ。相談しよう……早まるなよ！」

ひかるは黙っている。

「おい、ひかる！　柏原！　どこにいるんだ！　そうだ、お前、飯食ったのか！」

蚊の鳴くような声が「まだ」といった。

「一緒に夕飯食べよう。な、そうしよう。すぐ行くから待ってろ。どこにいるんだ？」

「駅に。さっきの」

「新岐阜だね。さっき別れた所にいてくれ。どこへも行ってはダメだぞ、わかったね？」

「はい」

「すぐ行く……」

部屋の電気を消さずに康二は飛び出した。みぞれが雪になりかけていた。人通りのまばらな道を、タクシーを捜して手を上げながら康二は走った。

雪の宵《よい》の駅の雑踏の中に、ひかるはぽつんと立っていた。心細そうなというよりは、思い詰めた固い顔だった。急いで近づいて行きながら康二は、「柏原――」と声をかけた。ひかるは寒さでそそけ立った顔を康二に向けた。微《かす》かに目が笑った。

「おいで」

康二はひかるの腕を摑《つか》み、逃がさんぞというように引っぱって歩き出した。

「何を食べたい？」

と訊いた。ひかるは少し間を置いてから、

「ラーメンか……うどん」

「そんなものでいいのかい。も少し上等のものを食おうよ」

「そんなら、鰻《うなぎ》」

素直にひかるはいった。

「鰻か、よし」

康二はひかるを引っぱって、鰻屋を捜した。

「先生、あすこに鰻って書いてある」

「うん、あすこへ行こう」

「けど、高そうな店やよ」

「心配するな、金はある」

康二は笑った。ひかるも少し笑った。椅子席に向き合うと康二はかば焼の「松」を注文した。

「松でなくて梅でいいに。うちはいつも梅やわ」

「たまには松を食ってみろよ。子供は遠慮なんかしなくていいんだ」

いいながら康二は優しい気持がこみ上げて来て、しみじみとひかるを見た。こんなに好い子だったのか、知らなかった。何も知らず悪いことをしていた。

「ひかるのお母さんに会ってみようかと思うんだけどね。どうだろう?」

「会って……どうするんですか?」

「ひかるの気持を伝えるのさ。ひかるが家を出て平野さんの所へ行きたくなったその気持を、お母さんにわかってもらいたいんだよ」

ひかるは黙ってテーブルの上を見て、

「お母ちゃんは怒るだけやわ」

一言いった。

「怒る? なんでだい、なんで怒る?」

「なんでか……わからんけど、でも怒る。気に入らんこと聞くと怒るんやわ。怒ったらもう、誰も何もいえんの。なんぼ先生かて……」

「だが、ひかるが家にいたくないのはお母さんのためだろう? だからよく話をして」

といいかけるのを、ひかるは遮った。

「あの人はいやらしい……。怒るだけならまだええ。けどいやらしいのが、たまらんの。

あんないやらしい人、わたし先生に見られたないもん。この前お母ちゃんは酔ってお父ちゃんにいっとったわ。『子供よりもあんたの方が大切なんや』て」

ひかるはものもいわず、さもおいしそうに一心に鰻を食べている。康二はひかるを眺める。ああ、人はこの子のいったいどこに悩みがあると思うだろうか。ただ野放図にすくすくと伸びたように見える逞《たくま》しい四肢。大きな口が呑みこんでいく鰻飯。なんともいえないいじらしい辛い思いに康二の胸はいっぱいになる。

「うまいか？」

と訊いた。そして一切残した鰻をひかるの飯の上に載せてやった。ひかるはびっくりして康二を見上げ、「いいの？」という。

「いいよ。好きなんだろ？」

「先生は？　嫌い？」

「嫌いじゃないけど、いいんだ」

「ありがとう」

ひかるは素直にいった。

「こんなおいしい鰻、生れて初めてやわ。松やもんね」

そういってにっこりした。外から入って来た客のオーバーの肩が濡《ぬ》れている。雪は雨になったらしい。

「それ食ったら送って行くよ。ぼくはひかるの担任教師だから、教師としての義務があるからね……」

康二は冗談めかしてつけ加えた。

「何かあったら、またぼくの責任になるからね」

そうして笑ってみせたがひかるはむっつりして鰻を見詰めている。暫く考えていてから、

「先生の所に泊めて下さい」

といった。

「ぼくの所？　そりゃダメだ」

「なんでダメ？　泊り賃、払っても？」

「バカ、そんな問題じゃないよ」

「どんな問題？」

康二は説明に困った。中学一年。実に中途半端な年頃だ。

「人の口ってうるさいからね。あることないこといわれる……」

いいながらふと思いついた。

「そうだ、寒川先生はどうだ？　寒川先生の家は一戸建てのようだし、あすこがいい。電話で頼んでみよう」

手帳を出しかけるのを、ひかるは冷たく見ていった。

「なぜ寒川先生ならよくて、大庭先生ならいけないんですか？」

仕方なく康二はいった。

「ぼくの所は一間しかないし、布団も一組だけだからね」

「わたし、布団なんかいりません」

「そうはいかないよ。それにぼくは男だからね」

「男でも先生でしょう」

康二が詰るのを見てひかるはかぶせてきた。

「先生はどんな時でも生徒を助けるって、いったくせに」

氷雨《ひさめ》の中、ひとまずひかるをアパートへ行かせた後、康二は一人でひかるの母に会いに行った。てんぷらの店は軒灯を消して休業していた。店の脇《わき》に急な階段が二階の住居へ通じているのを、家庭訪問をした康二は知っている。階段を上った所に茶色のペンキを塗った戸がある。チャイムがないので康二は戸を叩いた。

「誰？」

と投げやりな女の声がいった。

「大庭です。ひかるさんの担任の」

返事はなく、仕方なさそうに戸が開いた。ひかるの母は花模様のズボンに赤いセーターを着て、ぶ厚い綿入れ半纏《はんてん》を羽織っていた。肉づきのいい胸や肩から異様な迫力が押し寄せてきた。

「こんな時間に申しわけないんですが、ひかるさんのことでどうしてもご相談したくて伺いました」

「ひかるは勝手者《かってもん》でね。親を親とも思わず好き勝手しとって、もうとても親の手には負えんのですよ。正月の四日から、行き先もいわんとおらんようになって、やっとこ帰ってきたと思ったらまた出て行ってしもてからに」

「ひかるさんは今、ぼくがお預りしていますので、ご心配はいりません。しかし」

といいかける鼻先で、厚ぼったい荒れた手が右左に動いた。

「すみませんけど、今日はわたし、頭が痛くて、今も寝てましたんやに。頭は痛いし熱はあるし……こうしてても目ェ廻って……」

「しかし、ひかるさんをぼくの家に泊めるわけにはまいりませんのでね」

「泊めてやって下さい」

大声でいい切った。

「お願いしますで。わたしは病人やで、すんませんけど」

康二は困惑していった。

「お父さんは？……おいででしたらお目にかかりたいのですが」

嘲《あざけ》るような色が瞼《まぶた》のかぶさった垂れ目に現れた。

「お帰りはいつでしょうか」

「わたしにはわかりませんに」

母親は急に意気込んでしゃべり出した。

「お父さんというてもほんまのお父さんやないに、ひかるのことなんかどうでもええんですわ。いうなら、まあここの居候みたいなもんですよって。わたしは朝から店の掃除したり花活《い》けたり、材料の仕入れ、仕込みもして、お客さん来なさったら愛想いうて注文聞いて、ほんまは揚げるのんはオレがする、いうてたんが、いつまで経っても下手クソやに、それもわたしがせんならん……」

康二は手を上げて「わかりました」といった。それ以外に何をいっても無駄だった。

雨の中に見つけた電話ボックスに飛び込んで、康二は同僚の寒川友子に電話をかけた。電話に出て来たのは友子の姉で、友子はスキー仲間の新年宴会に出かけている、といった。友子の姉には学校の催物を見に来た時に紹介されている。

「突然ですが、お宅には布団の余分がありますか？」

と康二は訊いた。唐突だとは思ったが、気が急《せ》いていた。

「えっ、布団？　あの寝る布団ですか？」

「そうです。生徒が転がり込んで来てましてね、ぼくの所には布団が上下二枚しかないもので」

「布団をお貸しするんですか？」

「泊めてやってほしいんです」

「さあ……」

友子の姉は困惑したような声を出した。

「うちは三人も子供がおりますし、それに姑《しゅうとめ》もいるものので、泊めるとしたら友子の部屋しかないんですけど、何しろ友子がいないもので」

「お願いします。女の子なんです。事情があって」

といいかけたが、友子の姉のさも迷惑そうな口ぶりに、

「いや、ご迷惑なお願いをして申しわけありませんでした。何とかします」

といって電話を切った。こうなったらひかるが何といおうと無理やりにタクシーに押し込んで、母親の所へ送り込むしかない。そう考えを決めてタクシーを拾ってアパートへ帰って来た。

部屋に入るとひかるは時代遅れの電気ストーブの前にルーズソックスがずり下った太い脚を縮めて眠っていた。

「おい、柏原」

といっても動かない。時計を見るといつの間にかもう十一時を廻っていた。

「おい、起きろ、起きてくれよ」

とゆすぶっても死んだように眠り続けている。仕方なく待たせていたタクシーを帰した。こうなったらここに泊めるしかない。とりあえず毛布を掛けてやり、湯を沸《わか》してコーヒーを淹《い》れた。眠っているひかるを見ながら壁に凭《もた》れてコーヒーを飲んだ。冷え切った身体が温まるにつれて、眠気と疲労が広がって行く。布団を敷いてひかるを寝かせ、

自分はこのまま壁に凭れて朝を待とう——そう思いながらなかなか立ち上れない。目の前で気持よさそうに寝息を立てているひかるを見ていると、憐《あわ》れさともいとしさともいい切れぬ悲しさが湧いてくる。こののびやかな身体の中にこんな我慢が詰っていたのか。サッカー部で快活にボールを蹴《け》っていたひかるを康二はただの勉強嫌いの明るい子と思っていた。

人は笑っているからといって必ずしも愉快なわけではない。それはおとなのことだと思っていたが、今は子供もそうなのだ。今漸く康二はそのことに気がついた。ひかるにどんな未来が待っているのか。幸せであってくれればいいと心から願った。

吉見の春

桜田町子の机は片づけられた。

井上和子ももういない。

「桜田さんは冬休みの間にアメリカへ行ってしまいました。アメリカの学校へ行くのだそうです。みんなにお別れもしないで……」

と青柳先生はいった。メガネはキラキラ光っていた。青柳先生は怒っているのだ。

「日本の学校にアイソをつかしたんだって」

とみんないっている。それが耳に入ったのだろう。

「井上さんは今度、お家の事情で埼玉県の上福岡《かみふくおか》という所へ行くことになりました。井上さんとは短い間でした。十分馴《な》れないうちに行ってしまうなんて残念ですが、逢《あ》うは別れのはじめといいますから、これも仕方のないことでしょう」

青柳先生はヘンにセンチにいった。(「わざとらしかったな、ちょっと」と後で加納くんはいっていた) 井上は先生に呼ばれて教壇の前へ出て行き、お辞儀をした。その後、じーっと立っているので、

「一言、なにか……」

と先生はいった。井上は頭を下げて、

「さよなら」

といった。

「それだけ？」

と先生はいって笑った。みんなも笑った。

「さよならァ」

と加納くんが大声でいったので、みんなも口々に「さよならァ」といった。吉見も大きな声でいった。

井上は自分の席に戻り、体操着やら給食着の詰った紙袋を持って教室を出て行った。戸の所でふり返るかと思ったが、そのまま出て行った。翌日、井上の机も片づけられていた。

加納くんは名門私立中学に合格した。

「あんなのチョロイよ」

と加納くんはいっていた。気がつくと加納くんは坊チャン刈をやめて、真中分けにしている。前に垂れると、手で払い上げるのがカッコいい。加納くんは新しいジーンズを穿《は》いて来て、リーバイスだぞ、といった。リーバイスって何だかわからないので、吉見はうちへ帰ってチカちゃんにリーバイスって何？　と訊《き》いた。

「なんでそんなこと訊くの？」

といわれたので加納くんが穿いているんだといったら、チカちゃんはリーバイスの説明をせずに、「やな奴《やつ》！」と吐き捨てるようにいった。

名門中学に合格して、加納くんは今までと違う加納くんになった。授業中でも何かおかしいことがあると、一番先に大声で笑う。前はみんなが笑っても滅多に笑ったりしなかったのに。加納くんは立花《たちばな》やら、ほかに私立に入った連中と遊園地へ行ったらしい。

「面白かったなあ、ジェットコースター」

「うん、メチャ怖かったけど」

「また行こう、な？」

なんて話していた。

加納くんははしゃぎやになった。加納くんだけでなく、私立へ入ろうとして頑張っていた連中はみな、はしゃいでいる。授業中でもたいしたことでもないのに、ワーイワーイと声を上げたり、笑う時なんかも机を叩《たた》いたりガタガタいわせたりしている。

「まるで重い蓋《ふた》が取れた熊《くま》ン蜂《ばち》みたいね」

青柳先生は笑って叱《しか》らない。私立志望の十二人のうち、八人が受かったので先生も嬉《うれ》しいらしい。

学校の帰り、久しぶりで吉見は加納くんと一緒になった。

「桜田さんはアメリカのどこにいるの？　知ってるんだろ？」

吉見はそれとなくいってみた。加納くんは、

「知りたいのか？」

といい、少し黙っていてから、

「知ってるけどいえない」

といった。

「どしていえないの？」

「いわないでくれっていわれてるんだ」

「誰に？」

わかっているが訊いた。

「町子にさ」

加納くんはめんどくさそうにいった。

「ヒミツよ、きっとよ、って手紙に書いてた」

「手紙来たの？」

「ああ」

「どしてヒミツにしなくちゃいけないんだろう」

「知らないよ」

加納くんはサラサラしてる真中分けの髪の毛が風で垂れるのを手で払い上げた。

「必要もないのにヒミツ、なんていうのが好きなんだよ、桜田は……」

――つまり、ヒミツを打ち明けるのは、加納くん、あなただけよ、というわけか……。

吉見は思う。だが口には出さない。

「クラスの連中に虐《いじ》められたから、嫌ってるんだろ、みんなを……」

——ぼくは虐めなかったのに、と思った。なのにぼくも虐めたみんなとコミになってるのか。

町子がいなくなってもうひと月以上経《た》った。なのにいまだに吉見は町子のことを想《おも》っている。町子のことを思い出すと胸がキューンとなる。井上和子から手紙が来て、

「大庭くんがやさしくしてくれたこと、とってもうれしかったのです。そのお礼をいいたかったのに、何もいわないでこっちへ来てしまいました。ごめんね。ありがとう。大庭くんのことはわすれません」

と書いてあった。これが町子からの手紙だったらなァ、と吉見は思わずにはいられない。よりにもよって井上とはなァ……と思い、井上には悪いけど、とつけ加えた。

この頃、緑川と永瀬は水野を虐めているらしい。まだ誰も気がついていないようだけれども、散々イジメに遭ってきた吉見には水野を見る二人の目、二人を見る水野の目でわかるのだ。

小突かれたり、使い走りをさせられながら水野は緑川と永瀬にくっついている。人さし指でおでこをグイッと突かれてのけ反《ぞ》り、二人が笑うのを見て自分も笑っている。はにかんでいるような、泣き笑いのような顔で二人の顔色を見ている。原悦子が黒板に答を書きに出た時、水野はいきなり通路に足をつき出した。ドターンと音がして、悦子は

転んだ。みんなワーッと笑った。加納くんは真先に笑った。悦子は立ち上ると、キッとして先生に向い、

「先生、水野くんが足を出して転ばせました」

といった。イジメの問題が起きてから、「どんなことでも、少しでも虐められたと思う人は遠慮しないで先生にいうこと」というキマリが出来たのだ。

「水野くん、本当？」

青柳先生はメガネを押し上げた。水野は首を縮めてじっとしている。

「水野くん！　立って答えなさい……」

仕方なさそうに水野はモソモソと立った。

「転ばせようと思って出したんじゃないけど」

「じゃ、何のために足なんか出したの？」

「窮屈で……机と椅子《いす》が」

先生は眉《まゆ》を寄せて水野に近づいて行き、机と椅子を見た。

「脚が長すぎるのね。それに太り過ぎ」

と先生はいった。加納くんの大きな笑い声にみんながついて笑った。「すみません」と水野はいったのでみんなまた笑った。先生は困ったように水野を眺め、

「机と椅子は学校にいって何とかしてもらいます。とにかく辛抱してちょうだい」

といい、悦子には、

「悪気があってしたんじゃないから許してあげて」

といった。でも、窮屈だったとしても、なにも悦子が歩いて来たところへつき出さなくてもいいじゃないか……。吉見はそういいたかった。

先生はなぜそれに気がつかないのだろう？　気がついてるのだがそれを問題にするのが面倒なのかもしれない。「わざとした」という証拠はない。証拠がないのに叱ると厄介なことが起きるのかも。それで先生はビビってるのか？

ふり返ると緑川と永瀬がニヤニヤ笑っていた。先生が黒板に向うと水野はそーっと緑川と永瀬をふり返った。緑川は親指を立てて「ヤッタゼマーク」をしてみせた。水野は先生に叱られるよりも、あの二人を喜ばせることの方が大事なのだ。


日曜日になると吉見は、多摩川《たまがわ》の土堤の下にある扇谷《おうぎや》道場へ剣道を習いに行く。先生は扇谷平九郎《へいくろう》という範士八段で、おじいちゃんの先生だ。初めて会った時、吉見はうちのおじいちゃんも痩《や》せているが、おじいちゃんを鶴《つる》だとすると、平九郎先生は針金工作のカマキリだ、と思った。目ばかりヤケに大きくて頰《ほお》はそぎ落したように肉がなく、何年か後に死んでガイコツになった時の形が今からわかる。

チカちゃんがどんな先生？　と訊くから思った通りにいったら「うまいねェ、目に見えるようねェ」と感心したが、パパにひどく叱られた。

「お前まで一緒になってなんだ！」

とパパはチカちゃんのことも叱った。

パパはこの頃、機嫌がよくない。疲れてるのよ、可哀《かわい》そう、とチカちゃんはいっている。でも会社で疲れてきたからといって、家族に不機嫌を見せるのはどういうものかしらねェ、ともいっている。

パパの会社では新しく作った車がよく売れているというのに、パパの営業所だけパッとしないのだそうだ。パパは部下にハッパをかけるのが下手なのだ、とチカちゃんはいった。やさしいのよ。ムリがいえないのよ、何でも自分で背負い込んでフウフウいってる。上に立つ人間は自分のことは棚に上げて、平気で下の者にムリをいうくらいでなくてはダメなのだそうだ。おばあちゃんは、

「とにかく謙一は大事な時につまずいたからねえ」

とよくいっている。パパの「つまずき」とはチカちゃんを好きになって、ママと離婚したことだ。

「あの会社にいる限り、一生ついて廻《まわ》るわ。この汚点は」

おばあちゃんは力を籠《こ》めていい切る。チカちゃんは聞えないような顔をして用事をしながら口笛を吹く。その時に吹く口笛はなぜか「クワイ河マーチ」だ。

日曜日の朝、吉見が起きて階段を降りていくと、チカちゃんのかん高い声が、

「わかった。パパは後悔してるんだ……」

といっていた。

「何をいってるんだ。朝っぱらから」

「ごま化さないでよ！　日曜の朝くらいしか話をする時がないじゃないの。毎日毎日、疲れた、ああ疲れたで布団をかぶってしまうんだから」

チカちゃんは階段の途中でマゴマゴしている吉見に気がついて、

「あ、吉《よ》ッちゃん、おはよ！」

突然、明るい声になった。

「今日も道場へ行くのね？」

「うん」

「えらいわね、よくつづくわね。今、ご飯にするからね。パン？　ご飯？」

「ご飯」といいながら吉見はパパを盗み見た。

「パパ、おはよう」

と吉見がいうとパパは口の中で、

「ああ、おはよう」

といった。新聞を開いたままで吉見の方は見なかった。夫婦喧嘩《げんか》をしてるのかもしれないが、子供にまでムクレることはないじゃないか。チカちゃんの方はパパと喧嘩していても、吉見には明るく応えてくれる。チカちゃんの方がいい人だ。

その気持をチカちゃんに伝えたくて、吉見は、

「この煮豆、おいしいね」

といった。日曜日の朝から家の中がトガってるのはいやだ。チカちゃんはパーッと嬉しそうな顔になって、

「気に入った？　ほんとに？　チカちゃんが煮たのよ」

「ほんと。うまいよ」

「これならおばあちゃんも認めるかな？」

「と思うよ」

　でもおばあちゃんはイジワルだからどうかわからない、と思いながら吉見は煮豆を食べた。

「何時からだ、道場は」

　パパがとってつけたように訊いた。

「十時からだけど、三十分前に行って道場の雑巾《ぞうきん》がけをするんだ。広いよォ、ここの五倍はあるよ。雑巾がけだってね、いい加減じゃいけないの。顎《あご》を引いて肩下げて、でも俯《うつむ》いてはいけない。前を睨《にら》んで手に力を籠《こ》めてゆっくり進むんだ」

「むつかしいんだ。さすがおじいちゃんの先生だな」

「道場へ入る時だって普通に入っちゃいけないんだ。誰もいなくても頭を下げて入る。道場には神さまが祀《まつ》ってあるの。たけみかづちの神さまだ。武道の神さまだよ。剣道を通して神と一体化するのが剣道をやる意味だ」

「神と一体化なんて、すごいね？」

「そうだよ。剣道は勝ち負けを競うものじゃないんだよ。人間は神とけものが同居している。剣道とはけものを殺して神になろうとする道だって先生はいってる」

「えらいねえ。吉ッちゃん。真面目《まじめ》なんだねェ」

「先生はいってたよ。大庭くんのおじいさんは実に不器用でドンくさい男だった。だが一番見どころがあった。剣道はドンくさいのがいいんだって。運動神経のある奴は却《かえ》ってダメだっていうの。なぜって運動神経に頼るからなの」

「じゃ、吉見には向いてるね」

パパはそれだけいって立ち上った。

「出かけるの?」

「いや、もう一度寝る。クタクタだ」

吉見が二階へ支度をしに行き、竹刀《しない》に道着を括《くく》りつけて降りて来るとチカちゃんの声が、

「それって、あたしのせいだというの!」

喧嘩腰でいっていた。

扇谷道場へ向いながら、吉見はこの頃、パパとチカちゃんがよく喧嘩をすることを考えていた。この前も夜中に何かを壁に投げつける音がして、パパが「やめろよ!」と叫んでいる声が聞えていた。パパとチカちゃんは吉見の隣の部屋で寝ているのだ。

居間の灰皿が割れていたこともある。あ、割れてる！　というとチカちゃんは、あたしがやったのよ、と平気でいっていた。おばあちゃんは「なるようになったってことよ」といっている。

「はじめっからムリなことわかってたのよね」

と電話で（多分、相手は新川のおばさんだと思うが）いっていた。

「美保さんとの時は喧嘩なんか、そりゃしなかったわけじゃないだろうけど、わたしには見せなかったわ」

パパとママが喧嘩してる時ってあったかなあ？　と吉見は考え、なかった、仲よかったんだ、と思った。でも仲がよくてもパパとママは別れてしまったんだ。仲がいいのにパパはチカちゃんを好きになったのか？　ヘンな話だ。チカちゃんは悪者なのか？

「とにかく美保さんって聡明《そうめい》な人よ。聡明過ぎるのが欠点、といえるかもしれないくらい」

そういっておばあちゃんはフフフと笑った。おばあちゃんのフフフ笑いは吉見は嫌いだ。

「謙一も今になって、後悔してるでしょうよ」

そういってまたフフフと笑った。

吉見はパパとチカちゃんに仲よくしてほしい。きっとパパがいけないんだ、と吉見は思う。

パパには欠点があって、だからママも出て行ったし、チカちゃんは灰皿を割るんだ。

扇谷道場は多摩川堤を降りた所にある。板塀と丸太の門柱があんまり古びているので、遠くからでもすぐに目につく。今は門を入った所の白梅が満開だ。その梅は平九郎先生が戦争から帰って来た時に植えたものだそうだ。

その日、吉見は初めて先生にかかり稽古《げいこ》をしてもらった。今までは打ち込み台に向って一人で打ち込みの稽古をするだけだったのだ。先生は吉見をじっと見て、

「どうした、元気がないぞ」

といった。吉見はびっくりして思わず、

「どしてわかるんですか？」

といってしまった。

「目を見ればわかる」

と先生はいった。それから道場の真中に立って、

「面打て！」

といい、打ち込む吉見の竹刀を平気で面に受けた。

「小手こい」

エイッと小手を打つ。先生は棒のように立っているだけでビクともしない。打っても打ってもただ打たれているだけだ。ハリガネのカマキリが巨岩になっていた。

いくら打ちかかって行っても、ビクともせずに立っている先生を吉見は心から尊敬し

た。「人間の幸福のひとつに、心から尊敬する人物を持つということがある」とおじいちゃんがいったことを思い出した。以前、青柳先生が「みんなはどんな人を尊敬していますか」といった時、吉見は答えられなかった。加納くんはマハトマ・ガンジーと答えていたが、吉見はガンジーってインドのえらい人ということのほかは何も知らなかった。永瀬は「福沢諭吉《ふくざわゆきち》」といい、なぜ尊敬するのかというと「一万円札に出てるから」といったのでみんな笑った。「夏目漱石《なつめそうせき》は千円だもんな」と加納くんがいった。吉見はみんなと一緒に笑ったが、ほんとうは福沢諭吉がどんなふうにえらいのかも知らなかった。

今ならはっきり「扇谷平九郎先生です」といえるのに、と思う。扇谷先生は剣道範士八段で、ぼくの剣道の先生です……。

――剣道の先生のどういうところを尊敬するの？　と青柳先生はいう。ぼくは答える。

「打っても打ってもビクともしないで立っているからです」

そんな答でわかってくれるだろうか？　わからないかもしれない。みんなは笑うかもしれない。だけど吉見は平九郎先生を尊敬する。心からそう思う。その姿を見ると自分も今にあんなになろうと思う。それが尊敬ということじゃないのか？　ガンジーを尊敬するといっても、加納くんはガンジーになろうと思うのか？　ただ遠くから見てエライ人だと思っているだけでは、本当の尊敬じゃないんじゃないのか？

「学問を頭に入れるよりも身体《からだ》に入れるウツワを作れ」

と先生はいった。

「ここに一本の樹木がある。枝がつき葉がつき花が咲く。実がなると人は喜ぶ。しかし剣道は実をつけることを目的にするのではない。根だ。剣道は根を育てる。人間形成に役立てることによって剣道は立派になっていくのだ」

先生の言葉は吉見にはよくわからない。わからなくても、聞いていると先生の気魄《きはく》が伝わってくる。何か自分が清々《すがすが》しいことをしているような気がしてくる。吉見は気が弱いとパパやおばあちゃんによくいわれてきたが、今に根を育てるぞ、という決心が湧《わ》いてくる。

「大庭はドンだが真剣なのがよろしい」

と先生がいってくれたのが吉見は嬉しい。「大庭のおじいさんもドンだが真剣な男だった」といってからふと、先生は、

「しかしおじいさんはなぜ岩手県にいるんだ」

と訊いたので吉見は返事に困った。

「よくわかりません。子供のぼくには」

というと、「なるほど。正確な答だ」といって先生は笑った。

家に帰ったらチカちゃんもパパもいなかった。テーブルにサンドイッチがのっかっていたので、それを持っておばあちゃんの所へ行くと、康二叔父さんが来ていて、パパもいた。おばあちゃんと三人で炬燵《こたつ》に入っていた。吉見は「ただいま」といい、それから

叔父さんに「いらっしゃい」といった。それから「チカちゃんは?」というとパパは、「深川へ行ったよ」といった。それで吉見は「ワーイ、今夜は三色団子かさくら餅《もち》が食えるぞォ」といったが三人とも何もいわなかった。何かしら大切な話をしているらしかった。吉見は炬燵に入ってサンドイッチを食べた。おばあちゃんがココアをいれてくれた。

「何なの? それ、ジャム? そんなものを挟んでるの?」

おばあちゃんはさも呆《あき》れたというようにいったので、吉見は「だってぼくは好きなんだよ、ジャムが」といい、「玉子もハムもあるんだよ」とつけ加えた。おばあちゃんは何もいわず、叔父さんの方を向いて、話のつづきを始めた。

「それで康二、どういう人なの? その先生は?」

「だから大学の後輩で今は同僚だよ」

「それはわかってるわよ。どういう人柄かって訊いてるの」

「普通の女だよ、今ふうの」

「今ふう?……どういう意味よ?」

「ものごとを深く考える方じゃないけど、行動力はあるね。テキパキしてる」

「そこが気に入ったの?」

「うん……まあそうだ」

「まあそうだ、なんて、あんまり気持はのってないみたいじゃない」

「向うがのってきてるんだろ?」

とパパがいった。叔父さんは「彼女に助けられたんだ」といった。叔父さんが受け持っているクラスの女生徒が家出をして、叔父さんのアパートに泊った。翌朝、その子がアパートを出るところを管理人が見て、人にしゃべった。聞いた人はそれを別の人にしゃべり、その人はまた別の人にしゃべり、評判になって叔父さんは追い詰められた。その時、寒川友子という先生が叔父さんのために証言した。

「前の晩大庭さんに頼まれて私は柏原さんを迎えに行きました。けれどもよく眠っててどうしても起きないので、朝までそこに一緒にいました。こういうことを問題にする人がいた場合のことを考えたからでしたが、思った通りになりました」

寒川友子という先生は嘘《うそ》をいって叔父さんを助けたのだ。でもなぜ叔父さんの部屋に生徒が泊るのがそんなにいけないことなんだろう。それに教師が嘘をついたりしていいのか、と吉見は思った。

「その寒川さんて人がしてくれたことは義俠心《ぎきょうしん》なのかねえ……」

とおばあちゃんはいった。すぐにパパは、

「愛情だろ、きまってるよ」

といった。叔父さんは黙っている。

「恋愛関係だったんじゃないんでしょ?」

「オレは今まで女どころじゃなかったよ。だけどこのへんで身を固めるのもいいか、という気になったのさ。だとしたら彼女のほかに心当りがないから」

「心当りがないというのも寂しい話ねえ」

といっておばあちゃんは暫《しばら》く考えてからいった。

「でもそこまで康二のために尽してくれる人ならいいかもねえ」

「美人かい？」とパパ。

「うん？　まあまあだな。普通……」

「頭はいいんでしょ？」

「まあ、普通だな」

「何でも普通なのね。でも普通が一番よ」

おばあちゃんの声を聞きながら、吉見の瞼《まぶた》はだんだん下ってきた。

「おや、眠くなったのね。満腹したら眠くなるのよ」

おばあちゃんの優しい声がいって、横になった吉見の頭の下に二つ折にした座布団がさし込まれた。今までおばあちゃんが坐っていた座布団だ。あたたかい。

「じゃああたし、ちょっと買物に行ってくるわ。康二、夕飯を食べていらっしゃい。どうせ千加さんは間に合わないだろうから……」

そして毛布のようなものが身体にかかった。とても安らかないい気持だった。こんなふうに家族が話をしているそばで、うつらうつらしているのはサイコーに幸せだ。

「扇谷先生の所へ行ってるなんて、えらいな吉見は。あすこへ行くと初めはひどく疲れるんだよ」

叔父さんの声を聞きながら吉見は眠りに落ちた。教室で青柳先生がしゃべっている夢を見ていた。先生は低い声でボソボソボソボソ絶え間なくしゃべりつづける。何をいっているのか、さっぱりわからない。だがまわりを見ると、皆にはわかっているようだ。井上和子が隣にいる。そうだ、町子は？　と思って町子の机の方を見ると、見たこともない女の子が坐っていた。ボソボソボソボソ、青柳先生はしゃべりつづけてる。突然「美保」という声が聞えた。

「美保に会いに行ったというわけじゃないんだよ。似てる女がいるなあ、と思って近づいたら美保だったんだ」

パパがいっていた。

「飯でもどうだ、っていったら、そうね、ってついて来たんだ。それを日記に書いた……それを千加が見たんだ……」

――美保を誘ったのはただのなりゆき……それがな、康二、近来にない楽しい食事だったんだ……話が合う……いい女になってた……しっとりして……。

とぎれとぎれに耳に入っていた言葉がだんだんはっきりしてきて、

「ちょっとヤケたな」

とパパがいっていた。

「ヤケた？」

叔父さんの声だ。

「美保を変えた男にさ」

「男？」

「当然いるさ。あの変化は男のためだよ。飯食って別れた後、妙に侘《わ》びしくてね」

「侘びしくなることはないだろう。若い女房持って」

「オレはダメな男だとつくづく思ってね。美保をああいういい女に出来なかったんだからな」

「それを日記に書いたの？」

「つい書いてしまったんだ」

「いい女になってたって？」

「うん」

「侘びしくなった、ってかい？」

「うん……」

「なんでそんなことを書いたんだよ。学生じゃあるまいし」

「書いちゃ悪いか？」

「亭主の日記を読まない女房がいたとしたら、その亭主はバカにされてると思った方がいい、といった奴がいるよ」

吉見ははっきり目が醒《さ》めた。パパとチカちゃんが喧嘩してたわけがだいたいわかった。

でもそれくらいのことでおとな同士が喧嘩をするなんて、信じられないと思う。「康二、女房はやっぱり同年代がいいよ。年の差があるのはムリだ。まず話が合わない。生活感覚が違う。こっちが大事に思うことが、向うはなぜそれが大事なのかわからない、向うが大事に思うことがこっちはバカげてると思う……康二、オレはもう……疲れ果てたよ……」

「疲れてるのは会社のせいだろ？」

「大もとはそれだ。だが家へ帰っても癒《い》えない。もっと疲れる……美保との時はこんなじゃなかったよ」

「千加さんは一所懸命にやってるじゃないか。今日だって喧嘩して里へ行くのに、ちゃんと吉見のサンドイッチを作って行ってるじゃないか」

「吉見とは仲がいいんだ。子供みたいな奴だから、子供同士で丁度いいんだ。だがおとなは困る。夫婦なのにレベルを落して話をしなくちゃならんのだよ」

「しかし無邪気でいい人だよ」

「疲れて帰って来てるのに、無邪気にまといつかれてはたまらんのだ」

パパはいった。

「康二、結婚するとしても、恩義とかおとこぎとか責任とか、そんなもので決めるのはやめた方がいいよ。オレは千加に責任を取らねばならんと考えて、美保と別れて結婚した。オレのいうことを聞いて親父《おやじ》も賛成した……」

目は醒めているが、吉見は起き上っていいのか悪いのかわからない。パパの声は沈んでいる。

「だが結婚というものはそんなキレイごとで片づくものじゃなかった。あの時オレは責任を取らなくちゃということばっかりで、それ以外のことを考えられなかった。美保は強い女だ。能力がある。千加は弱い。一人で生きて行く力はない。しかも子供を産めない身体になっている。だから男として弱い者を守らなければ、というのがあの時のオレの考えだったんだ。ただの惚《ほ》れたはれたじゃないんだよ。千加が結婚してくれと迫ったわけじゃなかった……」

台所で「ただいま」というおばあちゃんの声がした。それで目が醒めた、というように吉見は「あー」といって身体を起した。

「よく寝たね。疲れたんだろ。扇谷先生にしぼられて」

叔父さんが笑顔を向けた。パパは早口に、

「オレの二の舞いは踏むなよ、康二」

といい、茶の間に入って来たおばあちゃんを見上げて「おかえんなさい」といった。おばあちゃんは立ったまま、

「いいカキがあったのよ。康二が好きだから高かったけど買ったの。さあ、今日は久しぶりに腕を振うわよ」

「何を作ってくれるの？」

「それはあとのお楽しみ……」

そういっておばあちゃんは台所へ引っ込んだ。おばあちゃんは生き生きして嬉しそうだ。おばあちゃんが一番元気な時は、誰かが来て食事の支度をする時だ。

「自分がおいしいものを食べたいから料理をするんじゃないのよ。ひとに食べさせて喜ばせたい、その気持がないとダメ。料理は愛よ」

というのがおばあちゃんの口癖だ。

「ああ、水入らずで、今日は幸せな夕食だわ」

と台所で一人でいっている。

吉見はチカちゃんのことが気がかりで、

「チカちゃんはいつ帰るの？」とパパに訊いた。

「さあね」

パパは面白くなさそうに、

「遅いだろう、向うで食ってくるだろ。飯は」

投げやりにいった。チカちゃんは遅く帰る方がいい。食事が終ってから帰ってくる方が。吉見は思う。おばあちゃんがいった「水入らず」という言葉が引っかかっている。水入らずとはチカちゃんヌキということか？

チカちゃんの何が悪いんだ――。

吉見はチカちゃんが可哀《かわい》そうだった。

ご飯が終ると叔父さんは時計を見た。おばあちゃんはすぐに気がついて、

「もう行くの？　まだ七時よ」

と不服そうにいった。

「八時前の新幹線に乗りたいからね」

叔父さんが立ち上った時、離れの方から「吉ッちゃん、吉ッちゃん」と呼ぶチカちゃんの声が聞えてきた。

「あ、チカちゃんだ……」

思わずいって、パパ、おばあちゃん、叔父さん、と順々に顔を見た。三人ともびっくりしたように黙っている。濡《ぬ》れ縁《えん》のガラス障子の向うに影が現れて、

「やっぱり、ここだったのね」

というのと一緒にガラス障子が開いた。両手に紙袋を提げている。炬燵の上を見て、

「あらァ、もうご飯すんだのォ……」

といった。それから叔父さんに気がつき、

「来てらしたの？　もうお帰り？　ザンネーン」

といった。

「早かったじゃないか」とパパがいった。

「寒かったでしょう、外は」

とおばあちゃんがいった。なんだかとってつけたようだった。チカちゃんは紙袋から紙包みを取り出して炬燵の上に置いた。

「うちで作ったお稲荷《いなり》さん。こっちがかんぴょう巻。この頃、お菓子のほかにこういうものも作ってるの。こっちは吉ッちゃんの好きなもの……。わかる？」

「わーい、三色団子？　さくら餅？」

「あたりィ……」

「わーい、わーい」

と吉見は飛び跳《は》ねた。

「飯は終ったよ」

とパパがいった。

「せっかくだったのにねえ」

とおばあちゃんがいった。おばあちゃんはいつもそうだけど、今日はパパもいい方が冷たい。

「チカちゃんはきっと三色団子とさくら餅を持ってくるって、ぼく、予言してたんだ……」

と吉見はいった。

「吉ッちゃんがそう思ってること、テレパシーでわかったのよ」

吉見はもう一度「わーい、わーい」といった。叔父さんはチカちゃんに、

「残念だけど八時の新幹線に乗りたいんで」

といって茶の間を出た。みんなぞろぞろと玄関へ行った。叔父さんは「じゃ」といって門を出ていった。その後姿に向って「慎重にな」とパパはいった。

茶の間に戻るとおばあちゃんは食器の片づけにかかった。チカちゃんは洗うのを手伝った。吉見は炬燵で三色団子を食べた。

「おいしい？」

とチカちゃんがいったので、「うん」と大声で答えた。

パパはチカちゃんを嫌いになったのか？　なぜなんだ……。

ベッドに入って吉見は考えた。

チカちゃんはおばあちゃんの気に入らないかもしれないけれど、一所懸命やってるじゃないか。今日だってパパと喧嘩して出て行ったのだから、夕飯は里で食べてくるとみんな思ってた。だがチカちゃんは稲荷ずしやかんぴょう巻を持って、夕飯に間に合うように急いで帰って来た。間に合わなかったのはチカちゃんが悪いんじゃない。こっちのご飯の時間がいつもよりも一時間も早かったからだ。

おばあちゃんの所の片づけを終ってチカちゃんが離れに戻って来た時、パパは「ご苦労さん」といわなかった。今まではいつも必ずいっていたのに。

「間に合わなくてごめんね」

とチカちゃんは謝った。チカちゃんはパパと仲直りしたいのだ。いつもよりももっと

明るい声なのはそのためだ。それくらいのこと、吉見にもわかるのにパパは、

「いいんだ、康二がいるもんで、おふくろは嬉しくてはり切って作ったんだから」

といったきりだった。そうしてパパは風呂《ふろ》に入った。パパの後で吉見が入った。出てくるとパパはもう居間にいなかった。チカちゃんが一人でテーブルに向ってお稲荷さんを食べていた。何ともいえない悲しいような気持がした。何かしら話しかけたくなって、「チカちゃん」と呼んだが「なあに?」といわれて、何をいえばいいのか困った。とりあえずいった。

「叔父さんは結婚するかもしれないんだよ」

「ホント? わァ……」

とチカちゃんは目を丸くした。

「どんな人かな?」

「同じ学校の先生だって。パパが美人か、って訊いたらフツウっていってた。それから頭いいのか、っていったら、それもフツウだって……」

「そうなの、へーえ……」

とチカちゃんはいった。いつもならもっといろいろ質問が出てくる筈《はず》なのに、それ以上何もいわずにお茶を飲んでいる。

「チカちゃんのこと、康二叔父さんが褒めてたよ」

そういってチカちゃんを見た。チカちゃんはちょっと嬉しそうな顔になって、

「そう？　なんて？」

「チカちゃんは一所懸命にやってるって。今日だって里へ行くのに、ちゃんとぼくの昼食のサンドイッチ、作って行っただろう？　それがエライって。とってもいい人だって……」

「そう？」

チカちゃんはお稲荷さんを片づけながらいった。

「康二さんて優しい人なんだねえ……でも、あたしって、ダメなんだ……」

――でもあたしはダメなんだ……というチカちゃんの言葉で今日の日曜日は終った。ベッドに入ったが、炬燵で昼寝をしたせいか、なかなか眠れない。扇谷道場のことや帰ったら康二叔父さんが来ていたことや、おばあちゃんがはり切って料理をしたこと、そしてパパがママと会って、そしてチカちゃんよりママの方がよかったと思ったこと（これが一番のショックだったが）、チカちゃんがひとりで稲荷ずしを食べていた寂しそうな姿なんかが次々と思い出されてきて目が冴《さ》えていく。

おばあちゃんはイジワルだけど、パパにもそれが遺伝している、と思った。ママの方がチカちゃんよりもステキなのははじめからわかってることだ。なのに離婚してチカちゃんと結婚して、今になってママの方がよかったと平気でいうなんてひど過ぎる。パパがそんな男だとは今の今まで知らなかった。おじいちゃんが知ったら何というだろう？そんなことを考えているうちに、漸《ようや》くやってきた眠けの中に吉見は沈んでいった。

だが、朝になるとチカちゃんは昨日のことなんか忘れたみたいだった。昨日の稲荷ずしの余ったのをチンして、パパに食べさせようとしたので、「朝からそんなものが食えるかい」とパパは冷たかった。吉見はムリして二つ食べて学校へ行った。

教室の入口で水野と会った。右の頬《ほ》っぺたが腫《は》れて青くなっていた。歯が痛いんだ、と水野はみんなにいっていた。

「歯が痛くてどして目まで腫れるの。どして青くなるの」

と原悦子が小声でいっていたが、吉見も同感だった。

「永瀬くんと緑川くんがやったのよ。土曜日に。わたしが見た時は紫色だった」

と高田清美がいった。紫色の頬っぺたをして水野は両手に抱え切れないほど焼芋を買っていたそうだ。五千円札で買ってた、と清美はいった。それもきっと永瀬と緑川に買わされたのだ。

「自分だって、イジメをやったんだから因果応報よ」

と清美は習ったばかりの言葉を使った。悦子も「わたしもそう思う」といった。立花が先生にいった方がいい、というと水野は、

「うるせえんだよ!」

と怒った。なぜか、水野はどんな目にあっても緑川と永瀬から離れない。加納くんは、「本人がいいといってるのに先生にいうことはない」といった。それから、「水野はマゾかも」といった。

水野は好きであの二人とくっついてるわけじゃないと思う。離れようとしても怖くて離れられないのかもしれないし、離れて一人ぼっちになるよりは、ああしてる方がマシだと思ってるのかもしれない。

　放課後、吉見が体育館の前を通ると、体育館の脇《わき》の用具室でもの音がして悲鳴が聞えた。覗《のぞ》いてみたら、マットの上で永瀬が水野を四ノ字固メにしてゆさぶっていた。

「やめて、やめて！」

　と水野は泣いている。吉見は思わず、

「なにやってんだ」

　と叫んで入って行った。トビ箱の上に立って笑っていた緑川が吉見の目の前に飛び降りて来て、

「なんだよ！」

　と口を尖《とが》らせて寄って来た。

「イジメはやめろよ」

　迫ってくる緑川に気圧《けお》されて、後じさりしながら吉見はいった。行きがかりでいってしまった。

「イジメ？　なにいってんだ、プロレスごっこしてふざけてるだけじゃないかよ」

「だって水野は泣いてるじゃないか」

「ふざけて泣いてんだよ！」

緑川の鼻はとても大きい。その大きな鼻がふくらんで、後じさりする吉見に迫ってきた。

「プロレスごっこしてんのがなにが悪い？　ふざけてるだけじゃないか。なにが悪いんだ……」

永瀬はニヤニヤしながら四ノ字固メにしていた水野の髪を摑《つか》んで立ち上らせコブラツイストに移った。

「な？　ふざけてるんだよな？」

と水野にいう。水野は、

「イタイィ……イタイタイタ……」

と叫ぶ。ふざけているのか、本当に痛いのかよくわからない叫び方だ。緑川はいった。

「水野、いえよ。オレたちはふざけてるんだよな？　そうだよな？」

「そうだ……そうだよう……」

水野は苦しそうだった。声がかすれて、顔が今にも破裂しそうに真赤になった。永瀬がチョークスリーパーに移ったのだ。水野は手をバタバタさせてもがいた。チョークスリーパーをかけている腕を永瀬がゆるめると水野は、

「おふざけだよ……おふざけ」

といい、頸《くび》を絞めると、

「やめて、助けて」

といった。

「やめてっていってるじゃないか。やめないと先生にいうよ」

吉見がそういうと、緑川の肉厚の鼻が目の前に来た。と思った瞬間、吉見はその鼻に向ってゲンコを突き出していた。あっという間にそうしていた。しようと思ってしたのではなかった。まるで何かに突き動かされたようだった。ゲンコが鼻に命中してから、吉見はそんなことをした自分にびっくりした。

緑川は鼻を押えて後ろにひっくり返っていた。鼻を押えた緑川の手の下から鼻血が流れ出てきた。

ひっくり返った緑川を見て、永瀬が水野をほうり出してとんで来た。だが緑川は永瀬が手を貸すのをふり払って一人で起きた。口のまわりから顎《あご》が鼻血で真赤だ。緑川はそのへんを見廻して、落ちていたティッシュを丸めて鼻の穴に押し込んだ。

「ミズ、大庭とやれ」

押し込んだティッシュを取り替えながらいった。水野は「ええッ？」といった。

「大庭とやれよ。フェイスロックの練習だ」

水野は吉見のそばへ来て、「やるぞ」といった。逃げ出したかった。ぼくはお前を助けてやろうとしたんじゃないか、といいたかった。水野は「いいか」といった。吉見は黙って水野を睨《にら》んだ。負けないという意識を持て、おじいちゃんの声が聞えた。相手の目をしっかり見ることによって寸田《すんでん》に力が入る。

――正しい呼吸、正しい姿勢、正しい意識……。

おまじないみたいに唱えていると、水野がいきなり飛びついて来て、腕を吉見の顔に廻した。慌てて外そうとしたが、後ろから永瀬が腕を押えている。

「そうだ、そこだ」

緑川の声が聞えた。水野の力はそれほど強くはないが、永瀬が腕を押えているので動きがとれない。

「卑怯《ひきよう》だ……」

といったつもりだったが、ただの喚《わめ》き声になった。

「チョークスリーパーだ！」

緑川が叫んだ。水野は顔を押えていた腕をずらして頸を絞めてきた。顔に血が集り耳がガーンとなった。緑川の大声が何かいっているが、吉見にはわからない。水野の手がゆるんだ。吉見は水野を蹴った……つもりだったが、ただバタバタしただけだった。

吉見はマットの上に転がされた。「ワキ固メ」という声が聞えた。いつか相手は水野から永瀬に変っていた。肩がねじれた。

「ワーッ」

と吉見は叫んだ。

「誰か来てえ……助けてえ……」

激痛がきた。

「あっ、誰かやられてる！」

という女の子の声が聞えた。

「プロレスごっこやってんだよう」

緑川の声がいった。

「ウソでしょッ、わかってるわよッ」

という甲高い声は原悦子だ。

「先生を呼んで来るわ」

バタバタと走る音が遠くなって行った。吉見はマットの上に丸まったまま、動けない。水野も永瀬も手を引いた。吉見を見下ろしているらしい。

「ふざけてただけだよな？　そうだよな？　なあ？」

緑川が何度もいっていた。

吉見は恥かしさで身体が燃えるようだった。この恥かしさにくらべたら、亜脱臼《あだつきゆう》した肩の痛みなんかたいしたことじゃない。こういうのを「自己嫌悪」というのだろうか？

――誰か来てえ、助けてえ！

と吉見は叫んだのだ。それを思い出すと、じっとしていられないような恥かしさが全身を駆け廻る。どんなことがあってもおじいちゃんにだけは知られたくなかった。剣道は何の役にも立たなかった。相手の目をしっかりと見て、寸田に力を入れたところまでは記憶しているが、その後は寸田も丹田《たんでん》もケシ飛んでしまった。

一方的にやられた。だがやられたのはいい、向うは三人だからやられたことはしようがない。恥ではない。だが吉見は「誰か来てえ、助けてえ」と叫んでしまった。何もいわずに黙ってやられていればよかったんだ。

その上、その声を原悦子に聞かれた。それで助けられた。

「原さんが通りかかってくれてよかったわ」

とおばあちゃんはいったけど、ちっともよかない。やられて死んだ方がよかった。

悦子が走って行った後、すぐに青柳先生が来た。息を切らせてハアハアいいながら、

「あんたたち！　なにしてるの！」

金切声で叫んだ。先生は怒っていた。吉見の左腕がぶらーんとなっているのを見て、

「どうしたの、こんなことになって！」

と吉見を責めた。吉見は歯を喰い縛って痛いのを怺《こら》えていた。ホントは泣きたかった。それくらい痛かった。どこが痛いの？　と訊かれても「どこ」といえないくらいだった。三組の熊田《くまだ》先生が走って来て、吉見の肩をさわって「大丈夫、たいしたことはない」といった。

青柳先生が「君たち！」と緑川らにいう声を聞きながら、吉見は熊田先生の車に乗って近くの平井《ひらい》接骨医院へ行った。平井先生は、

「ハハァ、やったネ」

と笑って、「たいしたことはない、大丈夫」と熊田先生と同じことをいいながら、突然、

「エイッ！」

と大声を出して外れた肩を戻してくれた。痛くて涙が出た。

「エライ、よく頑張った」

と熊田先生は褒めてくれた。吉見は肘《ひじ》を曲げた腕を、胸の前で繃帯《ほうたい》で固定されて熊田先生の車で家へ帰った。青柳先生から電話が入っていたらしく、チカちゃんが門の前に心配顔で立っていた。まだ車が止っていないのに、「吉ッちゃん！」と叫んで走って来た。熊田先生に挨拶《あいさつ》もしないで、

「どした？　誰にやられた？　あいつだね、緑川と永瀬？」

といった。

熊田先生が帰って暫くすると青柳先生が来た。緑川くんたちに事情を訊いていたので遅くなりました、と先生はチカちゃんにいった。

「緑川くんたちはプロレスごっこをしてふざけていたら、大庭くんが入って来て、やめろといって殴りかかって来た。それが始まりだというんですが」

チカちゃんは吉見をふり返って、「そうなの？」といい、吉見の返事を待たずに先生の方へ顔を向けて、「それを信じてるんですか？」と質問した。

「信じたわけじゃありません。両方のいい分を聞いてから対処しなければなりませんから」

先生はなんだかツッパってる。チカちゃんも喧嘩腰だ。去年の二学期、ゴキブリ事件でチカちゃんと先生はいい合いをした。二人ともあれをまだ忘れないでいるらしい。

「吉ッちゃん、いいなさい。さっき、いったこと、嘘じゃないわね？」

「嘘なんかいわないよ」

「なら先生によく説明しなさい。ほら、用具室の前を通りかかったところから……」

「用具室の前を通りかかったら、中で、泣声がしたので覗いたら、緑川くんと永瀬くんに水野くんがやられてたんです」

「四ノ字固メをやられてたんでしょ？　ごっこじゃなく、本気だったんでしょ」

とチカちゃんが口を挟んだ。

「プロレスごっこしてるんだって緑川くんはいったけど……でも水野くんは本当に泣いてたから、だから」

「水野くんは面白半分に泣くふりしたんだっていってるけど」

いいかける先生にチカちゃんはかぶせて、

「あの子たちのハラ黒いところはイジメだといわれないように虐めることなのよ。ふざけてる、っていえば、それですんでしまうと思ってる。悪智恵《わるぢえ》のカタマリ……。それほどまでにして虐めたいっていうのは、これは病気ですよ。中毒だわ。イジメ中毒」

「ちょっと、お母さん、今は吉見くんに話を聞いてるんですけど」

先生はメガネをキラキラさせ、吉見に「で？　つづけて」といった。

「それで……ぼくは……緑川を殴りました」

つい声が小さくなった。

「そう。大庭くんが先に手を出したのよね。あの子たちもそういってたわ。ふざけてただけなのに、大庭くんが殴りかかって来たからこんなことになったって……緑川くんはひっくり返って鼻血を出したって？」

「ハイ」

先生はチカちゃんを見ていった。

「緑川くんたちはだいたい本当のことをいってることがこれでわかりました」

話はだんだん吉見が触れてほしくない所へ近づいていく。もういい！　もうやめてくれ！　と吉見は喚きたかった。だがチカちゃんは興奮していき、

「緑川くんたちは嘘をついていないっていうけど、ついてるじゃないですか！　水野くんは四ノ字固メで虐められてたのよ。それをプロレスごっこでふざけてただなんて、嘘だわ。水野くんは泣くふりしてただなんて！　本当に辛くて泣いてたのよ、ねえ、吉ッちゃん」

「でもそれは大庭くんの思い過しかもしれないでしょう」

先生はへんに冷静で、薄い唇の片方に笑っているみたいな皺《しわ》が出ている。

「水野くん本人がふざけて泣くふりをしたんだっていってるのよ」

と先生は吉見を見た。

「それが嘘だっていうんですよ。水野くんは緑川や永瀬が怖くて嘘をいってる」

チカちゃんは緑川くんたちを呼び捨てにした。

「そうかもしれません。しかしそうでないかもしれません。これは証拠がない話ですから、アタマから決められません」

「先生だってアタマから決めてるじゃないですか」

「決めてるんじゃありませんのよ。片方はイジメといい、片方はふざけただけだという。証拠がないから水かけ論になります。間もなく卒業することですし、最初に殴ったのは大庭くんの方であることは確かなんですから」

「じゃあうちの吉見の腕を抜いたことは謝らないっていうんですね」

「謝らないとはいってません。お互いに自分の悪かった点を認めて、仲直りの握手を」

「仲直りの握手！　よくいうわ！　吉見は水野くんを助けようとしたんです。それでもやめないから吉見は」

「お母さん、その話はもう……」

青柳先生は「もうつき合いきれないよ！」というように横を向いて溜息《ためいき》をついた。チカちゃんはその溜息を見てますますいきり立って、

「吉見のイッパツで緑川くんは鼻血を出しただけですよ。けどうちの吉見はワキ固メ

をやられてギブアップして、助けて、誰か来て、と叫んでるくらいなのに……なのに……」

「もういいよ！」

たまりかねて吉見はいった。だがチカちゃんはその声も耳に入らないように、

「腕が抜けるまでやめなかった。これをおふざけだというんですか！　吉見は外に聞えるほどの声で叫んだのよ。助けて、誰か来てって」

「やめてったらやめろよ！」

吉見は喚いた——手を顔に当てて泣いた。チカちゃんを黙らせるにはこうするしかなかった。

泣いている吉見の肩をチカちゃんはそっと抱いて、「泣かないで、吉ッちゃん」といった。とても優しい声だった。それから先生に向って、

「これは口惜《くや》し泣きなんです」

といった。その時テラスからおばあちゃんが入って来た。

「あらまあ、先生。このたびはすっかりご心配をおかけしまして申しわけございません」

おばあちゃんは長々と挨拶を始めた。歌でも歌うような節がついている。やっと終るとチカちゃんに向って「まあ、お茶もお出ししてないの。失礼ですよ」といって睨んだ。

先生はまた最初から説明を始めた。おばあちゃんは「はい……はい」と調子よく頷いて、

こんなことは男の子にはありがちのことですわ、といった。男の子はそうして大きく逞《たくま》しくなっていくんですから少しの怪我《けが》は大目に見なくては……というと先生は、そんなふうにご理解が深いとわたくしもほっとします、といった。

青柳先生はお茶を飲み、ヨーカンを一切だけ食べて帰って行った。先生が帰るとおばあちゃんはチカちゃんに、

「困った人ね、あなたって人も」

といった。チカちゃんは先生が残したヨーカンをつまんで、口に入れて湯呑茶碗《ゆのみぢゃわん》を片づけた。

「あの先生は教育熱心みたいだけど、ことなかれ主義なのよ。自分のクラスにはゴタゴタなんか何もないように見せたいの。どっちが正しいかなんてどうだっていいんだわ。もうすぐ卒業だから、それまで何とか無事に過せばいい――考えてるのはそれだけ」

「そうかもしれないけれど、仕方がないじゃないの。ここで先生をとっちめてことを大きくしたって、何のトクもないわ。穏便に卒業して中学へ行ってくれるのが一番いいのよ」

「吉ッちゃんの気持を傷つけてもですか？」

おばあちゃんは返事の代りのように長い溜息をついた。それから独り言のようにいった。

「剣道やったって何の役にも立ちゃしない。吉見はね。そんな虐めっ子の中へ出しゃば

勇なきなり、なんて、そんなこと通用する世の中じゃないのよ！」
おじいさんのせいだわ。川井村なんかへやらなければよかったのよ。義を見てせざるは
って行って殴りかかるような子じゃなかったのよ。そんなことをするようになったのは

「誰か来て！　助けて！」と悲鳴を上げたことなんか、（吉見にはあれほど傷になって
いることを）誰も何とも思っていないようだった。
「誰か来てェ……助けてェ……」
と吉見の声を真似《まね》する奴が今に出てくるだろうとヒヤヒヤしていたが、誰もいわない。
原悦子が「あの時、私が通りかからなかったら大庭くんはどうなってたかわかんない。
思っただけでゾッとするわ」とおとなぶっていい散らしているのがシャクだったが、悦
子のいう通り、あの時悲鳴を上げなかったら亜脱臼ではすまなかったかもしれない。だ
から助けてと叫んでよかったんだ。
だから恥に思うことはないんだ。そう自分にいい聞かせるが、でもやっぱり吉見はこ
だわらずにはいられない。おじいちゃんにだけは知られたくない。それに町子がいなく
てよかった、と思う。
「吉見のはバン勇っていうんだよ。勝てっこないのに負ける喧嘩に出て行ったんだか
ら」
と加納くんはいった。

夕飯の時、「バン勇ってなに？」とパパに訊いたら「バン勇のバンはヤバンのバンだ」とパパはいった。ヤバンのバンはどんな字を書くのかわからないが、バン勇の意味は想像がつく。

「いいじゃない、バン勇だって。ないよりマシよ」

とチカちゃんがいった。

「ないよりマシってことはないだろう」

とパパがいった。

「あと先考えずに突き進むのは本当の勇気じゃないよ。千加もバン勇の女だからな」

パパは笑わずにいった。

「そう？　悪うござんしたわネ、バン勇で」

チカちゃんはそういって、ガサガサとご飯をかき込んだ。

「そんな食い方するなよ。だからおふくろに文句いわれるんだ。おふくろは千加にいわずにオレにいう。たまらんよ、オレは」

それからいつもの癖の「ただされ疲れてるのに」が出た。

「何をそんなにイライラしてるのよ、この頃」

チカちゃんがいった。

「イライラもするよ」

「車が売れないからって家で当られちゃたまんないわ」

「イライラするのは会社のせいだけじゃないよ！」

吉見は「ご馳走《ちそう》さま」といって立って二階へ上った。どうしよう。何をしようか？と思った。何かしたいが何もすることがない。テレビゲームもする気がしない。ママに電話したい。だが電話はパパとチカちゃんが喧嘩してる中にある。そうだ、おじいちゃんに手紙を書こう。バン勇はいけないことなのかどうか、訊いてみよう。あすこのところ――「誰か来て、助けて」のところは抜いて……。

「おじい様
お元気ですか。ぼくは元気ではありません。

左肩を脱臼して左手が使えないので不自由しています。でも脱臼といっても亜脱臼といって重ショウではないので心配しないで下さい。

なぜ脱臼したかというと、学校の用具室で水野くんが四ノ字固メをされて泣いていたので、ぼくは助けようと思って入って行き、緑川をなぐったのです。水野をやっつけていたのは緑川と永瀬です。緑川は怒って水野にぼくにワキ固メをかけさせた。ぼくは水野を助けてるのに、水野は緑川のいうなりになって、ぼくの腕を脱臼させたのです。

加納くんはぼくのしたことをバン勇だといいました。バン勇というのはヤバンな勇気のことだとパパはいいました。チカちゃんはバン勇でもないよりはいいといいました。

それからパパとチカちゃんがケンカになって、それでぼくはおじいちゃんに手紙を書いています。この頃、パパとチカちゃんはケンカばかりしているのでぼくは心配です。おじいちゃん。

バン勇はいけないことですか?

緑川をなぐったりしないで先生を呼びに走ればよかった、と加納くんはいいました。でもそんなヒマなかったし、水野を助けなければ、と思うとそんな考えが頭に浮かばなかったのです。

おじいちゃんの感想を聞かせて下さい」

「吉見より」と書き終るとほっとした。

左腕が使えないので日曜日の剣道は休んだ。それで久しぶりにママの所へ行った。ママはとても優しかった。近くでイタメシをご馳走してくれてマンションへ帰ると吉見の好きなレーズンのアイスクリームが買ってあった。ママに「バン勇」の話をした。

「むつかしい問題ね」とママはいった。

「バン勇って悪いことみたいにいわれてるけど、でもあんまり先の先まで考えてると勇気は出なくなってしまうわねえ」

「チカちゃんはバン勇はないよりマシだといったよ」

というと、ママは「そう」といって笑った。「ママはパパと会ったんだって?」と訊きたかったが、なぜだかいえなかった。パパはチカちゃんよかママの方がよかったと思ってるらしいんだ、と口まで出かかったが、いわなかった。そんなことをここで話してはチカちゃんに悪い。

吉見はママが好きだ。大好きだ。ママとパパが以前のようになってくれればいい。

でも、と吉見は思う。チカちゃんはどうなる？　吉見はママも好きだがチカちゃんも好きだ。ママが戻って来たらチカちゃんは出て行くのか？　それではあんまりだ……。

吉見はひとりで困った。


吉見が二階にいると電話がかかってきて、パパが長い話をしているようだった。暫くして「吉見」と呼ぶ声がして「おじいちゃんからだ」とパパがいった。おじいちゃんは手紙を読んだのだ、と思いながら電話に出た。

「もしもし、吉見です」

というと、おじいちゃんはいきなり、

「吉見か、よくやった」

といった。

「バン勇でいいんだ。子供のうちはそれでいい。子供のうちから先の先まで考える奴なんて、そんな奴はダメだ」

そういってから「抜けた腕はどうだ」と訊いた。

「もう湿布もしてないの。大丈夫」

「そうか。腕くらい抜けたってどうってことはない。それも修練のひとつだ」

おじいちゃんの声は大きくてまるで怒鳴っているようだ。吉見は気持が明るくなって、

「でもぼく、やられちゃったの、恥かしいよ」

と甘えていった。

「やられてもいい。少しも恥かしいことなんかない。正義のためにやった。それでいいんだ」

「でもね、ぼく寸田にも丹田にも力が入ってなかったから」

「喧嘩と剣道は別だ。剣道は人間修練の道だが、喧嘩は修練するものじゃない」

吉見は嬉しくなって、つい何もかもいってしまいたくなった。

「おじいちゃん、ぼくね……」

「なんだ」

「ぼく、ワキ固メされた時、助けてェっていっちゃったの。それを女の子が聞いて先生を呼びにいったの。ぼく……それで……」

「何なんだ……」

「やられた上に助けて、っていっちゃったの……羞《はず》かしくて……」

「つまらんことを気にするな。そんなことは恥でも何でもない。吉見は正義のために戦ったんだ」

「でも、助けてっていっちゃったんだ。弱音を吐くなっておじいちゃん、いったでしょう」

「子供は無理をすることはない。それでいいんだ。威張ってろ」

「ほんと?」

「本当だ。腕が抜けるまで戦った。立派なもんだよ」

おばあちゃんが何といおうと、吉見はおじいちゃんが好きだ。おじいちゃんのいうことは時代遅れどころか、ギャッコウしてる、とパパはいった。だが吉見はおじいちゃんのいうことを聞いていると元気が出てくる。おじいちゃんはいった。

「学校へ行ったら腕を抜いた奴に話しかけてやれ。何もなかったようにな。向うはクヨクヨしてるにちがいないんだ。それを救ってやれよ。それが勇者のすることだ」

暮れ行く春

康二と寒川友子の結婚が決ったので、丈太郎が上京して来ることになった。上京して来た丈太郎はどこに泊るのか。それがさし当っての問題だった。

そのことを謙一から聞いた信子は、「じゃあどこへ泊るの?」といいたいがいえず、

「そう」

といって口を噤《つぐ》んだ。

謙一は自分の所に泊めるしかない、と一旦《いったん》は考えた。しかし謙一の二階は吉見の部屋と夫婦の寝室と、あとはかつて美保が仕事部屋にしていて、今は納戸になっている小部屋しかない。吉見を信子の所へ泊らせて、吉見の部屋を丈太郎に使わせるしか方法はなさそうだった。戸籍は抜けていないとはいえ、家を信子の名義にして別居生活に入った丈太郎が、今更、あの家に泊りはしないだろう。第一、信子がいやだというだろう。謙一は信子にいった。

「母さんの所に泊めるのもナンだから、吉見をそっちに泊めてもらって、親父《おやじ》は吉見の部屋に寝てもらおうかと思うんだけど」

「そうねえ……」

信子は浮かぬ顔つきでそういっただけだ。

「親父にはまだ訊《き》いてないけど、お父さん、どこへ泊るつもりですか、と改めて訊くのもなあ……」

「そうねえ」

信子はくり返す。

「何にしても長いことじゃないんだから。康二のヨメさんの顔を結婚式場で初めて見るというのもおかしいし、先方の両親にも一度は挨拶《あいさつ》しておかなければ、って考えてらしいから、五、六日のことだと思うよ」

「そうねえ……」

「あんまり愉快じゃないだろうけど、康二のためだ、我慢してよ」

信子は黙っている。

「いいのよ、うちへ泊っても」といいたかった。だが思うだけでいえなかった。謙一の方から、「母さん、お父さんを泊めてもいいだろう？　部屋は余ってるんだからそうしてあげてよ」といってくれればそれですむ。あるいは丈太郎の方から「二階に泊るよ」とあっさり出てくれればそれに越したことはないのだ。

「離婚じゃなくて別居というのは却《かえ》って厄介だねえ。まだ夫婦として繋《つなが》っていると考えていいんだろうかね？　それなら二階で寝起きしてもいいんじゃないかとも思うんだが……」

謙一は信子の顔色を見た。二階へ泊ればいいじゃないの、と信子がいうのを待っている。

「じゃここに泊ってもらえばいいじゃない」

と信子はいった。それからいい足した。

「その間、わたしは春江さんの所へ行ってるわ」

空とぼけているようないい方だった。その中に意固地な芯《しん》があった。

「春江さんの所へ行ってるわ」といってしまってから、信子は自分で自分のいったことに茫然《ぼうぜん》とした。謙一はそんな信子を見ていたが、

「ま、いいや」

と諦《あきら》めたようにいった。

「今夜でも電話して親父のつもりを訊いてみるよ。母さんには迷惑かからないようにするからね」

べつに迷惑だなんて思っちゃいない――。信子はそう思う、だがいえなかった。

――離婚して縁が切れたというわけじゃないんだから、うちに泊ってもわたしはかまわないわ。

あっさりとそういいたかった。だがいえない。謙一は暫《しばら》く考えていてから、改まって口を開いた。

「お母さん、どういうつもりなの？　金輪際、お父さんとは顔を合せたくない、って気

持なの？　そんなにお父さんが嫌いなの？」

「好きとか嫌いとかの問題じゃないわ。あの人と一緒に暮していた時、半分死んでるような気持がしてたのよ。妻を下僕のように思ってる人だったからねえ。妻だって女なんだといいたかったのよ。妻は夫に尽し子供を育てていればいい——そう思い込んでる人なんだから。わたしはそれに叛旗《はんき》を翻したくなったんだわ」

「叛旗か……」

謙一は苦笑した。

「確かに親父は頑固でひとりよがりだからなあ。だけどお母さん、離婚じゃなくて別居という形にしたのは、さっぱりと他人になるにはためらいがあったんだろう？」

「お父さんの年を考えてねえ。一人で岩手県あたりで倒れたりした時はどうするだろうと思って……そんな時は帰って来られるようにしてあげたのよ。でも今は面倒みる人がちゃんといるらしいから、わたしが心配することはないんだわ」

「ヌリカベさんにこだわってるのか、母さんは。だが康二にいわせると母さんが思ってるような関係じゃないらしいよ」

「どうだか……」

信子はプイと横を向き、話が本当の気持とは違う方向へ向っていくのに、自分に対して不機嫌になる。だが、丈太郎とヌリカベに嫉妬《しっと》していると息子たちに思われるかもしれないことに気がついて、

「そりゃあね、二、三日のことならわたしはいいけど、お父さんはどういうつもりか……」

といい直した。

「お母さんがよければ親父さんはこだわらないタチだからいいんじゃないのかな。康二も泊るだろうし、お母さんが我慢してくれればぼくらは有難いよ」

じゃそういうことに決めるよ、いいね、といって謙一は離れへ戻って行った。

信子は自分で自分の気持がよくわからない。丈太郎に来てほしいような、来てほしくないような。謙一からお母さんには迷惑はかけないよ、お父さんの寝床の上げ下ろしは千加にさせるし、飯はうちで食べてもらう、といわれると、「そう……」といいつつ失望が胸にくる。康二も来て、賑《にぎ》やかな食事が離れで始まっている時、自分はこの茶の間で一人でご飯を食べるのか。食後の団欒《だんらん》の気配を聞くまいとして、自分はテレビのボリュームを上げて見るのか。

「お母さんも来たら？」と謙一か康二が呼びに来るかもしれない。その時はどうしたらいいだろう？　いそいそと行くのもシャクだし、かといって断るのも意固地だし……。

丈太郎とは二年近く会っていない。康二や吉見の話では、前よりも痩《や》せて骨皮筋右衛門《ほねかわすじえもん》になっているが、元気なことは以前と少しも変らないという。信子の方はこの二年間に若返ったつもりだから、丈太郎にその変りようを見せて、夫がいないとこうも若くなるのか、いかに自分が妻を老け込ませていたかを思い知らせてやりたい。

しかし、と信子は思う。この二年間、したいと思うことは何でもしてきたが、それでお前はどんな生甲斐《いきがい》を見つけたのかね、ともし尋ねられたら何と答えればいいのか。旅行もした。古典講座にも行った。フランス料理と中華料理を習った。ワイン教室にも行った。それに社交ダンス。茶道。親のいない子供たちへのプレゼントの縫いぐるみを作ったり、パッチワークの布団を寄贈したり……。

確かに最初の一年はそんな日々が楽しかった。充実した日々とはこういう日々をいうのだと思っていた。だが今年になってパッチワークを作るのに、老眼鏡をかけても針に糸が通しにくくなった。ある日、教室の大鏡に映る自分の姿を見て、憑《つ》きものが落ちたようにいやになってきた。編物をすると肩が凝って頭痛がしてくる。社交ダンスはもう飽きた。春江に誘われて歌舞伎《かぶき》を見ても、素養がないから何のことやらさっぱりわからない。家にいても外にいても所在なさをかこつばかりである。

この二年の間に自由を満喫したという満足はあるが、この頃はその満足に少しずつ隙《すき》間《ま》が出来てきているのだ。それは自分が楽しむことが下手なせいだと思う。だが、だから楽しみ上手になろうとしても、楽しくないのだからしようがない。

「信子のぬか漬は天下一品だ」といった丈太郎。だが今はどんなにうまく漬け上っても、そういう人は誰もいない。いないからぬか漬をやめる。一旦はやめるがまた漬ける。あの頃はこの楽しみを奴隷の楽しみだと思っていたのだ。

ああ、わたしはあの時、そう思った。それはわたしの錯覚だったのか？

「親父が来たらいつもの調子でペラペラしゃべるなよ」

と謙一は千加にいった。

「それから朝はパンじゃなくて米の飯に味噌汁《みそしる》だ。玉子だの干物だのはいらない。うまい漬物と納豆があればそれでいいんだ。漬物は……そうだ、おふくろに漬けてもらえばいい。間違ってもスーパーなんかで買って来るなよ」

「朝もこっちなの？　朝くらい向うで食べてもらえばいいのに」

「そうはいかんさ。おふくろには迷惑をかけないっていってあるんだから」

「でもヘンね」

「何がヘンだ」

「だって寝るのは向う、朝ご飯はこっち……で、昼も夜もご飯はこっち？」

「当然そうだ。親父はご馳走《ちそう》好きじゃないから、そう気にすることはないよ。だがハンバーグとかシチューとかは駄目だよ。魚は煮るより塩焼きが好きだ。それから、そうだ、豆腐。湯豆腐がいい。それなら千加でも出来るだろ」

「湯豆腐には鱈《タラ》なんか入れるの？」

「いや、豆腐に春菊だけでいいんだ……昆布のだしで」

謙一はそういうと立ち上って思わず、

「やれやれ……」

と溜息《ためいき》をついた。なんでオレが湯豆腐の指図までしなくちゃならないんだ、といいたいのを抑える。美保なら……とつい思う。美保との時はこんなことにまで気を配る必要はなかった。会社の部下が来た時は若い男向きの、年配の客の時はそれなりの料理が何もいわなくてもすーっと出てきた。親父やおふくろの誕生日も謙一よりも美保の方がよく憶《おぼ》えていて、母の日、父の日、敬老の日にもちょっとした心遣いを欠かさなかった。何をさせてもそつがなく、手早くことを運んだ。家計は委《まか》せっきりでよかった。うるさいおふくろともうまくやっていた。それに、ベッドの中でも美保はしつこくなかった。鼻を鳴らしてもぐり込んで来たりしなかった……。

――だが謙一は千加に迷ったのだった。いや「迷う」という言葉を使うほどのめり込んで我を忘れたわけではない。あれは「ふとした」衝動だった。美保にない無邪気さ、可憐《かれん》、一途《いちず》さが新鮮だったのだ。マンネリズムになりかけていた美保との性生活からふと逸《そ》れただけだった。千加が子宮外妊娠をして子供が産めない身体《からだ》にならなければ、「ちょっとした浮気」ですんだことだった。あの時謙一を揺すぶった千加の無邪気さや一途さが今は謙一を圧迫している。千加の若さをもて余している。

だが、だからといって千加が悪いわけではない。千加は何も悪くない、悪くない、悪くない……謙一は自分にいいきかせるように呟《つぶや》く。

千加が悪いんじゃない、千加が悪いんじゃない、と自分に向っていいきかせながら、それでも謙一はどうすることも出来ないこだわりを胸に抱えている。

千加に飽きたんじゃない。オレはそんな軽い男じゃないつもりだ。そう弁解してみるが、こういう気持はやはり飽きたということになるのだろうか？

千加がもう少し常識のある女だったら、と思う。もう少しおとなの女なら。もう少し知的であれば。だが千加にそれを望むのは無理だ。望む方が悪い……。

謙一の気持の底は千加にはわからない。わからないままに謙一の機嫌に一喜一憂しているのが哀れだった。哀れと思う気持とやりきれなさとが入り乱れて、謙一は苛立《いらだ》ってしまう。苛立つ自分を咎《とが》める気持が、余計苛立ちを増幅させる。

あの時、千加とのことを美保に告白した時、美保はいった。

「その人は子供が産めなくなった……それがどうしたの？」

人の夫を家庭から引き摺《ず》り出して情事に走るからにはそれくらいの覚悟をしている筈《はず》だわ……美保の目はそういっていた。ルール違反をした者は違反の責めを負うのは当然だわ……。

「美保、ぼくは君よりも彼女を愛してるというんじゃない。正直いって君と別れるのは辛《つら》い。金で解決することも考えた。しかし、彼女はもう生涯、子供を産めないんだ」

そうさせたのはぼくだから、といおうとすると、美保は遮るように、

「それは責任感なの？　愛情じゃなく？」

といった。

「憐憫《れんびん》かな。愛情というよりも」

「男女の間は対等よ。憐憫で一緒になるものじゃないわ。それは彼女への侮辱じゃない？」

冷やかにそういった。

「君ならそう思うだろう。しかし彼女はただの、普通の、むつかしいことは何も考えない娘なんだよ」

すると美保はいった。

「意識も低く才能もなく、か弱いただの女の子だから償いをしなければならない……強い自立した女には償う必要はないけれど……。そういうことなのね？　弱い人間、努力しない人間はトクするってことね？　あたしは強いから、夫の理不尽な仕打ちを許して身を引くべきだ……そういうことなのね？」

謙一は忘れていない。その時の美保の失望と軽蔑《けいべつ》が貼《は》りついた怖ろしいほど静かな口もとの笑いを。夫の不始末を詰《なじ》るよりもそれを自分への侮辱と感じる負けん気が、愁歎《しゅうたん》場《ば》にも修羅場《しゅらば》にもしなかった。どんな時も理性を失わないことを信条にしている女の冷たさ。それが謙一を千加へ走らせたのかもしれない。

だが今の謙一はそんな美保が懐かしい。ただ無邪気なだけの千加がうとましい。

丈太郎が上京して来たら寒川家に結納を納め、康二も来て結婚式の日取りや式場を決める手筈になっている。友子の実家は横浜だから式場と披露宴は品川あたりのホテルがいい。友子の父は小さいながらも衣料メーカーの社長をしているので、招待客は少くないだろう。すべて時流に逆らいたい丈太郎は、披露宴の無駄な派手さを嫌うだろうから、そこで悶着《もんちゃく》がなければいいが……などと信子は今から心配している。

空《むな》しい自由だけが広がっている日常に、大きな目標が出来たのだ。考えなければならないことは次から次へと出てくる。結婚すれば今までのようにアパートの一間というわけにはいかない。家具なども新しいものを揃《そろ》えてやらなければ寒川家に対して恥をかく。

結婚式は四月末からの連休の時、とほぼ決っている。新婚旅行はどこへ行くのだろう。もしもハワイなどへ行くといえば、丈太郎はまた文句をいうだろう。謙一と美保の時は神社仏閣を廻《まわ》って日本の歴史を学んで来い、といって謙一を困らせていたが、賢い美保は素直に同意して、奈良京都を経て出雲《いずも》大社まで行った。だが今度はそうはいかないだろう。時代が違う。新婚旅行の行く先にまで口出しをする親なんか、日本中捜してもいやしないだろう。

そんな心配やら思いつきやらを信子は謙一にいわずにはいられない。謙一は気のない生返事をしているだけだが、とうとう、

「お母さん、そんな心配、ここでしたってしようがないじゃないか。康二が考えて決めることだよ」

という声が尖《とが》ってきた。千加は結婚式も挙げず、いつとはなしにズルズルとこの離に寝泊りして居ついたのだ。謙一は千加の気持を思い、煩わしいことになるのを怖れて

いる。

「結婚式の時、あたしは何を着ればいいのかなあ。貸衣裳《かしいしょう》もあるけど、それよりこの際、深川に行って黒留袖《くろとめそで》買ってもらおうかなあ……それともカクテルドレスでいいか……でも靴だけはハイヒールじゃないとねえ。エナメルの……」

　初めのうち千加はまるで自分の結婚式のように喜んでそんなことをいっていたが、そのうち、

「友子さんはウェディングドレスかな、文金高島田にするのかしら」

などといい出し、女性誌の「結婚特集」を買って来て、あれがいい、これがステキ、と頁《ページ》を繰っているうちに、

「あーあ、いいなァ……羨《うらや》ましいなァ……」

　と溜息をつくようになった。謙一は新聞を読んだりテレビに見入っているフリをしてそれをやり過している。

　その夜も千加はもう何度も見た「結婚特集」を開いて、「やっぱり、あたしならこれが」といっていたかと思うと急に静かになった。どうしたのかと謙一がふり返ると、雑誌の上に俯《うつむ》いた千加の目から、大粒の涙がポタポタと音を立てて頁の上に落ちていた。

「どうしたんだ」

　と謙一はいった。そのまま何もいわずにやり過せば、そのうちに千加は泣きやんで何ごとも起らなかったかもしれない。だが謙一は舌打ちをしたいような思いで、「何を泣

いてるんだ」と追及してしまった。千加は手のひらで涙を拭《ふ》きながら、「急に悲しくなったの」と甘えるようにいった。

「何が悲しいんだ」

わかっているが謙一はいった。

「だって……羨ましくなっちゃって」

鼻が詰った声で千加は答えた。以前はそんなふうにいえば、謙一はあやすような調子になって、

「羨ましい？　何がだい？」

と顔を覗《のぞ》き込んだものだった。だが今、謙一は我ながらつっけんどんだと思う抑揚で、

「何が羨ましいんだ」

と突っぱねる。千加は濡《ぬ》れた目でそんな謙一を見て、「結婚式」と小声で呟いた。

「なんだ、結婚式をしたいのか？」

「したい……」

と千加はいった。

「でもいいんだ、今更そんなことといったってしようがないもの。あたしはもうウェディングドレスを着ることなんかないんだと思ったら、急に悲しくなっただけ」

謙一はムッとして千加を見詰めていた目を冷やかに逸らした。

——じゃあ結婚式をやろう。いっそ康二と一緒に挙げようか？

そういってやれば千加がどんなにか喜ぶことはわかっている。だが謙一には千加を喜ばせるためにいい年をして結婚式を挙げる気持はなかった。

——ああ、厄介なもんだなあ、若い女房ってのは……。

そう思って、思わず太い息を吐いた。

「怒ったの？」

と千加が訊いた。

「くだらないことで泣いたりしたんで怒ってるの？」

「怒りゃしないさ、ただ……」

いいかけたが、うんざりしていうのをやめた。

「ただ？……なに？」

「いや、もういい」

「よくない。いって……」

「いいよ、もう」

「いや、いって……」

吉見が読んでいたマンガ本から顔を上げて心配そうに謙一と千加を見ていた。子供の前でいい争いはしたくないが、だからといって今更取り繕う気にはなれなかった。

「オレは疲れてる。いいたいのはそれだけだ」

立ち上って階段に足をかけた謙一を引き止めようとするように、千加は大きな声を出した。

「そう、パパはいつも疲れてる。疲れてるのに余計なことばかりいって、よけいに疲れさせる千加がほとほとイヤになった——そういうことね？」

謙一は階段を上りながらふり返り、

「そういちいちトンがるなよ」

と軽くいなそうとした。

「わかってる。パパは美保さんのことが忘れられないんだ……後悔してるんなら後悔してるってハッキリいったらどうなのよ！　何もいわないでウジウジと、疲れた疲れたって当てつけばっかりいってないで、千加といると疲れるから出て行ってくれって、男らしくいったらどうなの！」

謙一は相手にせず階段を上って行く。千加は追い縋《すが》るように階段の下まで走った。

「何とかいいなさい！　いってよ、卑怯者《ひきょうもの》……逃げるの……」

謙一はそのまま階段を上り切って、廊下を右に折れた。やがて寝室のドアーが力なく閉まる音がした。

「なによ！　なにさ！　なんだってのよ！」

地団太を踏まんばかりにいった。テーブルの灰皿を摑《つか》むと、階段に向って投げた。この前の喧嘩《けんか》の時に割った灰皿の代りに謙一が買って来た陶器のものだ。灰皿は階段の中ほどに当って割れ、カケラが落ちてきた。そのカケラの上を千加はスリッパで踏んで二階へ上って行った。

吉見はマンガ本を開いていた椅子《いす》から立てない。括《くく》りつけられたように身体が動かない。呆然《ぼうぜん》と顔を階段に向けていると、間もなく灰皿のカケラを蹴散《けち》らしながらドカドカと千加が降りて来た。ショルダーバッグを肩に掛け、両手に旅行鞄《りょこうかばん》と袋を提げている。

「どこへ行くの！　チカちゃん！」

動けなかった吉見はそう叫び、椅子に弾《はじ》き飛ばされたように立ち上った。

「どこへ行くの？……どこへ行くの！……」

同じことしかいえない。

「帰るのよ」

千加は血走った目をまっすぐに吉見に向けた。

「出て行くのよ……深川へ帰るのよ」

そういうと台所に入ってゴクゴクと水を飲んだ。

「吉《よ》ッちゃん、元気でね。チカちゃんはパパに嫌われたからサヨナラするわ。吉ッちゃんのママに戻ってもらえば、吉ッちゃんだってその方がいいでしょ？」

「チカちゃん！」

吉見は千加に駆け寄って、泣きながら両手を胴に廻してしがみついた。

「行かないでよう。チカちゃん、行っちゃイヤだ……行かないでくれよう……」

千加は吉見を抱きしめ、声を上げて泣いた。

吉見は千加から離れて階段の下へ走った。

「パパ、パパ！　チカちゃんが行っちゃうよ！」

吉見は叫んだ。

「パパ！　パパァ……」

階段を半分まで駆け上ると、「ほっとけ」という声が上から落ちて来た。

「うるさくするんじゃない。パパは加減が悪いんだ」

突き放されて吉見は階段を飛び降り、テラスから母家に向って走った。千加は涙を拭きながら下駄箱《げたばこ》の中から靴を取り出している。

「おばあちゃん、おばあちゃん！」

ツッカケを飛ばして濡《ぬ》れ縁《えん》に駆け上った。

「とめてよう、チカちゃんが行っちゃうよう」

信子は湯上りの火照《ほて》った頰《ほお》に乳液をすり込みながら奥から出て来た。

「なにを騒いでるの」

「チカちゃんが、パパと喧嘩して、出て行っちゃうんだよ……」

乳液をすり込んで艶々《つやつや》した顔が、心配とも不快ともつかぬ動きを見せた。

「どうしたっての、いったい。パパは？」

「ほっとけっていってる。二階にいるよ」

「ほっとけだって……まあ謙一がそんなことをいうなんて、よくよくのことだわ」

そんな乱暴な喧嘩をするなんて、美保さんのいた頃にはなかったことだわ、と思う。

「早く、早く……止めてよ。行っちゃうよ」

「大丈夫よ、すぐもどって来るわ」

「だって夏の靴まで紙袋に詰めてたよう……」

吉見の泣き顔を見て信子はしぶしぶ立ち上った。だが濡れ縁を降りて離れの玄関へ行った時はもう千加の姿はなかった。吉見は表へ走り出たが、日が暮れた住宅街には人影がない。吉見は泣きながら戻って来た。

「泣かなくても明日は帰って来るわ。パパとちょっと喧嘩しただけなんだから」

「でもチカちゃんはママがここへ戻ればいい、っていってたよ」

しようがないねえ。美保さんにヤキモチなんか妬《や》いてバカバカしい……。信子は吉見の頭を撫《な》でていった。

「吉ッちゃん、今夜はおばあちゃんの所にお泊りすればいいよ」

吉見は「うん」といって信子の後ろから茶の間へ上り、しゃくりあげながら信子の剝《む》いたリンゴを食べた。

「吉見はチカちゃんが好きなのかい？」

「うん。だって一緒にいた人がいなくなるなんて、寂しくてイヤだよ」

おとなの勝手でガマンさせられるのはもうイヤだ。おじいちゃんだって、ママだって……といいたいのを吉見は止《と》めた。

信子が吉見の布団を敷き始めると、吉見は急にぼくのベッドで寝る、といい出した。

「向うがいいの？　どうして？」

信子は怪訝《けげん》な顔をしたが、すぐに気がついていった。

「チカちゃんが夜中に帰って来るかもしれないから？　でも今夜は帰らないわよ」

「うん……でも向うで寝る」

吉見は思い詰めた様子で部屋を出た。ママに電話しよう――吉見はそう思い決めたのだ。信子も謙一も頼みにならない以上は美保に訴えるしかないと思ったのだった。

美保はこれから締切の迫っているインタビュー原稿のまとめに入ろうとしているところだった。ワープロに向っていた手を伸ばして鳴っている受話器を取ると、吉見の声がいきなり、

「ママ！」

といった。

「どうしよう！　チカちゃんが出て行ったよ、ママ！」

「出て行った？　どうしたの……」

「深川へ帰っちゃったの、パパと喧嘩して」

なんだ、そんなことをあたしにいってきたの……。美保は苦笑していった。

「それで吉見は心配してるの？　大丈夫、明日は帰って来るわ」

「でも夏の靴まで持ってってたんだよう」

「大丈夫。また持って帰って来るから。パパはどうしてるの？」

「寝室に入ったまんまだよう。ほっとけって」

「パパにはわかってるのよ。ちょっとした喧嘩。どこの家でもあるのよ。で、おばあちゃんは？」

「心配しなくても戻ってくるって。おばあちゃんはチカちゃんがキライなんだよ。パパだってもうチカちゃんのこと好きじゃないみたいなんだ。チカちゃんは『美保さんがこへ戻ればいい』っていって、出ていったんだ……」

吉見は涙声になった。美保は笑っていった。

「いやねえ。何をカン違いしてるのかしら」

「でもママはパパと会ったんでしょ？」

「会ったわよ。でも偶然よ。わざわざじゃないわよ」

美保は気がついた。

「そのことが喧嘩の原因なの？」

「ぼく、よくわかんないよ。ねえ、どうしたらいいの？」

「困ったわねえ。でも明日はきっと帰って来るわ。パパだって今はそんなこといってても、明日になったら迎えに行くわ、きっと」

「ほんと？　ほんとにきっと？」

「大丈夫よ。今日はもうおやすみ。吉見が一人で心配してもしようがないわ。わかった？」

うん、と弱々しく答えて電話は切れた。

翌日、千加は帰って来なかった。その翌日も帰らなかった。美保は吉見からそのことを聞いた。吉見の卒業式は間もなくだ。卒業式におばあちゃんが来るのはイヤだ、と吉見はいった。みんなお母さんが来るんだもん……。

美保は昼休みを見はからって謙一の会社へ電話をかけた。「お待たせしました。大庭です」と電話口に出て来た謙一は、美保だとわかると「君か」と声を弾ませた。

「今、いいのかしら。お話して」

「いいよ、何だい？」

「千加さんがいなくなったんだって？　吉見がとても心配して電話して来たのよ」

「なんだ、そんなことで君が電話をかけてくるなんて、妙な話だなあ」

「吉見の気持を考えてやって下さいよ。ねえ、謙一さんから電話するなり、迎えに行くなりしてあげなければ、千加さんだって帰りたくても帰れないでしょう」

まわりを気にしてか、謙一の返事は曖昧《あいまい》だ。

「吉見の卒業式も迫ってることだし、卒業式に千加さんに来てほしいのよ、吉見は」

「わかってるよ。何とかするよ」

「もしかして意地になってるんじゃないの？　あなた」

「そんなことはないよ。仕事が忙しいだけだ」

「いくら忙しくても電話くらい入れられるわ」

「それはそうだ」

　謙一は素直に認めた。

「じゃ、お願いしますよ。あたしだってこんな妙な役廻りはごめん蒙《こうむ》りたいんだけど、吉見が可哀《かわい》そうだから」

「じゃあ」といって切ろうとすると、謙一は「あ、もしもし」と呼び止めた。

「君、時間があったらちょっと会ってくれない？」

「まだ何か？」

「何やかや、聞いてもらいたいことがあるんだよ」

「吉見のこと？」

「うん、まあそうだ」

　美保は少し考えて「いいわ」といった。

「じゃあ、この前の所で飯を食おうか」

「でも吉見が可哀そうだから早く帰ってやってほしいわ」

「うん。なら飯は簡単なものにしよう。渋谷ならすぐに帰れるから、渋谷の、ほら、昔よく行ったろう。道玄坂《どうげんざか》の裏の」

「ああ、さくら亭？」

「うん、あの洋食屋。まだあるんだよ。変ってないよ」

「そう、じゃあ何時に？」

「仕事のひっかかりが残りそうだから八時でどう？」

謙一の声が弾んだのを感じながら、美保は「いいわ」といった。

「さくら亭」は結婚前に謙一と美保が「昔の洋食屋」と呼んで始終食事をした店である。当時は薄青いペンキを塗った両開きのガラス戸だったが、今はコゲ茶の木の扉に変っている。だが中に入ると、窓辺に二か所とカウンター寄りに二か所のテーブルの位置は昔のままだ。夕飯時なのに客は一人もいない。美保の足は自然にあの頃謙一と定席にしていた出窓の前のテーブルに向った。カウンターの奥から覗いた主人は前額がすっかり禿《は》げ上ってしまったが、あの頃のまま不愛想だ。

「ちょっと待って、もう一人来てから」

と美保はいった。あの頃もよくそういったものだったと思いながら。間もなく謙一が入って来て「やあ」といった。あの頃は美保を見ると何もいわずに頷《うなず》いて近づき、椅子に腰を下ろしながら、「待った？　ごめん」といったものだったが。

「すまない。忙しいのに」

と謙一はいった。四十がらみの女が水を持って来て注文を待つ。

「オムライス……だろ？」

メニューも見ずに謙一はいい、それから、

「オムライスと、ぼくはハヤシ」

と女を見上げて微笑《ほほえ》んだ。あの頃、美保はオムライスを謙一は必ずハヤシライスを食べたものだった。あの頃に戻ろうとしている謙一の気持を感じて、美保は当惑する。だが当惑の中に流れ去った月日への哀愁が漂うのを感じながら、「マスター、老けたわね」と小声でいった。

「うん。かみさん、変ったらしいね」

「そう？」

「さっき来たのが今のかみさんらしい。前はちょっと老けた感じのシャキシャキした女だったろう？　向うも別れたのかな？」

謙一は美保を見て笑った。

「詳しいのね」

「うん。時々、来てるんだ……」

一人で、と謙一はつけ加えた。その言葉でこの頃の気持を伝えようとするように。だが美保はあえて取り合わず、「で？　どうしたの？　何のお話？」と先を促した。

「夫婦喧嘩して子供を心配させるなんて、あなたにも似合わない……」

ビール、いいかい？　と謙一は訊いてからビールを注文した。運ばれてきたのを一息に飲んでいった。

「やっぱり無理だったんだ……」

「無理？　でもそれを承知で押し通したんでしょ」

「千加は一所懸命やってる。健気《けなげ》だと思うよ。いじらしいと思うこともある。だが」

「千加さんがどうこうという話はやめてちょうだい。それより吉見の気持を考えてやって。吉見は千加さんが好きなのよ。それを思うと千加さんって、いい人なんだと思うわ」

「確かにいい人間だよ、千加は」

謙一はいった。

「だがね」

美保は次の言葉を制するように、

「愚痴はやめてね」

といった。

「愚痴をいう気はないよ。だが……」

謙一は手酌でビールを注《つ》いで飲み乾し、

「後悔してるんだ」

手のひらで唇の泡を拭《ぬぐ》いながら思い切ったようにいった。

「あの頃はよかった……幸せだったよ。何の問題もなかった。君がいて、親父がいた。親父は扇の要《かなめ》になっていたんだ……。今は要がなくなって、バラバラだ……」

何をいってるの、あなたは喜んでバラバラになったくせに、といいたいのを抑えて、美保は、「あなたが要になるのよ」といった。

「要になるには一人の力じゃ駄目だよ。あの頃は親父をおふくろが助けていたんだ。おふくろはただ従っているだけに見えていたが、従うことで力になっていたんだ。親父には要たらんとする信念があったよ。だがぼくらはその信念が煙ったかった。いや、子供の頃は尊敬して従っていたさ。だが時代が変化していってぼくらの価値観が変っていった。要の締めつけがイヤになった。おふくろは自由に憧《あこが》れた。おふくろは主張し始めた。ぼくはぼくで……」

堰《せき》が切れたようにしゃべり出した謙一を見ながら、この人と抱き合った日々があったなんてとても思えない、と美保は考えていた。遥《はる》か遠くへ飛び去ってしまった日々。あの日々と今の美保との間には高い山のように過去の展望を遮る楠田がいる。謙一が懐かしそうに話すあの頃の思い出話を、美保は昔見た映画の一齣《ひとこま》を想《おも》うようにしか思い出せない。

あの頃の美保が持ち合せていなかった情念を、美保は楠田に引き出された。執着や猜《さい》疑《ぎ》や嫉妬心はあの頃の美保にはなかったのだ。謙一から千加の存在を知らされるまで、美保は何も気がつかなかった。離婚してくれと頼まれた時に心に決めたことは、決して修羅場にはするまいということだった。本当に強い女はどうあるべきか。口先だけでなく、自立した精神を持った女として振舞いたいとそればかりを意識していた。その自負が美保を支えた。謙一を愛していたのかいなかったのか、今の美保にはわからない。

「新しい女として生きるってことは、相当ムリしなければならないってことなんだなあ」

あの時、安藤がいった言葉だけが記憶に残っている。

突然、美保は衝動に駆られ、謙一の話を遮った。

「あたしね、あれから恋をして、ボロボロになったの……」

謙一は驚いてビールのコップを置いた。美保を見詰めたまま言葉を捜している。

「呪縛《じゅばく》にかかったの」

美保は薄く笑った。

「その人の呪縛にかかったんじゃないのよ。恋の呪縛にかかったのよ。だって実意のない人間だってこと、百も承知してたんだもの。承知してて、苦しんだの。ひとり相撲をとって」

謙一はまだ言葉を捜している。

「最近になってやっと終らせて、今は……そうね。大病の予後ってところ」

「終ったの？」

漸《ようや》く謙一はいった。

「終らせる必要があったの？　女房もち？」

「そう。でも奥がたを追い出して後釜《あとがま》に坐りたいという気持はこれっぽちもなかったわ」

驚きの後に失望がきて、そして今はその奥に嫉妬の光が見える。

「この前会った時、君が変ったことに気がついたんだ……やっぱり恋が君を変えたんだな」

「ふ、ふ」

と美保は笑い、「そう？　変った？」といった。

「向うはアソビなのにあたしの方がハマっちゃったの。でも彼にハマったんじゃない。恋の罠《わな》にハマったのよ。あんなにツッパってた美保がよ。信じられる？」

謙一は暫く黙っていてから呻《うめ》くように、

「妬《や》けるな」

といった。

「どんな男だ。ぼくの知ってる奴かい？」

「名前は知ってるでしょう。楠田爽介」

「楠田爽介？　あのエロ作家かい」

「そう、エロ作家よ」

そう呼ぶことが快感ででもあるかのように美保は笑った。

「小説を地でいってる人よ」

「どうして終らせたんだ。結婚を望んでないのならなにも終らせなくても……」

「気楽に情事を楽しむつもりならね」

美保はいった。

「でもあたしにはプライドってものがあるのよ。何人かの彼の情事のお相手の中の一人だなんて、我慢ならなくなったの。彼にとって唯一の存在、なくてはならない女にならなければ承知出来なくなってきて……つまり独占欲ね。学生時代、あたしは自立した強い女を目ざしたわ。口先だけでなく、女を超越するつもりだった。そのことを思って気力を奮《ふる》い起したのよ……やっと、切ったのよ……」

「それで……予後は順調なの？」

「彼は思い出したように誘ってくるけどやっと呪縛を解いたわ。えらいでしょ？」

勝ち誇るように美保は謙一を見た。


気圧《けお》された気持を抱えて謙一は車を深川へ走らせていた。美保はいった。

「千加さんを呼び戻しに行くべきよ……行かなくちゃいけないわよ、謙一さん」

まるで年上の女が高校生にでもいい聞かせるような口調だった。そんな口調にさせたのは自分の不甲斐《ふがい》なさのせいだ、と謙一は反省する。美保は謙一の愚痴を封じるように自分の苦しい恋の終りを話しつづけた。丈太郎や康二や信子が元気で嬉《うれ》しいといい、吉見は一年前から思うとずいぶんハキハキした子供に成長した、と礼をいった。美保がいつもよりもおしゃべりだったのは、謙一の話を聞きたくなかったからだ。

——美保、ぼくは後悔してる、という言葉を謙一が用意していることを察知したのかもしれない。

「吉見のために深川へ行ってやってちょうだい。あたしからのお願いよ……」

最後にそういってショルダーバッグを手にした。話はすんだ、これでもうオシマイ、というように。

「吉見のために行ってやって下さいね」

別れ際にまた同じことをいって、駅まで送るというのを断って夜の雑踏へ向って歩いて行った。後ろからクラクションを鳴らすと、向うを向いたまま、右手を上げて大股《おおまた》に去って行った。

女が一人で生きていくということは、ああいうことなのか。高速道路を深川へ向いながら謙一はすっかり気落ちしていた。美保の中で彼はとっくに消滅していたこと、もはやケシ粒ほどの存在ですらないことを謙一ははっきり教えられた。頭をガーンとイッパツやられたような敗北感を引き摺って、高速道路を深川へ向っている……。美保にいわれて。美保に拒絶されて……。そんな自分がいかにも情けない。だが情けなさを乗り越えて、しなければならぬことは、するべきだろう。孤独に負けて親元へ帰る不良少年のように、と謙一は思う。オレは千加を迎えに行く……。

千加の実家である和菓子屋は深川不動に近い裏道にある。結婚前は夜更のこの道を、よく千加を送って来たものだった。ガラス障子に「さくら餅《もち》」「苺《いちご》大ふく」の札が貼られている。あの頃は「栗《くり》むし羊羹《ようかん》」だった。うちは栗むし羊羹が評判なの、と千加はいっていた。時々、会社の机の上に栗むし羊羹が置いてあった。いくら持って来るな、といっても。

ガラス障子から覗くと千加の母親が、売れ残った饅頭《まんじゅう》を片づけているところだった。

「ごめん下さい」といって入って行くと、背中を見せて何かしていた母親はふり返って、

「おや、まあ！」

と千加によく似た丸い目を瞠《みは》った。

「千加は今しがた帰りましたけど。吉ッちゃんが迎えに来て」

「吉見が……来たんですか？」

驚いていう謙一に千加の母親は頭を下げた。

「千加が勝手させていただいてすみませんでした。三晩も泊るなんて、お前、いいのかい、っていったんですけど、大丈夫、大丈夫っていうもので……」

「いや、いいんです」

千加の母親はどの程度仔細《しさい》を知っているのか、と思いながら、謙一は意味もなく笑った。

「ついでがあったので迎えに来たんですがね」

「すみませんねえ。我儘者《わがままもの》で。謙一さんと喧嘩したなんていってましたけど、どうせ千加の方が悪いに決ってるって、父さんにいわれて……まあ、ちょっとお上りになって。

主人はあいにく、寄り合いがあって出かけてるものですから。でも間もなく帰って来ます。さ、どうぞ」

「いや、今夜はここで失礼します。しかし吉見が迎えに来たなんて、知らなかったな」

「ほんとに吉ッちゃんはいい子ですねえ。ずいぶん背が伸びてしっかりして……もうすぐ中学生ですものねえ。『こんにちは』って入って来たんで、はい、何をあげますか、っていったら、チカちゃんいますか、っていうでしょう。まあ、びっくりしてしまって」

「何時頃ですか?」

「夕飯前でしたよ。うちで丁度ちらしずしを作ったもんだからそれを食べて……。そうね、もうそろそろ家に着いている頃かしら」

「じゃあ失礼します。また改めて伺います」

「そう? じゃあ二人が待ってるでしょうからね。お茶もあげないでごめんなさいね」

千加の母は表まで送り出しながら、

「でもねえ、父さんがいうんですよ。千加みたいな者を、吉ッちゃんがああして迎えに来てくれるなんて、ウレしいねぇって……」

とエプロンの端を目に当てた。

謙一は高速道路を飛ばして帰って来た。昨日も一昨日の夜も消えたままだった軒灯が点《とも》っている。玄関のドアを開けると音を聞いて、

「おかえんなさーい」

と千加が出て来た。何ごともなかったような、いつもと同じ明るい声だった。その後から吉見が顔を覗かせた。

「おかえり、パパ」

「うん、ただいま」

居間に入って行きながら謙一はいった。

「吉見、深川へチカちゃんを迎えに行ったのかい？」

「うん……どして知ってるの、パパ」

「パパも今、行って来たんだ」

「行った？　ほんとにィ？」

千加が目を丸くして叫んだ。

「迎えに？……あたしを？……」

吉見の前もかまわず、千加は飛びついて来た。


愈々《いよいよ》明日、丈太郎が来るというので信子は布団を乾し、桃とラッパ水仙を買って来て座敷の床の間に活《い》けた。明日は吉見の卒業式でもある。そして康二も来ることになっている。

座敷の床の間に花を活けるのは久しぶりだ。正月以来取り替えなかった掛軸も春の山水に替えた。あの人のためじゃないわ、康二のお嫁さんになる人も来るからだわ、といわでものことを自分に向っていい、それから美容院へ行って髪のセットをした。美容院を出るとふと思いついて稲田豆腐店まで足を伸ばした。稲田豆腐店は商店街を外れた目立たない横丁にある。そこへ行くまでにスーパーマーケットもあり大きな豆腐屋もあるが、丈太郎は稲田の豆腐が気に入りで、ほかの店で買ったものはすぐにわかって苦情をいった。どんなに寒い日も雨の日も、稲田豆腐店まで足を伸ばしたものだわ、と信子は思い出す。丈太郎がいなくなった当座、近くのスーパーで豆腐を買う時、しみじみ解放されたという満足に浸ったことを思い出す。

丈太郎の食事は千加がすることになっている。お母さんに厄介はかけないよと謙一はいった。丈太郎の豆腐好きは謙一も知っているが、稲田の豆腐でなければならないことは思いつかないだろう。

あれはいつのことだったか。質屋の良平《りょうへい》さんが突然来て、あり合せのもので鍋《なべ》ものをした。急なことで豆腐がなかったのを、あの人は怒った……。なんだ、豆腐がないのか、しようがないな……。

「すみません」とわたしは謝った。あの頃は何かというと「すみません」といっていた。すると良平さんがいった。「羨ましいような幸せだなあ」と。「なにが幸せなものか。わしが豆腐が好きなことを知っていて買ってないんだ」とあの人はいった。すると良平さんはこういった。

「そういうことをいえるのが幸せなんだよ。わしのような男ヤモメには文句をいったり喧嘩する幸福もないんだ。こうして文句をいったりいわれたりするのが幸せなんだということが、しみじみわかることほど不幸はないよ」

なにをいってるの、とその時信子はムッときた。男ってなんていい気なものなの。あなた方はそれで幸せでしょうよ。でもたかが豆腐のことで文句をいわれなければならない女房が、どうして幸せなの！

だが今、信子は稲田へ向って歩いていた。丈太郎が気に入ってるお豆腐を買いに。

——あの人を喜ばせたいの？

自分の心を探るように呟いた。こういう気持のもとはやっぱり愛情というものなのだろうか？　反射的に「まさか！」と打ち消し、きっと長い間に染みついた女房の習慣が蘇《よみがえ》ってきたんだわ、と思い、「なんてことだろう」と呟きながら、いつか明日の団欒が待ち遠しくなっていた。

この日が待ち遠しかったのは、卒業式だからじゃなくて、おじいちゃんが来る日だからだった。式が終って教室で青柳先生のお別れの挨拶《あいさつ》がすむと、吉見は大急ぎで家へ帰った。卒業式の後、ＰＴＡの謝恩会があってお母さんたちが集ることになっているが、チカちゃんは「行かないよ、あんなところ」といって五目ずしの具を刻んでいた。五目ずしは吉見の卒業祝いとおじいちゃん歓迎の気持なのだそうだ。

でも行かなければまた悪口をいわれるかも、と吉見は思ったが、おばあちゃんは謝恩会でまた余計なことをいって、青柳先生といい合いになったりしては困るから行かない方がいいといった。

おじいちゃんが東京駅に着くのは夕方の五時三十二分だ。吉見は一人で駅まで迎えに行くつもりだった。浩介さんに知らせたかったが、浩介さんはこの頃忙しくしていて何回電話をかけてもいない。この前、浩介さんがテレビの男性用化粧品のコマーシャルに出ていたので吉見はびっくりした。浩介さんは髪を黄色に染めて、湖に映る自分の顔に見惚《みと》れているうちに水仙に変って行った。それからカッパ大王というラーメンのCMで、カッパになっていた。おばあちゃんは何度も「驚いたねえ」といい、「軽い人だから向いてるかもね」といった。おじいちゃんにそのことを教えた方がいいか悪いか、吉見は考えてしまう。

東京駅へ行くには五十分みておけばいいが、吉見は早目に家を出た。早く駅へ行ってっておじいちゃんが早く来るわけではないけれど。おじいちゃんに水野と話をしたことを報告するのが楽しみだった。話をしたといっても教室を出る時に「ぼく、もう治ったよ」といって肩を動かしてみせただけだけど。水野はびっくりしたような、泣きベソをかくような顔になって吉見を見つめ「ごめんな」といった。そのことを早くおじいちゃんに話したかった。それから扇谷先生から「吉見君はおじいちゃんに似てドンなのがいい」といわれたことも。

おじいちゃんは「やまびこ」十六号の七号車からニコニコして降りて来た。

「来てくれてたのか、吉見」

といった。吉見はおじいちゃんの提げていた旅行鞄と紙袋を持った。足の速いおじいちゃんに負けないように小走りになりながら、

「今日は卒業式だったの」

といった。

「そうか。それはおめでとう」

「それでね、ぼく、水野に話しかけたんだよ、『もう治ったよ』っていって、腕を上げてみせたんだ。そうしたらね、水野は『ごめんな』っていったよ」

「そうか、そうか」

とおじいちゃんはいった。嬉しい時のおじいちゃんは「そうか」が「ほうか」に聞える。

プラットフォームから階段を降りて、山手線に向う広場に出るとおじいちゃんは、

「どこからこんなに人間が湧《わ》いてくるんだ！」

と呆《あき》れたようにいった。自分もその一人じゃないか、といおうとしておじいちゃんの横顔を見ると、さっきのニコニコ顔は消えてしまっていた。

「臭い……東京は臭い」

おじいちゃんはしかめ面をしていった。山手線のプラットフォームに上ると、勤め帰

りの人でいっぱいだった。おじいちゃんは向うから来た若い女の人の、肩からかけている大きな鞄に突き倒されそうになった。

「なんだ、ごめんともいいやしない……」

おじいちゃんはよろけてぶつかった人に、「や、失礼」と謝りながらその人を見て目を丸くした。

「なんだ、あのアタマは。毒キノコじゃあるまいし」

おじいちゃんに足を踏まれた若い男の人は、足を踏まれてもまるで感じなかったようにスタスタと向うへ行く。おかっぱ風に切った髪の毛を黄色と赤と青に染め分けている。

「何だい、あれは……。サーカスの玉乗りかい……」

とおじいちゃんはいった。

「どうしてみんな驚かないんだ。なぜ黙ってるんだ。あのアタマも奇怪だが、驚かない方はもっと奇怪だ……」

まわりの人がおじいちゃんを見ている。吉見は羞《はず》かしくてたまらない。

「おじいちゃん、人が見てるよ」

もっと小さな声で……といいかけると、

「妙な町になったもんだな、東京も。あの毒キノコを見ないでこのわしを見るとは」

また大声でいったので吉見は黙ることにした。

電車が入って来た。列を作っていた人たちは順序よく乗り込んで行く。

「うん、こういうことだけはキチンとやるようになっているんだな。よろしい」

といいながらおじいちゃんは電車に乗った。吉見も後から乗った。電車の中は人でいっぱいだ。吉見とおじいちゃんが立っている前の座席に女子高生が三人坐ってなにやら面白そうにおしゃべりをしては笑っている。

「まるでヒバリだな。何をしゃべっているのかさっぱりわからん。吉見わかるか？」

「わかんないよ」と吉見は答えた。もうこれ以上、何もいわないでほしい。だがおじいちゃんは大声でいった。

「シルバーシートだと！　こういう有名無実のものをなぜ拵《こしら》えるんだ！　こんなものがなければ若い者が坐っていても腹は立たん。あるから腹が立つんだ！」

吉見はほとほとおじいちゃんを迎えに来たことを後悔した。

やっと家に着いた。珍しくパパが帰っていた。パパはチカちゃんをおじいちゃんに紹介した。チカちゃんはかしこまって、

「ふつつか者ですけど、よろしくお願いいたします」

といった。パパは照れくさそうにそれを見ていた。おじいちゃんはあっさり、

「やあ、世話になるよ」

といった。何だか時代劇の殿さまみたいだった。「おばあちゃんを呼んでおいで」とパパがいったので吉見は母家へ行った。おばあちゃんは台所で何かしていた。

「おばあちゃん、おじいちゃんが来たよ」

というと向う向いたまま「そう」といった。怒っているような固い声だったけど、べつに怒ってるのではなさそうだった。おばあちゃんは髪をきれいにセットしていた。

「千加さんは五目ずしを作るだけで手イッパイみたいだから、何品か作ってるの。だって吉見のお祝いだし康二叔父さんも来るんだし」

といった。

「じゃあ、ここで食べるの？」

というと、

「そうするよりしようがないでしょ。全部で六人。もし叔父さんがおヨメさんを連れて来たら七人でしょ、あの居間じゃ坐りきれないわ」

「それもそうだね」

と吉見はいった。

「じゃ、そういってくるよ」

「その方がいいと思わない？」

とおばあちゃんはいった。まだ固い顔だった。

吉見が離れに戻ると叔父さんが来たところだった。おヨメさんになる人も一緒だった。

「おばあちゃんは？」

とパパが訊いたので、「何か忙しそうに作ってるよ」といった。

「七人だとここの居間は狭いから座敷を使えばいいっていってたよ」

「そうか」

といってパパは叔父さんと顔を見合せた。

「母家か。ああいいよ。わしはどこでもかまわん」

とおじいちゃんはいった。

「じゃ行きましょう。いかなことここは狭いものな」

そういってパパが先に立って皆、ゾロゾロと母家に行った。

「お母さん――」

といいながらパパは縁側から座敷へ上った。おばあちゃんは台所から、「どうぞ」といった。皆、座敷に入った。二つつなぎ合せた机に白いテーブル掛けが掛けてあった。座布団も七枚出ていた。おじいちゃんが床の間の前に坐った。暫くするとおばあちゃんが出て来た。畳に手をついておじいちゃんに向っていった。

「お久しゅうございます。お変りもなくて何よりでございます」

そうして食事が始まった。吉見は卒業祝いだというのでおじいちゃんの脇《わき》に坐らされた。吉見の隣に康二叔父さんのおヨメさんが坐った。おヨメさんは友子さんという。色の浅黒い、ハキハキとものをいう人だ。叔父さんの大学の後輩なので叔父さんのことを「大庭先輩」と呼んだ。「先輩はやめろよ」と叔父さんにいわれて「ごめんなさい」といったがすぐ忘れて「大庭先輩は気持が優しいので、生意気な生徒につけ込まれる心配があります」といった。

「あなたはどうです？」

とおじいちゃんが訊くと、

「ですから私、一所懸命フォローするつもりです」

と答えた。チカちゃんが「わァ、頼もしい！」といったので皆、笑った。パパはおじいちゃんに川井村のことを訊《たず》ねた。雪はあらかた消えたが、道の両側や田圃《たんぼ》の畦《あぜ》なんかには残ってる。空気は刺すようだが気持が引きしまっていい、といった。

「それにくらべると東京は臭くていかん。まさに汚濁の街だ。毒キノコみたいな男がいるかと思うと、坊主頭に犬のクソを乗っけたようなのもいる。まさに百鬼夜行だ。女は女でチョンチョコリンの服を着て尻《しり》を見え隠れさせながら得意顔で歩いてる」

「盛り場にはそういうのがいますがね、全体から見るとほんのひと握りですよ」

パパがいったが、おじいちゃんは取り合わずにつづけていった。

「いったい彼らは何を考えて生きているのかね。バスを待つ間、見ていたら男が女にしなだれかかってる。女が、じゃない男がだ。自立精神を持て、と怒鳴ってやろうと思ったら、その向うにもっと酷《ひど》いのがいた。若い男と女が抱き合って、くっついたまま離れないんだ。はじめは向き合っておでこをくっつけ合ってたから、新型のニラメッコをしてふざけてるのかと思ってたんだ。青年男女の幼児化はここまできたか、となところが二度目に見たら今度は唇を合せたまま動かんのだ。公衆の面前だぞ。一日働いた勤労者が疲れはててバスを待っているんだ。ああいう手合はバケツに水を汲《く》んで来て頭からぶっかけるしかないな。まったく日本の前途は暗澹《あんたん》たるものだよ」

仕方なさそうにパパは笑った。叔父さんと友子さんもチカちゃんも。おばあちゃんだけ笑わないで、忙しそうに料理を小皿に取り分けていた。おじいちゃんは思い出したように、

「そうだ、忘れていた。吉見、紙袋を持って来なさい」

といった。吉見は紙袋を持って来て中身を出した。乾椎茸《ほししいたけ》とタラの芽が出て来た。手紙が入っていた。おじいちゃんが「読んでみなさい」といったので吉見は読み上げた。

「吉ッちゃん、康二さん、お家の皆さんによろしく。先生、早く帰ってちょうだいね。トシ」

ヌリカベさんはトシという名前だったことを吉見は思い出した。

「早く帰ってちょうだいね、か……。そうだ、ヌリカベさんはトシっていうんだったっけ」

康二叔父さんはいった。

「あの人らしい手紙だな」

「あのばあさんはこれが困るんだよ」

おじいちゃんは湯豆腐の鍋を引き寄せながら、

「あの年で小娘の気分に浸りたがるんだ。それが若返り法だと思ってる」

「でも気のいい人ですよ、親切だし」

と叔父さんがいうとおじいちゃんは、

「親切もああ押しつけると親切にならんよ」

といった。

「そうだねえ。あれじゃあ誤解されるよね。まるでお父さんのなにかみたいだ」

「冗談もほどほどにしろ」

おじいちゃんは目を尖らせて、「ばあさんの暇なのはハタ迷惑でいかん」といった。

それからおじいちゃんはお豆腐を一口食べて、「うまい！」といった。

「これは稲田屋のだな」

「お母さん、お父さんがこの豆腐、稲田屋のだなって」

と康二叔父さんが台所へ向っていった。おばあちゃんは台所から出て来て敷居際に立った。さっきまでとは違う優しい顔で「そうですよ」といった。

「昨日買ったものだから味が落ちやしないかと心配してたけど……」

「上等だ。久しぶりにうまい豆腐を食ったよ」

「よかった……明日も買って来ましょう」

考えてみたらおばあちゃんは最初に挨拶をしたきり、おじいちゃんと話をしていなかった。何もしゃべらないで、固い顔をして忙しそうに立ったり坐ったりしていたのだ。

「お母さん、少し落ちついてここに坐りなさいよ。あとは千加がやるよ」

とパパがいった。おばあちゃんは「ハイハイ」といってパパの隣に坐り、

「どうかしら、このあら煮」

といった。なんだかてれくさそうだった。

「鯛《たい》か。すごいな。どれ、千加、取ってくれ」

パパがいった。鯛のあら煮が大きな器に盛り上っている。チカちゃんが取り皿に取り分けていると、おばあちゃんは、

「目玉のところ、おじいちゃんがお好きよ」

といった。吉見は、

「わァ、目玉オヤジだァ」

といった。みんな笑った。おばあちゃんも笑った。おじいちゃんは目玉のまわりのトロンとしたところを食べて、「うまい」といった。

「何年ぶりかな。こういううまいものを食うのは」

「あのヌリカベさんの料理を食ってたら、何だってうまいよ」

と康二叔父さんがいってまたみんな笑った。おばあちゃんが笑ってよかった、と吉見は思った。


翌朝、丈太郎は六時前にはもう起き出した。座敷に並べた布団の、もう一方で康二がまだ眠っている。昨夜、あれから康二は友子を送って横浜まで行き、帰って来たのは午前一時を廻っていた。康二を起さないようにそっと起きて庭へ出た。離れの方で九官鳥

が「カアカアカア」と啼《な》いている。

「相変らずカアカアか」

独り言を呟いて濡れ縁に腰を下ろした。裏隣の屋根の上、まだ明け切らぬ寝呆《ねぼ》けたような茜色《あかねいろ》の空を見上げた。茜色を背に、海に点在する島々のように暗いねずみ色のちぎれ雲が浮いているのが妙に陰気だ。

二年ぶりに見る東京の朝の空だった。川井村の峻烈《しゅんれつ》な朝の大気に較べると、この朝は昨日の疲れを引き摺っている。文明の疲れだ、と丈太郎は思う。何という憐《あわ》れな朝だろう。だがこの都会に暮す人間は、便利と贅沢《ぜいたく》の中で、朝の美しさを求めなくなっているのか？

「もうお起きになったんですか」

後ろで声がした。茶の間に信子が来ていた。

「ルー公は相変らずカアカアしかいわんのか」

「一時はオハヨ、なんていってたんだけど」

信子は丈太郎の後ろに坐り、しみじみした口調で、

「お庭、荒れてるでしょう？」

といった。

「花を作るのはやめたのか？」

「ええ……なんだかせいがなくて」

「ダンスをやって忙しいんだろう」

「ダンス……まあ、誰がいったんですか。とっくにやめましたよ。つまらなくなって」

我知らず大きな吐息を洩《も》らしていた。

「でも昨夜《ゆうべ》は久しぶりで楽しかったわ」

「一族が揃《そろ》うのはいいもんだな」

「珠子たちがいればもっとよかったけど」

「康二の結婚式には出て来るだろう」

「そうですねえ……」

たいして意味のないこんなやりとりがあの頃を思い出させる。

「向うは楽しいですか？」

「そうだな、楽しいと思えば楽しい。楽しくないと思えば楽しくない。しかしこの東京に暮すよりは山や木や川の水が損なわれていないだけいいよ」

「そうですか。毎日、何してるんですか？　子供に教えてらっしゃるの？」

丈太郎は曖昧にうんといった。

「今の子供に教えねばならんことはあり過ぎるくらいある。しかし教えたくても教えられん時の流れは都会も田舎も同じだったよ」

——東京に戻った方が役に立つことはあります。信子はそういいたかった。自分の孫をほっといてよその子供の心配をするよりも……。

だがすぐに信子は自分にそれをいう資格がないことに気がついた。

丈太郎が吉見と一緒に扇谷道場へ出かけた後、康二はやっと起きて座敷の縁側に出て来た。

「あーあ、気持いいなあ。小さくても庭があるのはいいなあ」

両手を上げてノビをした。

「お母さん、昨夜はお疲れさん」といってから、「でも楽しかったねえ」と庭を掃いている信子に声をかけた。

「ああいうのを一家団欒っていうんだねえ。お父さんも満足そうだったなあ……」

「久しぶりであんなに働いたからくたびれたわ」

「でも生き生きしてたよ、お母さん」

信子は答えずに箒《ほうき》を動かす。

「ねえ、お母さん。まあちょっとここへ坐りなさいよ」

康二は縁側にあぐらをかき、信子が腰を下ろすのを待っていった。

「兄貴とも話し合ったんだけど、お母さん、もう一度よく考えてくれないかな。ねえ、親父さんに帰って来てもらおうよ。べつに離婚したわけじゃなかったんだから簡単だろ？　親父さんはやっぱり大黒柱だよ。昨夜だって親父さんが床の間を背に坐って相変らず古くさいことをいってると、我々は安心するんだよね。あの大黒柱の代りは兄貴には出来ないよ」

信子が答えないので康二はつづけた。

「それでさ、ぼくらが間に入って話をつけるよりも、やっぱりいい出しっぺェのお母さんに心を決めてもらって、お母さんの口から親父さんにいうのがいいと思うんだ」

「いうって……何を？」

「帰って来たらどうですかってさ」

「どうですかって、ヘンじゃないの。わたしから別居をいい出しといて……勘当息子を許すのとは違うでしょ」

「だからさ、そこを何とかうまい具合にさ。お母さんだって昨日は楽しそうだったよ」

「そりゃあね。久しぶりだからね。あの人はたまだといいのよ。毎日だとうんざりよ」

「そんなこといわないでさ。親父さんの方から帰りたいとはいえないからさ」

考えといてね、といって康二は横浜の友子の所へ出かけて行った。康二を見送ると、家中を開け放して掃除にかかった。純白の雲がぽっかりと二つ三つ浮いている春の空だ。こんな日の掃除は最高だわと思いながらハタキをかける。と、電話が鳴った。春江の声がいきなり、

「信子さん。聞いて。お妙さんたら懲りないでまた結婚するのよ」

といった。

「えっ、誰と！」

「白石さんとよ。白石さんがあんまりお妙さんの所に入り浸ってるものだから、奥さん

から三くだり半を突きつけられたらしいわ。お妙さんから結婚、賛成してくれる？っていってきたけど、まさかあんたサゲマンだから、白石さんのためにやめた方がいいとはいえないでしょ」

春江は笑いもせずにいってから、

「どう？　仲直りした？」

と訊いた。

「仲直りって？　誰と？」

「なにとぼけてるの。丈太郎さんとよ」

「普通に当り障りのない話をしただけよ」

「『お父さん、帰って下さいな』っていわないの？」

「そんなこと、いえないわ。わたしの方から愛想づかししといて」

「過去は過去よ。欲しかった自由を手に入れて二年間、好きに暮してみてやっと、わたしは家族のために働くのが一番ふさわしい女だったことがわかりました、ごめんなさい……あっさりそういって謝っちゃえばいいのよ。ねえ、信子さん、人には向き不向きがあるのよ。お妙さんはどこまでも男に頼っていきたい方だし、あたしは一人暮しほど気楽でいいものはないと思ってる。あなたは人に尽すのが好きな人なのよ。二年かかってそれがわかったんだから、素直にそうすればいい。丈太郎さんともとの暮しに戻れば、千加さんのことだって気に障らなくなるわ」

「そりゃあ、主人と一緒じゃ癇《かん》に障ることばっかりでほかを気にする暇がないわ」

信子は冗談に紛らして電話を切った。

縁先に千加が来て「お母さん」と呼んでいる。

「今夜のおかず、何を作ればいいんでしょう。お父さんの好きなものってわからないから、教えて下さい、お母さん」

「そうねえ、今夜は康二は横浜で食べて来るかもしれないけど……いいわ、こっちで作るわ。昨夜みたいにここで食べればいいでしょう、みんなで」

「いいですか？　わァ、嬉しい。助かっちゃった」

千加は無邪気に喜び、「お豆腐はあたし買って来ます。稲田屋ってどのへんですか？」

という。

「じゃあついでに野菜だけ買って来てちょうだい。魚屋はわたしが行くから」

といって買物のメモを渡した。

千加が出かけて行くと信子は一人になった。九官鳥のルーが「カアカア」と啼いている。二年前の春を信子は思い出した。あの日もルーちゃんが烏《からす》の真似《まね》をしていた。丈太郎は縁側でスケッチしながらルーちゃんに話しかけていた。

「お前はおかしな奴《やつ》だなあ、何を思ってひとの口真似をするんだ。どうして自分の声で歌わないんだ……」

あれは丈太郎の荷物をあらかた送り出し、三日後が出発と決った日だった。丈太郎の呟きを聞きながら一人暮しの自由を奪い取った後の虚脱感の中で、「死ぬまでの一人旅」の孤独が頭を掠《かす》めたことを信子は思い出していた。

翌日《あくるひ》も穏やかな春の陽光が緑に溢《あふ》れるいい日だった。丈太郎は縁先で九官鳥に水浴びさせながら籠《かご》の掃除をしていた。信子はその後ろに坐ってそんな夫を眺めながら、「いつ、向うへ帰るんです？」と話しかけた。

「明日の昼頃ここを出るつもりだよ」

「そうですか」

取りあえずそういい、何度かためらった後でいった。

「あのお父さん……いきなりナンですけど」

「何だ」

「向うと東京と……やっぱり向うの方がいいですか？」

「そりゃそれぞれの美点と欠点があるさ。土地も人間と同じだよ」

信子は暫く口ごもっていてから、

「あの……お父さんさえよかったら……息子たちも望んでいるらしいし、この家へ帰って来て下さったら……。二年前に我儘をいっといて今更何をいうかといわれるかもしれませんけど……吉見もこれからむつかしい年頃に入りますしね。やっぱり家には柱がないと……つくづくこの頃、そう思うんです……」

丈太郎は背中を向けたまま黙って九官鳥の餌《えさ》を調合している。

「二年間、自由にさせていただいたけど……わたし……正直いうとちっとも落ち着かなかったんです。あれをしなくちゃ、これをしなくちゃと気ばかりあせって……でもお父さんが川井村が気に入って向うの方がいいということであれば……」

「わかってる。もういわなくていい……」

丈太郎はいった。

「考えよう。康二の結婚式には又出て来なくちゃならんから、その時までお互いによく考えよう」

丈太郎は九官鳥を籠へ戻し、気を変えるように、

「千加は明るくていいね」

といった。

「そうですねえ……けど」

「結婚式をしてやらなくていいのかね」

「結婚式ですか……今更……」

信子は口ごもる。

「謙一にその気がないようですからね」

「一所懸命やってるじゃないか。健気に」

「それはそうですけどね。でも……やっぱり美保さんとは違い過ぎます」

「千加に美保と同じことを求めるのは、川井村で冷煖房《れいだんぼう》完備の家を求めるようなもんだよ。川井村には川井村のよさがあるんだ」

「それはそうでしょうけど」

「派手な披露宴なんかすることはない。しかし親戚《しんせき》や職場の人にはきちんと紹介してやらないと可哀《かわい》そうだよ」

「お父さんは千加さんのこと好きですか」

「吉見の母親だよ。尊重してやりたい」

と丈太郎はいった。

午後になって丈太郎は吉見を連れて渋谷行きのバスに乗った。明日は川井村へ帰る。正一と秋江に土産を買うつもりだった。トシにも買わねばならんだろうな、と思うが、何がいいのかわからない。考えるのが億劫《おっくう》だった。丈太郎の頭の中は「やっぱりお父さんがいないと家の中心がなくて」という信子の言葉が旋回している。わしはどこにいても同じだ。川井村でも東京でも、と思った。このわしを必要としてくれる所ならどこでもいい。川井村へ行ったのは東京にはもう役に立つことはないと思ったからだった。やっぱり必要だったというのなら戻って来てもよいが……。

「吉見、おじいちゃんが家に戻った方がいいかい？」

と丈太郎は吉見に訊いた。

「帰ってくるの？　おじいちゃん」

「それを考えてるところだよ」

「いいに決ってるよ。けど、おばあちゃんと仲よくやっておくれよね」

と吉見はいった。

バスを降りると丈太郎と吉見は歩道橋へ上った。目の下のバスターミナルは人と車でいっぱいだ。バス、タクシー、トラック、乗用車の連らなりが信号の赤と青に従って止っては進み、進んでは止る。それと交錯して群集が横断歩道を進んだり止ったりする。まるで目に見えぬ指揮棒にあやつられているように、雑然としながら整然と動いている。ターミナルを囲んでいる駅やデパートや雑多なビルの上に洗い晒《ざら》したような空が下っている。何という猥雑《わいざつ》な街だろう。この車と人の群はいったいどこから来てどこへ消えて行くのか。

「現代人は変化を漂う浮草だ」

丈太郎は呟いた。君たちは何を目ざして歩いているのだ。豊かな暮し、楽しい日々。それを目ざしてこの街に集散をくり返しているのか。猥雑に馴《な》れ、人類が失いつつあるもののことを忘れ、ただ闇《やみ》くもに幸福を探しているのか。文明の進歩に侵され、美しいものを見失い、それでも幸福があると信じて。

――我が同胞《はらから》よ。

思わずそんな言葉が出た。この人の群。同胞《はらから》。胸底から怒りとも切なさともいじらしさともつかぬ熱い想いが湧いて来た。この濁った灰色の春の街で、それでも一所懸命に目的に向おうとしている君ら。がんばれよ、という言葉が自然に口に出ていた。

「あっ、浩介さんだ！」

と吉見が叫んだ。向うの横断歩道を金色の髪が風に揺れながら人をかき分けて行く。何をそんなに急いでるんだ。浩介は横断歩道を渡って歩道を駅へ向って走って行く。あのノラクラが走っている。丈太郎は微笑した。あのノラクラでも一所懸命になることがあるんだ。走れ、走れ、もっと走れ。走って摑《つか》め！　それが何かは知らんが、摑むがいい！

「浩介さーん、がんばれェ……」

吉見が叫ぶ透明な声が街を蔽《おお》う騒音を切り裂いて流れた。


（完）

単行本　一九九七年八月　毎日新聞社刊
一次文庫　一九九九年八月　集英社文庫刊
日本音楽著作権協会（出）許諾第２２０３１１１-２０１号

文春文庫

風《かぜ》の行方《ゆくえ》（下）

定価はカバーに表示してあります

2022年6月10日　第1刷

著　者　佐藤《さとう》愛子《あいこ》
発行者　花田朋子
発行所　株式会社　文藝春秋

東京都千代田区紀尾井町 3-23　〒102-8008
TEL 03・3265・1211(代)
文藝春秋ホームページ　http://www.bunshun.co.jp

落丁、乱丁本は、お手数ですが小社製作部宛お送り下さい。送料小社負担でお取替致します。

印刷製本・凸版印刷

Printed in Japan
ISBN978-4-16-791898-9